ALBERT CAMUS

colección andanzas

ALBERT CAMUS
EL PRIMER HOMBRE

Traducción de Aurora Bernárdez

TUSQUETS EDITORES

Título original: *Le premier homme*

1.ª edición: diciembre 1994
2.ª edición: marzo 1995
3.ª edición: abril 1995
4.ª edición: abril 1995
5.ª edición: julio 1995
6.ª edición: octubre 1996
7.ª edición: febrero 2003

Obra publicada con la ayuda del Ministère Français de la Culture

Diseño de la colección: Guillemot-Navares

www.tusquets-editores.es
ISBN: 84-8310-831-8
Depósito legal: B. 2086-2003
Impreso sobre papel Offset-F Crudo de Papelera del Leizarán, S.A.
Impresión: A&M. Gràfic, S.L.
Encuadernación: Reinbook, S.L.
Impreso en España

Indice

Índice

NOTA DE LA EDICION FRANCESA

Publicamos hoy *El primer hombre.* Se trata de la obra en la que trabajaba Albert Camus en el momento de su muerte. El manuscrito fue hallado en su cartera el 4 de enero de 1960. Se compone de 144 páginas escritas al correr de la pluma, a veces sin puntos ni comas, de escritura rápida, difícil de descifrar, nunca corregida (véanse los facsímiles en las páginas 12, 49, 101 y 215).

Hemos establecido el presente texto a partir del manuscrito y de una primera copia dactilográfica hecha por Francine Camus. Para la buena comprensión del relato se ha restablecido la puntuación. Las palabras de lectura dudosa figuran entre corchetes. Las palabras o partes de frase que no se han podido descifrar se indican con un blanco entre corchetes. Al pie de página figuran, con un asterisco, las variantes escritas en superposición; con una letra, los añadidos al margen; con un número, las notas del editor.

Aparecen en anexo las hojas (numeradas de I a V) que estaban, unas insertas en el manuscrito (hoja I antes del capítulo 4, hoja II antes del capítulo *6bis),* las otras (III, IV y V) al final del manuscrito.

El cuaderno titulado «El primer hombre (Notas y proyectos)», pequeña libreta de espiral y papel cuadriculado que permite al lector entrever el futuro desarrollo de la obra planeado por el autor, figura al final.

Después de leer *El primer hombre*, se comprenderá que hayamos incluido también en anexo la carta que Albert Camus envió a su maestro, Louis Germain, apenas recibido el

Premio Nobel, así como la última carta que le dirigió Louis Germain.

Queremos agradecer aquí a Odette Diagne Créach, Roger Grenier y Robert Gallimard la ayuda que nos prestaron con amistad generosa y constante.

Catherine Camus

NOTA DE LA EDICION ESPAÑOLA

En la traducción española hemos mantenido las peculiaridades del texto del manuscrito, puliendo algunas repeticiones y salvando las incorrecciones gramaticales o las erratas. Se han abierto los diálogos según la tradición editorial española y sólo en algunos casos hemos agregado alguna nota explicativa al pie, que, con llamada numérica, se suma a las de la edición francesa original.

I
Búsqueda del padre

Intercesseur
Vve
ALBERT CAMUS

À toi qui ne pourras jamais lire ce livre

ajouter orage géologique [illegible]

Au-dessus de la carriole qui roulait sur une route caillouteuse, de gros et épais nuages filaient vers l'Est dans le crépuscule. Trois jours auparavant, ils s'étaient gonflés au-dessus de l'Atlantique, avaient attendu le vent d'ouest, puis s'étaient ébranlés, lentement d'abord et de plus en plus vite, avaient survolé les eaux phosphorescentes de l'automne, droit vers le continent, s'étaient effilochés aux crêtes marocaines, reformés en troupeaux sur les hauts plateaux d'Algérie, et maintenant, aux approches de la frontière tunisienne, essayaient de gagner la mer Tyrrhénienne pour s'y perdre. Après une course de milliers de kilomètres au-dessus de cette sorte d'île immense, défendue par la mer mouvante au nord et au sud par les flots figés des sables, passant sur ce pays sans nom à peine plus vite que ne l'avaient fait pendant des millénaires les empires et les peuples, leur élan s'exténuait et certains fondaient déjà en grosses gouttes de pluie espacées qui commençaient de résonner sur la capote de toile au-dessus des quatre voyageurs.

Solferino

La carriole grinçait sur la route assez bien dessinée mais à peine tassée. De temps en temps une étincelle jaillissait sous la jante ferrée et un silex venait frapper le bois de la carriole ou s'enfonçait au contraire avec un bruit feutré dans la terre molle du fossé. Les deux petits chevaux avançaient cependant régulièrement, butant de temps en temps, le poitrail en avant pour tirer la lourde carriole, chargée de meubles, rejetant sous eux la route à deux allures différentes. L'un d'eux de temps en temps soufflait bruyamment des naseaux et son trot se désorganisait. L'Arabe qui conduisait faisait alors claquer sur son dos le plat des rênes usées et la bête reprenait courageusement son rythme. L'homme qui se trouvait sur la banquette avant, près du conducteur, regardait, le visage fermé, les deux croupes qui s'agitaient devant lui. De bonne taille, trapu, le visage long, avec un front haut et carré, la mâchoire énergique et les yeux clairs, il portait malgré la saison déjà avancée une veste de coutil à trois boutons fermée au col, comme on les portait en ce temps-là, et une casquette légère sur ses cheveux coupés court. Au moment où la pluie commença de couler sur la capote au-dessus d'eux, il se retourna vers l'intérieur de la voiture [illegible]. Sur une deuxième banquette, coincée entre la première et un amoncellement de vieilles malles et de meubles, une femme, pauvrement habillée mais enveloppée dans un grand châle de laine grossière, lui sourit faiblement [illegible]. Elle avait un visage doux et régulier, des cheveux d'Espagnole bien ondés et noirs, un petit nez droit, un beau et chaud regard marron. Mais quelque chose dans ce visage frappait. Ce n'était pas seulement une sorte de fatigue qui en marquait provisoirement les traits, non, c'était plutôt un air d'absence et de douce distraction, comme en ont perpétuellement certains innocents, mais qui n'affleurait que fugitivement sur la beauté des traits. À la bonté si frappante du regard se mêlait aussi parfois une lueur de crainte irraisonnée qui s'éteignait vite. Du plat de sa main [illegible]

[illegible marginal notes]

Intercesora: Vda. Camus

A ti, que nunca podrás leer este libro[a]

En lo alto, sobre la carreta que rodaba por un camino pedregoso, unas nubes grandes y espesas corrían hacia el este, en el crepúsculo. Tres días antes, se habían hinchado sobre el Atlántico, habían esperado el viento del oeste y se habían puesto en marcha, primero lentamente y después cada vez más rápido, habían sobrevolado las aguas fosforescentes del otoño encaminándose directamente hacia el continente, deshilachándose[b] en las crestas marroquíes, rehaciendo sus rebaños en las altas mesetas de Argelia, y ahora, al acercarse a la frontera tunecina, trataban de llegar al mar Tirreno para perderse en él. Después de una carrera de miles de kilómetros por encima de esta suerte de isla inmensa, defendida al norte por el mar moviente y, al sur, por las olas inmovilizadas de las arenas, pasando por encima de esos países sin nombre apenas más rápido de lo que durante milenios habían pasado los imperios y los pueblos, su impulso se extenuaba y algunas se fundían ya en grandes y escasas gotas de lluvia que empezaban a resonar en la capota de lona que cubría a los cuatro pasajeros.

La carreta chirriaba en el camino bien trazado pero apenas apisonado. De vez en cuando, saltaba una chispa de la llanta de hierro o del casco de un caballo y un sílex golpeaba la madera de la carreta cuando no se hundía, con un ruido afelpado, en la tierra blanda de la cuneta. Sin em-

a. (añadir anonimato geológico. Tierra y mar)
b. Solferino.

bargo, los dos caballitos avanzaban regularmente, tropezando de tarde en tarde, echando el pecho hacia adelante para tirar de la pesada carreta cargada de muebles, dejando atrás incesantemente el camino con sus dos trotes diferentes. A veces uno de ellos expulsaba ruidosamente el aire por las narices y perdía el trote. Entonces el árabe que los guiaba hacía restallar de plano sobre el lomo las riendas gastadas,* y el animal retomaba valientemente su ritmo.

El hombre que viajaba junto al conductor en la banqueta delantera, un francés de unos treinta años, de expresión cerrada, miraba las dos grupas que se agitaban delante. De buena estatura, achaparrado, la cara alargada, con una frente alta y cuadrada, la mandíbula enérgica, los ojos claros, llevaba, pese a lo avanzado de la estación, una chaqueta de dril con tres botones, cerrada hasta el cuello, como se usaba en aquel tiempo, y una gorra[a] ligera sobre el pelo corto.[b] En el momento en que la lluvia empezó a deslizarse sobre la capota, se volvió hacia el interior del vehículo:

—¿Todo bien? —gritó.

En una segunda banqueta, encajada entre la primera y un amontonamiento de muebles y baúles viejos, una mujer pobremente vestida pero envuelta en un gran chal de lana gruesa, le sonrió débilmente.

—Sí, sí —dijo con un leve gesto de disculpa.

Un niño de cuatro años dormía apoyado en ella. La mujer tenía una cara suave y regular, un pelo de española bien ondulado y negro, la nariz pequeña, una bella y cálida mirada color castaño. Pero había algo llamativo en esa cara. No era sólo una suerte de máscara que el cansancio o cualquier cosa por el estilo grabara en ese momento en sus rasgos, no, era más bien un aire de ausencia y de dulce distracción, como el que muestran perpetuamente algunos

* resquebrajadas por el uso
a. ¿o una especie de bombín?
b. calzado con zapatones.

inocentes, pero que aquí asomaba fugazmente en la belleza de sus facciones. A la bondad tan evidente de la mirada se unía también a veces un destello de temor irracional que se apagaba de inmediato. Con la palma de la mano estropeada ya por el trabajo y un poco nudosa en las articulaciones, daba unos golpecitos ligeros en la espalda de su marido:

—Todo bien, todo bien —decía. Y en seguida dejaba de sonreír para mirar, por debajo de la capota, el camino en el que ya empezaban a brillar los charcos.

El hombre se volvió hacia el árabe plácido con su turbante de cordones amarillos, el cuerpo abultado por unos grandes calzones de fundillos amplios, ajustados por encima de la pantorrilla.

—¿Estamos muy lejos todavía?

El árabe sonrió bajo sus grandes bigotes blancos.

—Ocho kilómetros más y llegamos.

El hombre se volvió, miró a su mujer sin sonreír pero atentamente. La mujer no había apartado la mirada del camino.

—Dame las riendas —dijo el hombre.

—Como quieras —dijo el árabe.

Le tendió las riendas, el hombre pasó por encima del árabe que se deslizó hacia el lugar que el primero acababa de dejar. Con dos golpes de riendas, el hombre se adueñó de los caballos, que rectificaron el trote y de pronto avanzaron en línea más recta.

—Conoces a los caballos —dijo el árabe.

La respuesta llegó, breve, y sin que el hombre sonriera:

—Sí —dijo.

La luz había disminuido y de pronto se instaló la noche. El árabe descolgó del gancho la linterna cuadrada que tenía a su derecha y volviéndose hacia el fondo utilizó varios fósforos rudimentarios para encender la vela. Después volvió a colgar la linterna. La lluvia caía ahora suave y regularmente, brillando a la débil luz de la lámpara, y poblaba con un rumor leve la oscuridad total. De vez en cuando la carreta pasaba cerca de unos arbustos espinosos o de unos árboles bajos, débilmente iluminados durante unos segundos. Pero el resto del tiempo, rodaba por un espacio vacío que las tinieblas hacían aún más vasto. Sólo los olores a hierbas quemadas o, de pronto, un fuerte olor a abono, hacían pensar que recorrían por momentos tierras cultivadas. La mujer habló detrás del conductor, que retuvo un poco los caballos y se echó hacia atrás.

—No hay nadie —dijo la mujer.

—¿Tienes miedo?

—¿Cómo?

El hombre repitió su frase, pero esta vez gritando.

—No, contigo no. —Pero parecía inquieta.

—¿Te duele? —dijo el hombre.

—Un poco.

Azuzó a los caballos, y sólo el fuerte ruido de las ruedas aplastando las roderas y de los ocho cascos herrados que golpeaban el camino, llenó de nuevo la noche.

Era una noche del otoño de 1913. Los viajeros habían partido dos horas antes de la estación de Bône, adonde habían llegado de Argel después de una noche y un día de viaje en las duras banquetas de tercera clase. Encontraron en la estación el vehículo y el árabe que los esperaba para llevarlos a la propiedad situada en un pueblo pequeño, a unos veinte kilómetros tierra adentro, y cuya gerencia asumiría el hombre. Hizo falta tiempo para cargar los baúles y algunos enseres y después el camino en mal estado los retrasó aún más. El árabe, como si sintiera la inquietud de su compañero, le dijo:

—No tengáis miedo. Aquí no hay bandidos.

—Los hay en todas partes —dijo el hombre—. Pero tengo lo necesario. —Y dio unos golpecitos en el bolsillo estrecho.

—Tienes razón —dijo el árabe—. Siempre hay algún loco.

En ese momento la mujer llamó a su marido.

—Henri —dijo—, me duele.

El hombre blasfemó y azuzó un poco más a sus caballos.[a]

—Ya llegamos —dijo.

Al cabo de un rato volvió a mirar a su mujer.

—¿Todavía te duele?

Ella le sonrió con una extraña discreción y como si no sufriera.

—Sí, mucho.

El la miraba con la misma seriedad. Y la mujer se disculpó de nuevo.

—No es nada. Tal vez haya sido el tren.

—Mira —dijo el árabe—, el pueblo.

En efecto, a la izquierda del camino y un poco en la lejanía se veían las luces de Solferino enturbiadas por la lluvia.

—Pero tú sigue el camino de la derecha —dijo el árabe.

El hombre vaciló, se volvió hacia su mujer.

—¿Vamos a la casa o al pueblo? —preguntó.

—¡Oh!, a la casa, es mejor.

Un poco más lejos la carreta dobló a la derecha en dirección a la casa desconocida que los aguardaba.

—Un kilómetro más —dijo el árabe.

—Ya llegamos —dijo el hombre dirigiéndose a su mujer.

La mujer estaba doblada en dos, la cara entre los brazos.

—Lucie —dijo el hombre.

La mujer no se movía. El hombre la tocó con la mano. Ella lloraba en silencio. El gritó, separando las sílabas y mimando sus palabras:

—Ahora mismo vas a acostarte. Yo iré a buscar al doctor.

—Sí. Ve a buscar al doctor. Creo que es lo mejor.

El árabe los miraba, sorprendido.

a. El niño.

—Va a tener un niño —dijo el hombre—. ¿El doctor está en el pueblo?

—Sí, voy a buscarlo si quieres.

—No, tú te quedas en la casa. Estáte atento. Yo iré más rápido. ¿Tiene un coche o un caballo?

—Tiene un coche. —Después el árabe dijo a la mujer—: Será un varón, y guapo.

La mujer le sonrió como si no entendiera.

—No oye —dijo el hombre—. En la casa grita fuerte y haz gestos.

El vehículo rodó de pronto casi sin ruido. El camino, más estrecho ahora y cubierto de toba, corría a lo largo de pequeños depósitos detrás de cuyos tejados se veían las primeras filas de viñedos. Un fuerte olor de mosto les salía al encuentro. Dejaron atrás grandes construcciones de tejados sobreelevados, y las ruedas aplastaron la turba de una especie de patio sin árboles. Sin hablar, el árabe se apoderó de las riendas para tirar de ellas. Los caballos se detuvieron y uno de ellos resopló.[a] El árabe señaló con la mano una casita blanqueada de cal. Una parra trepaba alrededor de la puerta baja con su contorno azul de sulfato. El hombre saltó a tierra y corrió bajo la lluvia hasta la casa. Abrió. La puerta daba a una habitación oscura que olía a fuego apagado. El árabe, que lo seguía, caminó en la oscuridad hacia la chimenea, sacudió un tizón y encendió una lámpara de petróleo que colgaba en el centro de la pieza, encima de una mesa redonda. El hombre apenas tuvo tiempo de reconocer una cocina encalada con un fregadero de baldosas rojas, un viejo aparador y un calendario desteñido en la pared. Una escalera revestida con las mismas baldosas rojas subía al piso alto.

—Enciende el fuego —dijo, y volvió a la carreta. (¿Se llevó consigo al niño?)

La mujer esperaba sin decir nada. El hombre la tomó

a. ¿Es de noche?

en sus brazos para depositarla en el suelo, y reteniéndola un momento contra sí, le hizo echar atrás la cabeza.

—¿Puedes caminar?

—Sí —dijo ella y le acarició el brazo con su mano nudosa.

El hombre la llevó a la casa.

—Espera —dijo.

El árabe ya había encendido el fuego y con gestos precisos y diestros, lo alimentaba con sarmientos. La mujer estaba cerca de la mesa, las manos sobre el vientre, y por su bello rostro vuelto hacia la luz de la lámpara corrían breves ondas de dolor. No parecía advertir ni la humedad ni el olor de abandono y miseria. El hombre se agitaba en las habitaciones del piso superior. Después apareció en lo alto de la escalera.

—¿No hay chimenea en el dormitorio?

—No —dijo el árabe—. En la otra habitación tampoco.

—Ven —dijo el hombre.

El árabe subió. Después reapareció, de espaldas, cargando un colchón que el hombre sujetaba por la otra punta. Lo pusieron delante de la chimenea. El hombre corrió la mesa a un rincón mientras el árabe volvía a subir y bajaba en el acto con una almohada y unas mantas.

—Tiéndete ahí —dijo el hombre a su mujer, y la llevó hasta el colchón.

Ella vacilaba. Se notaba ahora el olor de crin húmeda que subía del colchón.

—No puedo desvestirme —dijo mirando en torno con temor, como si por fin descubriera el lugar...

—Quítate lo que llevas debajo —ordenó el hombre. Y repitió—: Quítate la ropa interior. —Y después, al árabe—: Gracias. Desengancha un caballo. Lo montaré hasta el pueblo.

El árabe salió. La mujer se desvestía, de espaldas al marido, que también se giró. Después se tendió y en cuanto estuvo acostada, subió las mantas, gritó una sola vez, un largo grito, con la boca abierta, como si hubiera querido librarse de una vez de todos los gritos que el dolor había acumulado en ella. El hombre, de pie junto al colchón, la dejó gritar, y en cuanto calló, se quitó la gorra, apoyó una rodilla en tierra y besó la bella frente sobre los ojos cerrados. Volvió a ponerse la gorra y salió a la lluvia. El caballo desenganchado daba vueltas sobre sí mismo, las patas delanteras clavadas en la turba.

—Voy a buscar una silla de montar —dijo el árabe.

—No, déjale las riendas. Lo montaré así. Guarda los baúles y los enseres en la cocina. ¿Tienes mujer?

—Ha muerto. Era vieja.

—¿Tienes una hija?

—No, gracias a Dios. Pero está la mujer de mi hijo.

—Dile que venga.

—Se lo diré. Ve con Dios.

El hombre miró al viejo árabe inmóvil bajo la lluvia fina sonriéndole bajo los bigotes mojados. El seguía serio, pero lo miraba con sus ojos claros y atentos. Después le tendió la mano, que el otro cogió, a la manera árabe, con las puntas de los dedos que después se llevó a la boca. El hombre se volvió haciendo crujir la turba, se acercó al caballo, lo montó a pelo y se alejó con un trote pesado.

Al salir de la finca, tomó la dirección de la encrucijada desde donde habían visto por primera vez las luces del pueblo. Brillaban ahora con un resplandor más vivo, la lluvia había cesado y el camino que, a la derecha, conducía hacia allí, cruzaba recto unos viñedos cuyas alambradas brillaban en algunos puntos. Aproximadamente a medio camino, el caballo redujo el trote y siguió al paso. Se acercaban a una especie de cabaña rectangular con una parte, en forma de habitación, de mampostería y la otra, más grande, hecha de tablas, con un gran alero que bajaba sobre una suerte de mostrador saliente. En la parte hecha de mampostería había una puerta sobre la cual se leía: CANTINA AGRICOLA MME. JACQUES. Por debajo de la puerta se filtraba la luz. El hombre detuvo su caballo muy cerca de la puerta y, sin bajarse, llamó. Una voz sonora y resuelta inquirió al momento desde dentro:

—¿Qué pasa?

—Soy el nuevo gerente de la finca de Saint-Apôtre. Mi mujer está a punto de dar a luz. Necesito ayuda.

Nadie contestó. Al cabo de un momento se descorrieron los cerrojos, se deslizaron la barras de hierro empujadas por alguien y se entreabrió la puerta. Apareció la cabeza negra y rizada de una europea de mejillas redondas y nariz un poco chata sobre unos labios gruesos.

—Me llamo Henri Cormery. ¿Puede usted atender a mi mujer? Yo voy a buscar al médico.

La mujer lo miraba fijamente con ojos acostumbrados a sopesar a los hombres y la adversidad. El sostuvo la mirada con firmeza, pero sin añadir una palabra de explicación.

—Allá voy —dijo ella—. Dése prisa.

El hombre dio las gracias y espoleó al caballo con los talones. Instantes después, llegaba al pueblo pasando entre una suerte de fortificaciones de tierra seca. Una calle al parecer única se extendía ante él, flanqueada de casitas bajas, todas iguales, y la siguió hasta una pequeña plaza cubierta de toba donde se alzaba, inesperadamente, un quiosco de música de estructura metálica. La plaza, como la calle, estaba desierta. Cormery se encaminaba ya hacia una de las casas cuando el caballo se hizo a un lado. Un árabe surgió de la sombra con un albornoz oscuro y roto, se le acercó.

—¿La casa del médico? —preguntó inmediatamente Cormery.

El otro observó al jinete.

—Venga —dijo después de examinarlo.

Reanudaron el camino en dirección opuesta. En uno de los edificios de planta baja sobreelevada a la que se subía por una escalera encalada, se leía: «Libertad, Igualdad, Fraternidad». Lindaba con un jardincito rodeado de paredes revocadas, en el fondo del cual había una casa que el árabe señaló:

—Es ahí —dijo.

Cormery saltó del caballo y, con un paso que no denotaba ningún cansancio, cruzó el jardín del que sólo vio, justo en el centro, una palmera enana de palmas secas y tronco podrido. Llamó a la puerta. Nadie contestó.[a] Se volvió. El árabe esperaba en silencio. El hombre llamó de nuevo. Se oyó del otro lado un paso que se detuvo detrás de la puerta. Pero ésta no se abrió. Cormery llamó una vez más y dijo:

—Busco al doctor.

En seguida se descorrieron los cerrojos y la puerta se abrió. Apareció un hombre de cara joven, como de muñeca, pero de pelo casi blanco, alto y robusto, las piernas ceñidas por polainas, poniéndose una especie de cazadora.

—Vaya, ¿de dónde sale usted? —dijo sonriendo—. No le he visto nunca.

El hombre se explicó.

—Ah, sí, el alcalde me avisó. Pero oiga, a quién se le ocurre venir a dar a luz a un lugar perdido como éste.

El otro dijo que esperaba la cosa para más adelante y que seguramente se había equivocado.

—Bueno, le ocurre a todo el mundo. Vamos, ensillo a *Matador* y lo sigo.

En mitad del camino de regreso, bajo la lluvia que volvía a caer, el médico, montado en un caballo gris tordillo, alcanzó a Cormery, que estaba ya empapado pero siempre erguido en su pesado caballo de granja.

—Curiosa llegada —gritó el médico—. Pero ya verá, el país no está mal, salvo los mosquitos y los bandidos de la zona. —Se mantenía a la altura de su compañero—. Claro que, en cuanto a los mosquitos, estará tranquilo hasta la primavera. Pero en lo que se refiere a los bandidos...

a. Hice la guerra contra los marroquíes (con una mirada ambigua), los marroquíes no son buenos.

Se reía, pero el otro seguía avanzando sin decir palabra. El médico lo miró con curiosidad:

—No tema —dijo—, todo irá bien.

Cormery volvió hacia el doctor sus ojos claros, lo miró tranquilamente y dijo con un matiz de cordialidad:

—No tengo miedo. Estoy acostumbrado a los golpes duros.

—¿Es el primero?

—No, he dejado a un pequeño de cuatro años en Argel, con mi suegra.[1]

Llegaron a la encrucijada y tomaron el camino que conducía a la finca. La turba no tardó en volar bajo los cascos de los caballos. Cuando éstos se detuvieron y volvió a reinar el silencio, se oyó salir de la casa un grito. Los dos hombres echaron pie en tierra.

Una sombra los esperaba, protegida bajo la parra, que chorreaba agua. Al acercarse reconocieron al viejo árabe encapuchado con una bolsa.

—Buenos días, Kaddour —dijo el médico—. ¿Cómo anda eso?

—No sé, yo nunca entro donde están las mujeres —respondió el viejo.

—Buen criterio —dijo el médico—. Sobre todo si las mujeres gritan.

Pero ya no salían gritos de adentro. El médico abrió y entró, Cormery lo siguió.

Un gran fuego de sarmientos ardía ante ellos en la chimenea, iluminando la pieza más que la lámpara de petróleo que, con su cerco de cobre y cuentas de vidrio, colgaba en mitad del techo. A la derecha del fregadero se había llenado rápidamente de jarros de metal y toallas. A la izquierda, delante de un pequeño aparador bamboleante, de madera sin pintar, estaba la mesa desplazada del centro. Un viejo bolso de viaje, una caja de sombreros, algunos bultos la cubrían. En todos los rincones de la habitación, viejas

1. En contradicción con la pág. 14: «Un niño de cuatro años dormía apoyado en ella».

maletas, entre ellas un gran baúl de mimbre, apenas dejaban un espacio vacío en el centro, no lejos del fuego. En ese espacio, sobre el colchón perpendicular a la chimenea, estaba tendida la mujer, la cara un poco volcada hacia atrás sobre una almohada sin funda, el pelo ahora suelto. Las mantas sólo cubrían la mitad del colchón. A la izquierda, la patrona de la cantina, de rodillas, ocultaba la parte descubierta del colchón. Sobre una palangana retorcía una servilleta de la que goteaba un agua rosada. A la derecha, sentada con las piernas cruzadas, una mujer árabe sin velo sostenía en sus manos, en actitud de ofrenda, una segunda palangana esmaltada, un poco desportillada, donde humeaba el agua caliente. Las dos mujeres estaban instaladas en los dos extremos de una sábana doblada que pasaba por debajo de la enferma. Las sombras y las llamas de la chimenea subían y bajaban por las paredes encaladas, por los bultos que llenaban la habitación y, más cerca, arrebolaban las caras de las dos enfermeras y el cuerpo de la parturienta, hundido bajo las mantas.

Cuando los dos hombres entraron, la mujer árabe los miró rápidamente con una risita y se volvió después hacia el fuego, ofreciendo siempre la palangana con sus brazos flacos y morenos. La patrona de la cantina los miró y exclamó alegremente:

—Ya no lo necesitamos, doctor. Vino solo.

Se puso de pie y los dos hombres vieron, cerca de la enferma, algo informe y ensangrentado, animado por una suerte de movimiento inmóvil, del que salía un ruido continuo, semejante a un chirrido subterráneo casi imperceptible.[a]

—Es fácil decirlo. Espero que no hayan tocado el cordón umbilical.

—No —dijo la mujer riendo—. Teníamos que dejarle algo a usted.

a. como el de ciertas células vistas con microscopio.

Se puso de pie y cedió su lugar al médico, ocultando nuevamente al recién nacido a los ojos de Cormery, que se había quedado en la puerta con la gorra en sus manos. El médico se puso en cuclillas, abrió su maletín, después tomó la palangana de manos de la mujer árabe, que se retiró inmediatamente fuera del campo luminoso y se refugió en el rincón oscuro de la chimenea. El médico se lavó las manos, siempre de espaldas a la puerta, después se las frotó con un alcohol que olía un poco a aguardiente, olor que en seguida invadió la habitación. En ese momento la enferma alzó la cabeza y vio a su marido. Una sonrisa maravillosa transfiguró el bello rostro fatigado. Cormery se acercó al colchón.

—Llegó —le dijo ella con un hilo de voz y señaló al niño.

—Sí —dijo el médico—. Pero descanse.

La mujer lo miró con expresión interrogante. Cormery, parado al pie del colchón, le hizo un gesto tranquilizador.

—Acuéstate.

La mujer se dejó caer hacia atrás. En ese momento la lluvia redobló sobre el viejo tejado. El médico intervino debajo de la manta. Después se incorporó y sacudió algo. Se oyó un gritito.

—Es un varón —dijo el médico—. Y un buen ejemplar.

—Este empieza bien —dijo la patrona de la cantina—. Con una mudanza.

En el rincón la mujer árabe se rió y batió palmas dos veces. Cormery la miró y ella se apartó, confundida.

—Bueno —dijo el médico—. Ahora déjennos un momento.

Cormery miró a su mujer. Pero ella seguía con la cabeza echada hacia atrás. Sólo las manos, extendidas sobre la burda manta, recordaban todavía la sonrisa que instantes antes había llenado y transfigurado la miserable habitación. El hombre se puso la gorra y se encaminó hacia la puerta.

—¿Qué nombre le va a poner? —gritó la dueña de la cantina.

—No sé, no lo hemos pensado. —Lo miraba—. Le llamaremos Jacques, ya que usted estaba presente.

La mujer lanzó una carcajada y Cormery salió. Debajo de la parra, el árabe, siempre cubierto con la bolsa, esperaba. Miró a Cormery, que no le dijo nada.

—Ten —dijo el árabe, y le ofreció una punta de la bolsa.

Cormery se cubrió. Sentía el hombro del viejo árabe y el olor de humo que desprendía su ropa, y la lluvia que caía en la bolsa por encima de sus dos cabezas.

—Es un niño —dijo sin mirar a su compañero.

—Alabado sea Dios —respondió el árabe—. Eres un artista.

El agua llegada desde miles de kilómetros de distancia caía sin cesar sobre la turba, cavaba numerosos charcos, en los viñedos, más lejos, y los hilos de la alambrada seguían brillando bajo las gotas. No llegaría al mar por el este, y ahora inundaría todo el país, las tierras pantanosas cerca del río y las montañas circundantes, la inmensa tierra casi desierta cuyo olor poderoso llegaba hasta los dos hombres apretados bajo la misma bolsa, mientras un grito débil se repetía regularmente a sus espaldas.

Por la noche, tarde, Cormery, en calzoncillos largos y camiseta, tendido en un segundo colchón junto a su mujer, contemplaba la danza de las llamas en el techo. La habitación estaba ya bastante ordenada. Del otro lado de su mujer, en una cesta de ropa, el niño descansaba en silencio, con un débil gorgoteo. Su mujer también dormía, la cara vuelta hacia él, la boca un poco abierta. La lluvia se había interrumpido. Al día siguiente habría que empezar el trabajo. Cerca de él la mano ya gastada, casi leñosa de su mujer, le hablaba también de ese trabajo. Tendió la suya, la apoyó suavemente sobre la mano de la enferma y, poniéndose boca arriba, cerró los ojos.

Saint-Brieuc

[a] Cuarenta años más tarde, un hombre, en el pasillo del tren de Saint-Brieuc, miraba desfilar con desaprobación, bajo el pálido sol de una tarde de primavera, aquel país estrecho y chato, cubierto de pueblos y de casas feas que se extiende desde París hasta la Mancha. Los prados y los campos de una tierra cultivada durante siglos hasta el último metro cuadrado se sucedían ante sus ojos. La cabeza descubierta, el pelo cortado al rape, la cara larga y los rasgos finos, de buena estatura, la mirada azul y directa, el hombre, pese a la cuarentena, aún se veía delgado bajo su impermeable. Con las manos sólidamente apoyadas en la barra, el cuerpo descansando sobre una sola cadera, el pecho dilatado, daba una impresión de soltura y de energía. El tren aminoraba la marcha en ese momento y terminó por detenerse en una pequeña estación miserable. Al cabo de un rato una joven bastante elegante pasó por la portezuela donde se encontraba el hombre. Se detuvo para pasar la maleta de una mano a la otra y entonces vio al viajero. Este la miraba sonriendo, y ella no pudo dejar de sonreír también. El hombre bajó el cristal, pero el tren ya partía. «Lástima», dijo. La joven seguía sonriéndole.

El viajero fue a sentarse a su compartimiento de tercera, donde ocupaba una plaza junto a la ventanilla. Frente a él un hombre de pelo ralo y apelmazado, más joven de lo que hacía pensar su cara hinchada y venosa, apoltronado, con

a. Habría que insistir desde el comienzo en el lado monstruo de Jacques.

los ojos cerrados, respiraba fuerte, evidentemente incomodado por una digestión laboriosa, y deslizaba de vez en cuando una mirada rápida* hacia el pasajero de enfrente. En la misma banqueta, cerca del pasillo, una campesina endomingada, que llevaba un singular sombrero adornado con un racimo de uvas de cera, sonaba las narices de un niño pelirrojo de rostro apagado y pálido.

Poco después el tren se detuvo y un cartelito que decía SAINT-BRIEUC apareció lentamente en la portezuela. El viajero se incorporó en seguida, retiró sin esfuerzo del portaequipaje, sobre su cabeza, una maleta de fuelle y, después de saludar a sus compañeros de viaje, que le contestaron sorprendidos, salió con paso rápido y bajó los tres peldaños del vagón. En el andén se miró la mano izquierda todavía manchada por el hollín depositado en la barra de cobre que acababa de soltar, sacó el pañuelo y se limpió cuidadosamente. Después se encaminó hacia la salida, alcanzado poco a poco por un grupo de viajeros de ropas oscuras y tez parduzca. Bajo el alero de columnas esperó pacientemente el momento de entregar su billete, siguió esperando que el empleado taciturno se lo devolviera, atravesó una sala de espera de paredes desnudas y sucias, decoradas con viejos cartelones donde incluso la Costa Azul parecía tiznada, y apurando el paso, salió a la luz oblicua de la tarde, por la calle que bajaba de la estación hacia la ciudad.

En el hotel pidió la habitación que había reservado, rechazó los servicios de la camarera con cara de patata que quería llevarle el equipaje, a pesar de lo cual, después de que la mujer lo acompañara hasta su cuarto, le dio una propina que la sorprendió y devolvió la simpatía a su rostro. Después el viajero se lavó de nuevo las manos y volvió a bajar con el mismo paso vivo, sin cerrar con llave la puerta. En el *hall* encontró a la camarera, le preguntó dónde estaba el cementerio, recibió un exceso de explicaciones, las

* apagada

escuchó amablemente y se encaminó en la dirección indicada. Recorría ahora las calles estrechas y tristes, bordeadas de casas vulgares de feas tejas rojas. A veces algunas casas viejas de vigas aparentes dejaban ver de soslayo sus pizarras. Los escasos transeúntes ni siquiera se detenían delante de los escaparates que ofrecían las mercancías de vidrio, las obras maestras de plástico y de nailon, las cerámicas calamitosas que se encuentran en todas las ciudades del Occidente moderno. Sólo en las tiendas de alimentación se apreciaba la opulencia. El cementerio estaba rodeado de altos muros disuasivos. Cerca de la puerta, puestos de flores pobres y marmolerías. Delante de una de ellas el viajero se detuvo para mirar a un niño de aire despierto que hacía los deberes en un rincón sobre la piedra de una lápida, virgen aún de inscripción. Después entró y se encaminó a la casa del guardián. El guardián no estaba. El viajero esperó en el pequeño despacho pobremente amueblado, después vio un plano que estaba descifrando cuando entró el guardián. Era un hombre alto y nudoso, de nariz fuerte, que olía a transpiración bajo su gruesa chaqueta cerrada. El viajero preguntó por el sector de los muertos de la guerra de 1914.

—Sí —dijo el guardián—. Se llama el sector del Souvenir Français. ¿Qué nombre busca?

—Henri Cormery —respondió el viajero.

El guardián abrió un gran libro forrado con papel de embalaje y siguió con su dedo terroso una lista de nombres. El dedo se detuvo.

—Cormery, Henri, «herido mortalmente en la batalla del Marne, muerto en Saint-Brieuc el 11 de octubre de 1914».

—Eso es —dijo el viajero.

El guardián cerró el libro.

—Venga —dijo.

Y lo precedió en el camino hacia las primeras filas de tumbas, unas modestas, otras pretenciosas y feas, todas cubiertas de ese batiborrillo de mármol y abalorios que deshonraría cualquier lugar del mundo.

—¿Es un pariente? —preguntó el guardián con aire distraído.

—Era mi padre.

—Lo siento.

—No, no, yo aún no tenía un año cuando murió. Así que, usted comprenderá.

—Sí —dijo el guardián—, pero da igual. Fueron demasiados muertos.

Jacques Cormery no contestó nada. Seguramente habían sido demasiados muertos, pero en lo que respectaba a su padre, no podía inventarse una compasión que no sentía. Desde que vivía en Francia, hacía años, se prometía hacer lo que su madre, que había permanecido en Argelia, le pedía desde hacía tanto tiempo: ir a ver la tumba de su padre que ella misma jamás había visto. A Jacques le parecía que esa visita no tenía ningún sentido, ante todo, para él, que no había conocido a su padre, que ignoraba casi todo de lo que había sido y le horrorizaban los gestos y los trámites convencionales, en segundo lugar, para su madre, que nunca hablaba del desaparecido y no podía imaginar nada de lo que él vería. Pero como su viejo maestro se había retirado en Saint-Brieuc y de ese modo se le presentaba la oportunidad de volver a verle, resolvió visitar a ese muerto desconocido e incluso hacerlo antes de encontrar a su viejo amigo, para tras ello sentirse totalmente libre.

—Es aquí —dijo el guardián.

Habían llegado ante un sector cuadrado, rodeado por pequeños mojones de piedra gris unidos por una gruesa cadena pintada de negro. Las lápidas, numerosas, eran todas iguales, unos simples rectángulos grabados, situados a intervalos regulares en hileras sucesivas. Todas adornadas con un ramito de flores frescas.

—El Souvenir Français se encarga del mantenimiento desde hace cuarenta años. Mire, ahí está. —Señalaba una lápida en la primera fila.

Jacques Cormery se detuvo a cierta distancia de la piedra.

—Lo dejo —dijo el guardián.

Cormery se acercó a la lápida y la miró distraídamente. Sí, era efectivamente su nombre. Alzó los ojos. Por el cielo pálido pasaban lentamente pequeñas nubes blancas y grises y caía una luz leve que por momentos se apagaba. A su alrededor, en el vasto campo de los muertos, reinaba el silencio. Sólo llegaba un rumor sordo de la ciudad por encima de los altos muros. A veces una silueta negra pasaba por entre las tumbas lejanas. Jacques Cormery, la mirada puesta en la lenta navegación de las nubes en el cielo, trataba de percibir, detrás del olor de las flores mojadas, el aroma salado que en ese momento venía del mar lejano e inmóvil, cuando el tintineo de un cubo contra el mármol de una tumba lo sacó de sus ensoñaciones. Fue en ese momento cuando leyó sobre la lápida la fecha de nacimiento de su padre, percatándose entonces de haberla ignorado. Después leyó las dos fechas, «1885-1914», e hizo maquinalmente el cálculo: veintinueve años. De pronto le asaltó un pensamiento que lo sacudió incluso físicamente. El tenía cuarenta. El hombre enterrado bajo esa lápida, y que había sido su padre, era más joven que él.[a]

Y la ola de ternura y compasión que de golpe le colmó el corazón no era el movimiento del ánimo que lleva al hijo a recordar al padre desaparecido, sino la piedad conmovida que un hombre formado siente ante el niño injustamente asesinado, algo había ahí que escapaba al orden natural y, a decir verdad, ni siquiera tal orden existía, sino sólo locura y caos en el momento en que el hijo era más viejo que el padre. La sucesión misma del tiempo estallaba alrededor de él, inmóvil, entre esas tumbas que ya no veía, y los años no se ordenaban en ese gran río que fluye hacia su fin. Los años no eran más que estrépito, resaca y agitación, y Jacques Cormery se debatía ahora presa de angustia

a. Transición.

y piedad.[a] Miraba las otras lápidas del entorno y reconocía por las fechas que ese suelo estaba sembrado de niños que habían sido los padres de hombres encanecidos que creían estar vivos en ese momento. Porque él mismo creía estar vivo, se había hecho él solo, conocía sus fuerzas, su energía, hacía frente a la vida y era dueño de sí. Pero en el extraño vértigo de ese momento, la estatua que todo hombre termina por erigir y endurecer al fuego de los años para vaciarse en ella y esperar el desmoronamiento final, se resquebrajaba rápidamente, se derrumbaba. El viajero no era más que ese corazón angustiado, ávido de vivir, en rebeldía contra el orden mortal del mundo, que lo había acompañado durante cuarenta años y que latía siempre con la misma fuerza contra el muro que lo separaba del secreto de toda vida, queriendo ir más lejos, más allá, y saber, saber antes de morir, saber por fin para ser, una sola vez, un solo segundo, pero para siempre.

Volvía a ver su vida loca, valerosa, cobarde, obstinada y siempre orientada hacia ese objetivo del que ignoraba todo, y en verdad había transcurrido enteramente sin que él tratara de imaginar lo que podía haber sido un hombre que justamente le había dado esa vida para ir a morir poco después a una tierra desconocida, al otro lado de los mares. A los veintinueve años, ¿acaso él mismo no había sido frágil, doliente, tenso, voluntarioso, sensual, soñador, cínico y valiente? Sí, todo eso y muchas cosas más, alguien vivo, un hombre al fin, pero sin pensar nunca en el ser que allí descansaba como en alguien viviente, sino como en un desconocido que había pasado antes por la tierra donde él naciera, y que, según su madre, se le parecía y había muerto en el campo de honor. Sin embargo, ahora pensaba que ese secreto, lo que ávidamente había tratado de conocer a través de los libros y de los seres, tenía que ver con ese muerto, ese padre más joven, con todo lo que éste había

a. desarrollo guerra del 14.

sido y con un destino, y que él mismo había buscado muy lejos lo que estaba a su lado en el tiempo y en la sangre. A decir verdad, no había tenido ayuda. Una familia en la que se hablaba poco, donde no se leía ni escribía, una madre desdichada y distraída, ¿quién le hubiera informado sobre ese padre joven y digno de lástima? Sólo su madre lo había conocido, y lo había olvidado. Estaba seguro. Y había muerto ignorado en esta tierra por la que había pasado fugazmente, como un desconocido. Era él, sin duda, quien debía informarse, preguntar. Pero a alguien, como él, que nada posee y que quiere el mundo entero, no le basta toda su energía para construirse y conquistar o entender el mundo. Al fin y al cabo no era demasiado tarde, aún podía buscar, saber quién había sido ese hombre que le parecía ahora más cercano que ningún otro ser en el mundo. Podía...

Caía la tarde. El rumor de una falda a su lado, una sombra negra lo devolvió al paisaje de tumbas y cielo que lo rodeaba. Había que marcharse, allí no tenía nada más que hacer. Pero no podía separarse de aquel nombre, de aquellas fechas. Debajo de la losa sólo quedaba polvo y cenizas. Pero para él su padre estaba de nuevo vivo, con una extraña vida taciturna, y le parecía que iba a desampararlo de nuevo, a dejarlo también esta noche en la interminable soledad adonde lo había arrojado y después abandonado. En el cielo desierto resonó una brusca y fuerte detonación. Un avión invisible acababa de atravesar la barrera del sonido. Volviendo la espalda a la tumba, Jacques Cormery abandonó a su padre.

3
Saint-Brieuc y Malan (J.G.)[a] [1]

Esa noche, durante la cena, J.C. miraba a su viejo amigo acometer con una especie de avidez inquieta la segunda tajada de pierna de cordero; el viento que se había levantado gruñía suavemente alrededor de la casita en un barrio próximo al camino de las playas. Al llegar, J.C. había observado en la cuneta seca, al borde de la acera, fragmentos de algas secas que, con el olor de la sal, evocaban por sí solas la cercanía del mar. Victor Malan, después de hacer toda su carrera en la administración de aduanas, se había jubilado en esa pequeña ciudad que no había escogido, pero cuya elección justificaba a posteriori diciendo que nada lo distraía allí de la meditación solitaria, ni el exceso de belleza, ni el de fealdad, ni la soledad misma. La administración de las cosas y la dirección de los hombres le habían enseñado mucho, pero sobre todo, al parecer, que sabía poco. Sin embargo, su cultura era inmensa y J.C. lo admiraba sin reservas, porque Malan, en tiempos en que los hombres superiores son tan adocenados, era el único que tenía un pensamiento personal, en la medida en que es posible tenerlo, y en todo caso, bajo una apariencia falsamente conciliadora, una libertad de juicio que coincidía con la originalidad más irreductible.

—Eso es, hijo —decía Malan—. Ya que va a ver a su ma-

a. Capítulo por escribir y suprimir.

1. Las siglas aluden a Jean Grenier, escritor francés y profesor de filosofía en el liceo de Argel. *(N. de la T.)*

dre, trate de averiguar algo sobre su padre. Y vuelva a toda velocidad a contarme el resultado. No hay muchas ocasiones de reír.

—Sí, es ridículo. Pero como me ha asaltado esta curiosidad, puedo por lo menos intentar recoger algunas informaciones suplementarias. Que nunca me haya preocupado de ello es un poco patológico.

—No, en este caso es lo más sensato. Yo estuve casado treinta años con Marthe, a quien usted conoció. Una mujer perfecta a la que todavía hoy echo de menos. Siempre pensé que a Marthe le gustaba su casa.[1] Seguramente tiene usted razón —decía desviando la mirada, y Cormery esperaba la objeción que, como sabía, era inevitable después de la aprobación—. Sin embargo —prosiguió Malan—, yo, y con seguridad me equivoco, me cuidaría de saber más de lo que la vida me ha enseñado. Pero en este sentido, soy un mal ejemplo, ¿verdad? En fin, seguramente mis defectos son la causa de que no tomara ninguna iniciativa. En cambio usted —y una suerte de malicia iluminó su mirada—, usted es un hombre de acción.

Malan parecía un chino, con su cara lunar, su nariz un poco chata, las cejas ausentes o casi, el pelo recortado como una gorra y un gran bigote que no alcanzaba a cubrir la boca espesa y sensual. El cuerpo mismo, blando y redondo, la mano regordeta de dedos amorcillados, hacían pensar en un mandarín enemigo de la carrera pedestre. Cuando entrecerraba los ojos mientras comía con apetito, era imposible no imaginarlo vestido de seda y con palillos entre los dedos. Pero su mirada lo cambiaba todo. Los ojos castaño oscuro, febriles, inquietos o repentinamente fijos, como si la inteligencia trabajara rápidamente sobre un punto preciso, eran los de un occidental de gran sensibilidad y cultura.

La vieja criada traía los quesos que Malan miraba ávidamente con el rabillo del ojo.

1. Estos tres párrafos están tachados.

—Conocí a un hombre —agregó— que después de haber vivido treinta años con su mujer —Cormery aguzó la atención. Cada vez que Malan empezaba diciendo «conocí a un hombre que... o un amigo... o un inglés que viajaba conmigo...», uno podía estar seguro de que hablaba de sí mismo—..., a quien no le gustaban los pasteles y su mujer tampoco los comía. Pues bien, al cabo de veinte años de vida en común, sorprendió a su mujer en la pastelería y se enteró, observándola, de que iba varias veces por semana a atracarse de pastelitos de crema de café. Sí, él creía que a ella no le gustaban las cosas dulces y en realidad adoraba los pastelitos de crema de café.

—En una palabra —dijo Cormery—, que no conocemos a nadie.

—Si usted quiere decirlo así. Pero quizá sería más justo, me parece, o en todo caso creo que preferiría decir, cárguelo en la cuenta de mi imposibilidad de afirmar nada, sí, bastaría decir que si veinte años de vida en común no son suficientes para conocer a una persona, una encuesta forzosamente superficial, cuarenta años después de la muerte de un hombre, es posible que sólo le proporcione informaciones de valor limitado, sí, puede decirse limitado, sobre ese hombre. Aunque, en otro sentido...

Alzó, armada de un cuchillo, una mano fatalista que cayó sobre el queso de cabra.

—Discúlpeme. ¿No quiere un poco de queso? ¿No? ¡Siempre tan frugal! ¡Duro oficio el de querer agradar!

Un brillo malicioso se filtró de nuevo entre sus párpados entrecerrados. Hacía ya veinte años que Cormery conocía a su viejo amigo [añadir aquí por qué y cómo] y aceptaba sus ironías con buen humor.

—No es por agradar. Si como demasiado me siento pesado. Me aplasto.

—Sí, deja de planear por encima de los demás.

Cormery miraba los buenos muebles rústicos que llenaban el comedor de techo bajo, con vigas encaladas.

—Querido amigo —dijo—, usted siempre ha pensado que soy orgulloso. Lo soy. Pero no siempre ni con todos. Con usted, por ejemplo, soy incapaz de orgullo.

Malan apartó la mirada, lo que era en él signo de emoción.

—Lo sé —dijo—, pero ¿por qué?

—Porque le tengo afecto —respondió Cormery con calma.

Malan acercó la ensalada de frutas y no contestó nada.

—Porque —prosiguió Cormery—, cuando yo era muy joven, muy necio y estaba muy solo (¿recuerda, en Argel?), usted se acercó a mí y sin mostrarlo me abrió las puertas de todo lo que yo amo en este mundo.

—¡Oh! Usted tiene grandes condiciones.

—Seguramente. Pero incluso los más dotados necesitan un iniciador. La persona que la vida pone un día en su camino, ésa ha de ser por siempre amada y respetada, aunque no sea responsable. ¡En eso creo!

—Sí, sí —dijo Malan con aire meloso.

—Usted lo duda, ya sé. Pero no crea que el afecto que le tengo es ciego. Sus defectos son grandes, grandísimos. Por lo menos para mí.

Malan se lamió los gruesos labios y se mostró repentinamente interesado.

—¿Cuáles?

—Por ejemplo, es usted, digamos, económico. Pero no por avaricia, sino por pánico, por miedo de que le falte, etcétera. De cualquier modo, es un gran defecto y en general no me gusta. Pero, sobre todo, usted no puede dejar de suponer en los demás segundas intenciones. Instintivamente, no puede creer en sentimientos totalmente desinteresados.

—Confiese —dijo Malan apurando el vino— que no debería tomar café. Y sin embargo...

Pero Cormery no perdía la calma.[a]

—Estoy seguro por ejemplo de que no me creerá si le

a. Con frecuencia presto dinero, sabiendo que lo pierdo, a gentes que me son indiferentes. Pero es que no sé decir que no, y al mismo tiempo eso me exaspera.

digo que bastaría con que usted me lo pidiese para que le entregara de inmediato todo lo que poseo.

Malan vaciló y esta vez miró a su amigo.

—Oh, lo sé. Usted es generoso.

—No, no soy generoso. Soy avaro de mi tiempo, de mis esfuerzos, de mi fatiga, y eso me repugna. Pero lo que acabo de decir es cierto. Usted no me cree, y ése es su defecto y su verdadera impotencia, aunque sea un hombre superior. Porque se equivoca. Bastaría una palabra, en este mismo momento, y todo lo que poseo sería suyo. Usted no lo necesita, no es más que un ejemplo. Pero no es un ejemplo arbitrariamente escogido. En realidad todo lo que poseo es suyo.

—Se lo agradezco, de verdad —dijo Malan entrecerrando los ojos—, estoy realmente conmovido.

—Bueno, le hago sentirse incómodo. A usted tampoco le gusta que se hable con demasiada franqueza. Sólo deseaba decirle que lo quiero a usted con todos sus defectos. Quiero o venero a pocas personas. Por todo lo demás, me avergüenzo de mi indiferencia. Pero en cuanto a las personas a las que quiero, nada, ni yo mismo, ni siquiera ellas, harán que deje jamás de quererlas. Son cosas que he tardado en aprender; ahora lo sé. Dicho esto, prosigamos nuestra conversación: usted no aprueba que yo trate de informarme sobre mi padre.

—Es decir, sí, le apruebo, pero temo que sufra una decepción. Un amigo mío que estaba muy enamorado de una muchacha y quería casarse con ella, cometió el error de informarse.

—Un burgués —dijo Cormery.

—Sí —admitió Malan—, era yo.

Se echaron a reír.

—Yo era joven. Recogí opiniones tan contradictorias que la mía vaciló. Empecé a dudar de si la quería o no la quería. En una palabra, me casé con otra.

—Yo no puedo encontrar un segundo padre.

—No. Por suerte. Basta con uno, si he de juzgar por mi experiencia.

—Bueno —dijo Cormery—. Además, tengo que ir a ver a mi madre dentro de unas semanas. Es una oportunidad. Y si le he hablado de la cuestión ha sido sobre todo porque hace un momento me perturbó la diferencia de edad a mi favor. A mi favor, sí.

—Ya, comprendo.

Cormery miró a Malan.

—Puede decirse que no envejeció. Se le ahorró ese sufrimiento, y es un sufrimiento largo.

—Con algunas alegrías.

—Sí. Usted ama la vida. Es necesario, es lo único en que cree.

Malan se sentó pesadamente en una poltrona tapizada de cretona y de pronto una expresión de indecible melancolía transfiguró su rostro.

—Tiene usted razón. Yo la he amado, la amo con avidez. Y al mismo tiempo me parece horrible, y también inaccesible. Por eso creo, por escepticismo. Sí, quiero creer, quiero vivir, siempre.

Cormery se mantuvo callado.

—A los sesenta y cinco años, cada año es una prórroga. Quisiera morirme tranquilo, y morirse es aterrador. No he hecho nada.

—Hay seres que justifican el mundo, que ayudan a vivir con su sola presencia.

—Sí, y se mueren.

Guardaron silencio y el viento sopló con un poco más de fuerza alrededor de la casa.

—Tiene razón, Jacques —dijo Malan—. Vaya a buscar informaciones. Usted ya no necesita un padre. Se ha criado solo. Ahora puede amarlo como usted sabe amar. Pero —dijo, y vacilaba—... vuelva a verme. Ya no me queda mucho tiempo. Y perdóneme...

—¿Perdonarle? —dijo Cormery—. Se lo debo todo.

—No, usted no me debe gran cosa. Perdóneme por no saber corresponder a veces a su afecto...

Malan miraba la gran lámpara a la antigua que colgaba sobre la mesa, y su voz ensordeció para decir algo que, unos momentos más tarde, solo en el viento y en el suburbio desierto Cormery seguía escuchando incesantemente:

—Hay en mí un vacío atroz, una indiferencia que me hace daño...[a]

a. Jacques / He intentado descubrir yo mismo, desde el comienzo, de pequeño, lo que estaba bien y lo que estaba mal, ya que nadie a mi alrededor podía decírmelo. Y ahora reconozco que todo me abandona, que necesito que alguien me señale el camino y me repruebe y me elogie, no en virtud de su poder, sino de su autoridad, necesito a mi padre.

Yo creía saberlo, ser dueño de mí, todavía no lo [¿sé?].

4
Los juegos del niño[1]

Un oleaje ligero y breve empujaba el barco en el calor de julio. Jacques Cormery, tendido en su camarote, semidesnudo, veía bailar en los bordes de cobre del ojo de buey los reflejos del sol desmenuzado en el mar. Se levantó de un salto para detener el ventilador que secaba el sudor en sus poros antes de que empezara a deslizarse por el torso, era preferible transpirar, y se dejó caer en la litera dura y estrecha, tal como le gustaba que fueran las camas. De inmediato, de las profundidades del barco, el ruido sordo de las máquinas subió con vibraciones amortiguadas como un enorme ejército que emprendiera la marcha. Le gustaba también ese ruido de los grandes transatlánticos, noche y día, y la sensación de andar sobre un volcán mientras, alrededor, el mar inmenso ofrecía a la mirada sus superficies libres. Pero hacía demasiado calor en el puente; después del almuerzo, algunos pasajeros, atontados por la digestión, se desplomaban sobre las tumbonas del puente cubierto o se escapaban a la crujía a la hora de la siesta. A Jacques no le gustaba dormir por la tarde. «A benidor», pensaba con rencor y era la extraña expresión de su abuela cuando de niño, en Argel, lo obligaba a dormir la siesta con ella. Las tres habitaciones del pequeño apartamento suburbano estaban sumidas en la sombra rayada de las persianas cuidadosamente cerradas.[a] El calor cocinaba afuera las calles secas y polvo-

a. Alrededor de los diez años.
1. Véase en los apéndices, pág. 245, la hoja I intercalada aquí.

rientas y, en la penumbra de las habitaciones, una o dos moscas enérgicas buscaban infatigablemente una salida con un zumbido de avión. Hacía demasiado calor para bajar a la calle y juntarse con sus camaradas, también retenidos a la fuerza en sus casas. Hacía demasiado calor para leer los *Pardaillan* o *L'Intrépide*.[a] Cuando la abuela, por excepción, estaba ausente o charlaba con la vecina, el niño aplastaba la nariz contra las persianas del comedor, que daban a la calle. La calzada estaba desierta. La zapatería y la mercería de enfrente habían bajado los toldos de lona roja y amarilla, una cortina de cuentas multicolores disimulaba la entrada del estanco, y en el café de Jean no había un alma, con excepción del gato que dormía, como si estuviera muerto, en la frontera entre el suelo cubierto de serrín y la acera polvorienta.

El niño se volvía entonces hacia la habitación casi desnuda, encalada, con una mesa cuadrada en el centro, pegados a las paredes un aparador y un pequeño escritorio lleno de cicatrices y manchas de tinta, y directamente en el suelo, un colchoncito cubierto con una manta, en la que, al caer la noche, dormía el tío casi mudo, y cinco sillas.[b] En un rincón, sobre una chimenea en que lo único de mármol era una repisa, había un florerito de cuello esbelto decorado con flores, como se ven en las ferias. El niño, preso entre los dos desiertos de la sombra y del sol, giraba sin cesar alrededor de la mesa, con el mismo paso precipitado, repitiendo como una letanía: «¡Me aburro! ¡Me aburro!». Se aburría, pero también había un juego, una alegría, una especie de goce en ese aburrimiento, pues la furia lo asaltaba al oír el «A benidor» de la abuela, por fin de vuelta. Eran protestas inútiles. La abuela, que había criado a nueve

a. Aquellos gruesos libros de papel de periódico con una cubierta de groseros colores en los que el precio impreso era más grande que el título y el nombre del autor.

b. la extrema limpieza.

Un armario, un tocador de madera con cubierta de mármol. Una alfombrita de cama gastada, deshilachada en los bordes. Y en un rincón un gran baúl cubierto con un viejo tapete de borlas.

hijos en su pueblo, tenía sus propias ideas sobre la educación. De un empellón el niño entraba en el dormitorio. Era una de las dos habitaciones que daban al patio. En la otra había dos camas, la de su madre y la que compartían él y su hermano. La abuela tenía derecho a un cuarto para ella sola, pero en su alta y gran cama de madera, acogía a Jacques en algunas ocasiones por la noche, y todos los días a la hora de la siesta. El niño se quitaba las sandalias y se encaramaba a la cama. Su lugar era el fondo, contra la pared, desde el día en que se había deslizado al suelo mientras la abuela dormía, y reanudó su ronda alrededor de la mesa murmurando su letanía. Desde su sitio, en el fondo, veía cómo su abuela se quitaba el vestido y bajaba la camisa de grueso lino, desanudando la cinta que la sujetaba al escote. Después subía ella también a la cama y el niño sentía cerca el olor de carne añosa, miraba las abultadas venas azules y las manchas de vejez que deformaban los pies de su abuela. «Ale», repetía ésta. «A benidor», y se dormía en seguida, mientras el niño, con los ojos abiertos, seguía el ir y venir de las moscas infatigables.

Sí, durante años detestó aquello, e incluso más tarde, siendo ya un hombre, y salvo que enfermara gravemente, no se decidía a recostarse después del almuerzo, en las horas de gran calor. Cuando a pesar de ello se dormía, se despertaba sintiéndose mal y con náuseas. Sólo desde hacía poco, desde que sufría de insomnio, podía dormir una media hora durante el día y despertarse repuesto y alerta. A benidor...

El viento parecía haberse calmado, aplastado por el sol. El barco había perdido su leve balanceo y avanzaba ahora como por un camino rectilíneo, las máquinas a toda marcha, la hélice perforando el espesor de las aguas y el ruido de los pistones tan regular que se confundía con el clamor sordo e ininterrumpido del sol en el mar. Jacques estaba semidormido, el alma embargada por una suerte de angustia feliz ante la idea de volver a ver Argel y la casita pobre de los suburbios. Era lo que ocurría cada vez que salía de París para ir a Africa, un júbilo sordo, el corazón ensanchado, la satisfacción del que acaba de evadirse con éxito y se ríe pensando en la cara de los guardianes. Y cada vez que regresaba en coche o en tren, se le encogía el corazón al ver las primeras casas de los suburbios, a las que se llegaba sin saber cómo, sin fronteras de árboles ni de agua, como un cáncer aciago, exhibiendo sus ganglios de miseria y fealdad y digiriendo poco a poco el cuerpo extraño para llevarlo al corazón de la ciudad, allí donde una decoración espléndida le hacía olvidar a veces la selva de cemento y de hierro que lo aprisionaba día y noche y poblaba incluso sus insomnios. Pero se había evadido, respiraba sobre las anchas espaldas del mar, respiraba a oleadas, bajo el vasto balanceo del sol, por fin podía dormir y volver a la infancia, de la que nunca se había curado, a ese secreto de luz, de cálida pobreza que lo había ayudado a vivir y a vencerlo todo. El reflejo quebrado, ahora casi inmóvil, en el cobre del ojo de buey, venía del mismo sol que, en el cuarto oscuro donde dormía la abuela, empujando con todo su peso en la superficie entera de las persianas, hundía en la sombra una espada muy fina a través de la única escotadura que un nudo de la madera había dejado al saltar en la cubrejunta de las persianas. Faltaban las moscas, no eran ellas las que zumbaban, poblaban y alimentaban su somnolencia, no hay moscas en el mar y las que el niño amaba porque eran ruidosas estaban muertas, lo único vivo en aquel mundo cloroformado por el calor, y todos los hombres y los animales estaban echados, inertes, salvo él, es verdad, que se revolvía en el estrecho espacio de la cama que le quedaba entre la pared y la abuela, queriendo él también vivir, pareciéndole que el tiempo del sueño se le arrebataba a la vida y a sus juegos. Sus camaradas lo esperaban, con seguridad, en la Rue Prévost Paradol, bordeada de jardincillos que al atardecer olían a la humedad del riego y a la madreselva que crecía en todas partes, la regaran o no. En cuanto la abuela se despertara, saldría disparado, bajaría a la Rue de Lyon, todavía desierta bajo los ficus, correría hasta la fuente que estaba en la esquina de la Rue Prévost Paradol y haría girar a toda velocidad la gran manivela de hierro en lo alto de la fuente, inclinando la cabeza bajo el grifo para recibir el gran chorro que le llenaría la nariz y las orejas, y se escurriría por el cuello abierto de la camisa hasta el vientre y debajo del pantalón corto a lo largo de las piernas hasta las sandalias. Entonces, feliz al sentir la espuma del agua entre las plantas de los pies y el cuero de la suela, correría hasta perder el aliento para unirse a Pierre[a] y a los otros, sentados a la entrada del pasillo de la única casa de dos pisos de la calle, afinando el palo de madera que serviría poco después para jugar a la billalda[1] con la paleta de madera azul.

Cuando estaban todos reunidos partían, raspando al pasar, con la paleta, las verjas herrumbradas de los jardines de las casas, con un gran ruido que despertaba al barrio y sobresaltaba a los gatos dormidos bajo las glicinas polvorientas. Cruzaban la calle corriendo, tratando de pillarse, cubiertos ya de un buen sudor, pero siempre en la misma dirección, hacia el *campo verde,* no lejos de la escuela, a cuatro o cinco calles de allí. Pero hacían una parada obligada en lo que llamaban el chorro, una inmensa fuente redonda de dos niveles, en una plaza bastante grande, donde el agua no corría pero cuyo estanque, tapado desde hacía mucho tiempo, llenaban hasta el borde, de vez en cuando, las lluvias torrenciales. Entonces el agua se estancaba, se cubría de viejo verdín, cortezas de melón, peladuras de naranja y toda clase de desechos, hasta que el sol la aspiraba o la municipalidad reaccionaba y decidía bombearla, y un lodo seco, cuarteado, sucio, quedaba largo tiempo en el fondo del estanque a la espera de que el sol, prosiguiendo

a. Pierre, hijo también de una viuda de guerra que trabajaba en Correos, era su amigo.

1. Véase más adelante explicación del autor.

su esfuerzo, lo redujera a polvo, y el viento o la escoba de los barrenderos lo arrojara sobre las hojas barnizadas de los ficus que rodeaban la plaza. De todos modos, en verano el estanque estaba seco y ofrecía su gran borde de piedra oscura, brillante, alisado por miles de manos y fondillos de pantalones y sobre el cual Jacques, Pierre y los demás jugaban como si fuera el potro con arzón, girando sobre el trasero hasta que una caída irresistible los precipitaba al fondo poco profundo del estanque, que olía a orina y a sol.

Después, corriendo siempre, en el calor y el polvo que cubrían con una misma capa gris sus pies y sus sandalias, volaban hacia el campo verde. Se trataba de una especie de terreno baldío detrás de una fábrica de toneles, donde, entre aros de hierro oxidado y viejos fondos de barril podridos, crecían unas matas de hierbas anémicas en las juntas de las losas de toba. Allí, dando fuertes gritos, trazaban un círculo. Uno de ellos se instalaba, paleta en mano, en el centro, y los otros, por turno, debían devolver el palo al interior. Si el palo aterrizaba dentro, el que lo había lanzado defendía a su vez el círculo con su paleta. Los más diestros[a] lo atrapaban al vuelo y lo enviaban muy lejos. En ese caso, tenían el derecho de ir al lugar donde había caído y, golpeando la extremidad con el canto de la paleta, lo hacían volar por el aire, lo enviaban más lejos todavía, y así sucesivamente hasta que, errando el golpe o porque los otros lo atajaban al vuelo, volvían rápidamente atrás para defender de nuevo el círculo contra el palo rápida y hábilmente lanzado por el adversario. Este tenis de pobres, con algunas reglas más complicadas, ocupaba toda la tarde. El más diestro era Pierre, más delgado que Jacques, también más bajo, casi frágil, tan rubio como él era moreno, rubio hasta las pestañas, entre las cuales su mirada azul y directa se ofrecía indefensa, un poco herida, asombrada,

a. el defensor diestro, en singular.

aparentemente torpe pero de una eficacia precisa y constante en la acción. Jacques, por su parte, conseguía parar los tiros en situaciones imposibles, pero no así en los reveses. Por ser capaz de lo primero y por sus logros, que despertaban la admiración de sus amigos, se creía el mejor y solía fanfarronear. En realidad, Pierre le ganaba siempre y nunca decía nada. Pero terminado el juego, se erguía cuan alto era y sonreía en silencio mientras escuchaba a los otros.[a]

Cuando el tiempo o el humor no se prestaban, en lugar de correr por las calles y los terrenos baldíos se reunían primero en el corredor de la casa de Jacques. Desde allí, por una puerta del fondo, pasaban a un pequeño patio, más abajo, rodeado por las paredes de tres casas. En el cuarto lado, por encima del muro de un jardín asomaban las ramas de un gran naranjo, cuyo perfume, cuando florecía, subía a las casas miserables, pasaba por el corredor o bajaba al patio por una escalerilla de piedra. En un lado y la mitad del otro, en una pequeña construcción en escuadra, vivía el peluquero español cuyo local se abría a la calle, y una pareja de árabes;[b] algunas noches la mujer tostaba el café en el patio. En el tercer lado, los inquilinos criaban gallinas en altas jaulas destartaladas de madera y alambres. Por último, en el cuarto lado, se abrían, a cada costado de la escalera, las grandes bocas que conducían a la oscuridad de los sótanos del edificio: antros sin aberturas ni luz, cavados en la tierra, sin separación alguna, rezumantes de humedad, a los que se bajaba por cuatro peldaños cubiertos de mantillo verdecido y donde los inquilinos amontonaban en desorden el excedente de sus bienes, es decir casi nada: viejos sacos que se pudrían, maderas de cajones, antiguas palanganas oxidadas y agujereadas, en fin, lo que se amontona en todos los terrenos baldíos y no sirve ni al más miserable. Allí, en uno de esos sótanos, se reunían los ni-

a. En el campo verde tenían lugar las «agarradas».
b. Omar es el hijo de esta pareja – el padre es barrendero municipal.

ños. Allí acostumbraban a jugar los dos hijos del peluquero español, Jean y Joseph. Era su jardín particular, a las puertas de la chabola. Joseph, redondo y malicioso, se reía siempre y daba todo lo que tenía. Jean, pequeño y delgado, recogía incesantemente cuanto clavo, cuanto tornillo encontrara, y se mostraba especialmente económico con sus canicas o sus huesos de albaricoque, indispensables para uno de los juegos favoritos.[a] Imposible imaginar nada más opuesto que esos dos hermanos inseparables. Con Pierre, Jacques y Max, el último cómplice, se metían en el sótano hediondo y mojado. Sobre unos montantes de hierro oxidado tendían los sacos rotos, que se pudrían en el suelo después de limpiarlos de esos pequeños bichos grises de caparazón articulado que llamaban cochinillos de Indias. Y debajo de aquel toldo repugnante, por fin en casa (ellos que nunca habían tenido ni un cuarto propio, ni siquiera una cama que les perteneciese), encendían pequeñas hogueras que, encerradas en aquel aire húmedo y confinado, agonizaban en humo y los desalojaban de la madriguera, hasta que volvían a cubrirlas con tierra húmeda que traían del patio. Compartían entonces, no sin discutir con el pequeño Jean, los grandes caramelos de menta, los cacahuetes o los garbanzos secos y salados, los altramuces, que llamaban *tramousses,* o los pirulíes de colores violentos, que los árabes ofrecían a las puertas del cine vecino, en un mostrador, un simple cajón de madera montado sobre cojinetes, asaltado por las moscas. Los días de tormenta, el suelo del patio húmedo, saturado de agua, dejaba escurrir el exceso de lluvia en el interior de los sótanos, que se inundaban regularmente, y subidos en viejos cajones, jugaban a ser Robinsones, lejos

a. Sobre tres huesos que formaban un trípode, se apoyaba un cuarto. Y desde una distancia determinada, se trataba de demoler esa construcción lanzando otro hueso. El que lo conseguía, recogía los cuatro. Si erraba, el hueso pertenecía al dueño del montón.

Ils s'en emplissaient dans le cas présent à merveille. Sur les monticules de fer rouillé, ils tendaient ~~[illegible]~~ les sacs percés, déchirés qui pourrissaient dans le sol après les avoir débarrassés de petits escargots et des corps articulés qu'ils appelaient cochons d'Inde. Et sous cette tente grossière, [illegible] chez eux, ils allumaient de petits feux qui ~~[illegible]~~ [illegible] dans ~~[illegible]~~ un monde à eux compris [illegible] [illegible] [illegible] [illegible] de leur [illegible] ce qu'ils ~~[illegible]~~ [illegible] [illegible] [illegible]. Ils partageaient ~~[illegible]~~ [illegible] [illegible] [illegible] [illegible] [illegible] même la [illegible]. Ils partageaient ~~[illegible]~~ ...

Mais les plus grandes journées étaient celles de la belle saison ...

[illegible]

del cielo puro y de los vientos del mar, triunfantes en su reino de miseria.[a]

Pero los mejores eran los días* de buen tiempo, cuando con un pretexto cualquiera encontraban una buena mentira para interrumpir la siesta. Porque entonces podían andar largo rato —ya que jamás tenían dinero para el tranvía— hasta el jardín experimental, siguiendo la serie de calles amarillas y grises del suburbio, atravesando el barrio de los establos, los grandes cobertizos pertenecientes a las empresas o a los particulares que abastecían con camiones tirados por caballos las tierras del interior, costeaban las grandes puertas corredizas detrás de las cuales se oía el pisoteo de los caballos, sus bruscos resoplidos, que hacían chasquear los belfos, el ruido, en la madera de la artesa, de la cadena de hierro que servía de cabestro, mientras respiraban con delicia el olor de estiércol, paja y sudor que venía de esos lugares prohibidos en los que Jacques seguía pensando antes de dormirse. Delante de un establo abierto donde curaban a los caballos, grandes animales patudos procedentes de Francia que los miraban con ojos de exiliados, embrutecidos por el calor y las moscas, se detenían hasta que, expulsados a empellones por los camioneros, corrían hacia el inmenso jardín donde se cultivaban las variedades más raras. En la gran alameda que abría hasta el mar una gran perspectiva de estanques y flores, se daban aires de paseantes indiferentes y civilizados bajo la mirada desconfiada de los guardianes. Pero en el primer sendero transversal echaban a correr hacia la parte este del jardín, atravesando filas de enormes mangles, tan apretados que a su sombra era casi de noche, en dirección a los grandes cauchos,[b] cuyas ramas colgantes no se distinguían de las múltiples raíces que bajaban hacia el suelo desde las primeras ramas, y, todavía más lejos, hacia la meta real de la expedición, los altos co-

* grandes.
a. Gallofa.
b. decir los nombres de los árboles.

coteros con sus racimos de pequeños frutos redondos y apretados de color naranja que llamaban *cocoses*. Allí había que extremar primero los reconocimientos en todas direcciones para asegurarse de que no había ningún guardián en las inmediaciones. Después empezaba el aprovisionamiento de municiones, es decir, de piedras. Cuando todos tenían los bolsillos llenos, cada uno apuntaba por turno a los racimos que, sobresaliendo del resto de los árboles, se balanceaban suavemente en el cielo. Por cada blanco acertado, caían algunos frutos que pertenecían al afortunado tirador. Los otros tenían que esperar, antes de tirar, a que recogiera su botín. En este juego Jacques, que era diestro en arrojar piedras, igualaba a Pierre. Pero los dos compartían lo que ganaban con los otros menos afortunados. El más torpe era Max, que usaba gafas y tenía mala vista. Achaparrado y recio, los demás lo respetaban desde el día en que lo vieran pelear. Mientras que en las frecuentes batallas callejeras en que participaban tenían la costumbre, sobre todo Jacques, que no podía dominar su cólera y su violencia, de arrojarse sobre el adversario para hacerle cuanto antes el mayor daño posible, con riesgo de que se lo devolvieran con creces, Max, que tenía un apellido de resonancias germánicas, un día que el gordo hijo del carnicero, apodado «Solomillo», lo trató de «cerdo alemán», se quitó tranquilamente las gafas, que confió a Joseph, se puso en guardia como los boxeadores retratados en los periódicos e invitó al otro a que repitiera su insulto. Después, aparentemente sin calentarse, evitó todos los asaltos de Solomillo, le pegó varias veces sin que el otro lo tocara y por último tuvo la felicidad de ponerle un ojo morado, suprema gloria. A partir de ese día quedó asentada la popularidad de Max en el grupito. Con los bolsillos y las manos pegajosos de fruta, salían del jardín corriendo hacia el mar y no bien habían abandonado el recinto, juntando los *cocoses* en sus pañuelos sucios, masticaban con delicia las bayas fibrosas, repugnantes por azucaradas y grasas, pero ligeras y sabrosas como la victoria. Después, corrían hacia la playa.

Para ello había que cruzar el camino llamado de los corderos, porque era el que solían tomar los rebaños en su camino de ida o de vuelta al mercado de Maison-Carrée, al este de Argel. Era en realidad una carretera de circunvalación que separaba el mar del arco que trazaba la ciudad instalada en el anfiteatro de sus colinas. Entre la carretera y el mar, unas extensiones de arena o de polvo de cal en las que se blanqueaban maderos y trozos de hierro separaban manufacturas, ladrillares y una fábrica de gas. Una vez atravesada esa tierra ingrata, se desembocaba en la playa de Sablettes. La arena era un poco negra y las primeras olas no siempre transparentes. A la derecha, un establecimiento de baños ofrecía sus casetas y, los festivos, su sala, una gran caja de madera montada sobre pilotes, para bailar. Todos los días, durante la temporada, un vendedor de patatas fritas avivaba su hornillo. La mayor parte del tiempo el pequeño grupo no tenía siquiera el dinero para un cucurucho. Si por casualidad uno de ellos disponía de la moneda necesaria,[a] compraba el cucurucho, avanzaba gravemente hacia la playa, seguido por el cortejo respetuoso de sus camaradas, y delante del mar, a la sombra de una vieja barca desmantelada, plantando los pies en la arena, se dejaba caer sobre las nalgas, sosteniendo bien vertical el cucurucho con una mano y cubriéndolo con la otra para no perder ninguno de los grandes copos crujientes. La costumbre quería entonces que ofreciera una patata a cada uno de sus amigos, quienes saboreaban religiosamente esa única golosina caliente y perfumada de aceite fuerte. Después miraban al afortunado, que, gravemente, saboreaba una por una el resto de las patatas. En el fondo del paquete siempre quedaban restos de fritura. Todos suplicaban al ahíto que les permitiera compartirlos. Y las más de las veces, salvo

a. dos céntimos.

cuando se trataba de Jean, él desplegaba el papel engrasado, disponía las migajas y autorizaba a todos, uno por vez, a que se sirvieran una. Hacía falta simplemente una «mano inocente» que decidiera quién atacaría primero y podría por consiguiente servirse la migaja más grande. Terminado el festín, placer y frustración de inmediato olvidados, venía la carrera hacia el extremo oeste de la playa, bajo el duro sol, hasta unos cimientos semiderruidos de lo que debía de haber sido una cabaña desaparecida, detrás de los cuales podían desvestirse. En unos instantes estaban desnudos y poco después en el agua, nadando vigorosa y torpemente, lanzando exclamaciones,[a] escupiendo todo el tiempo, desafiándose a zambullirse o a permanecer más tiempo debajo del agua. El mar estaba tranquilo, tibio, el sol ahora ligero sobre las cabezas mojadas, y la gloria de la luz llenaba esos cuerpos jóvenes de una alegría que los hacía gritar sin interrupción. Reinaban sobre la vida y sobre el mar, y lo más fastuoso que puede dar el mundo lo recibían y gastaban sin medida, como señores seguros de sus riquezas irreemplazables.

Se olvidaban hasta de la hora, corriendo de la playa al mar, secándose en la arena el agua salada que los dejaba viscosos, lavándose después en el mar la arena que los vestía de gris. Corrían y los vencejos con sus gritos rápidos empezaban a volar más bajo sobre las fábricas y la playa. El cielo, vaciado del bochorno del día, se volvía más puro, iba poniéndose verde, la luz aflojaba y, del otro lado del golfo, la curva de las casas y de la ciudad, anegada hasta ese momento en una especie de bruma, se hacía más precisa. Aún era de día, pero las lámparas ya se encendían en previsión del rápido crepúsculo africano. Por lo general era Pierre el primero en dar la señal: «Es tarde», y en seguida venía la desbandada, la despedida apresurada. Jacques con Joseph y Jean corrían ya hacia sus casas sin preocuparse de

a. Como te ahogues, tu madre te mata. – No te da vergüenza aparecer con esa facha. Dónde está tu madre.

los demás. Galopaban hasta perder el aliento. La madre de Joseph tenía la mano presta. En cuanto a la abuela de Jacques... Seguían corriendo en la tarde que caía a toda velocidad, inquietos por los primeros mecheros de gas, por los tranvías iluminados que huían delante de ellos, aceleraban la carrera, aterrados al ver la noche instalada ya, y se separaban en el umbral de la puerta sin despedirse siquiera. Esas noches Jacques se detenía en la escalera oscura y maloliente, se apoyaba en la oscuridad contra la pared y esperaba a que se calmara el corazón, que le saltaba en el pecho. Pero no podía demorarse, y saberlo le hacía jadear aún más. En tres saltos llegaba al rellano, pasaba delante de la puerta de los retretes del piso y abría la de su casa. Había luz en el comedor, al final del pasillo y, helado, oía el ruido de las cucharas en los platos. Entraba. Alrededor de la mesa, bajo la luz redonda de la lámpara de petróleo, el tío[a] semimudo seguía sorbiendo ruidosamente la sopa; su madre, todavía joven, el pelo castaño y abundante, lo miraba con su hermosa y dulce mirada. «Ya sabes...», empezaba. Pero erguida en su vestido negro, la boca firme, los ojos claros y severos, la abuela, de la que sólo veía la espalda, interrumpía a la hija.

—¿De dónde vienes? —decía.

—Pierre me ha ayudado con los deberes de aritmética.

La abuela se levantaba y se acercaba. Le olía el pelo, después le pasaba la mano por los tobillos todavía llenos de arena.

—Vienes de la playa.

—Así que eres un mentiroso —articulaba el tío.

La abuela pasaba detrás de él, cogía el látigo llamado vergajo, que colgaba detrás de la puerta, y le daba tres o cuatro fustazos en las piernas y las nalgas que le quemaban hasta hacerle gritar. Más tarde, con la boca y la garganta llenas de lágrimas, delante del plato de sopa que el tío,

a. el hermano.

compadecido, le había servido, se ponía tenso para evitar que le asomaran las lágrimas. Y su madre, después de echar una rápida mirada a la abuela, volvía hacia él ese rostro que tanto amaba:

—Toma la sopa —decía—. Ya pasó. Ya pasó.

Y él se echaba a llorar.

Jacques Cormery se despertó. El sol ya no se reflejaba en el cobre del ojo de buey, sino que había bajado hasta el horizonte e iluminaba ahora el tabique de enfrente. Se vistió y subió al puente. Llegaría a Argel al final de la noche.

5
El padre. Su muerte
La guerra. El atentado

La estrechaba entre sus brazos, en el umbral mismo de la puerta, todavía sofocado por haber subido la escalera de cuatro en cuatro, con un solo impulso infalible, sin errar un escalón, como si su cuerpo conservara siempre la memoria exacta de la altura de los peldaños. Al bajar del taxi, en la calle tan animada ya, todavía brillando en algunos sitios el agua de riego de la mañana,[a] que con el calor incipiente empezaba a disiparse en vapor, la había visto, en el mismo lugar de antes, en el estrecho y único balcón del apartamento, entre los dos cuartos, encima de la marquesina del peluquero –que ya no era el padre de Jean y de Joseph, muerto de tuberculosis, «es el trabajo», decía su mujer, «siempre respirando pelos»– revestida de zinc, con su eterno cargamento de bayas de ficus, papelitos arrugados y viejas colillas. Estaba allí, el pelo siempre abundante pero blanco desde hacía tiempo, todavía erguida a pesar de sus setenta y dos años, se le hubieran echado diez menos por su extrema delgadez y su vigor todavía visible, como ocurría con toda la familia, tribu de flacos de aire indolente pero de energía infatigable en quienes la vejez no parecía hacer mella. A los cincuenta años el tío Émile,[1] semimudo, parecía un muchacho. La abuela había muerto sin doblar la cabeza. Y en cuanto a su madre, hacia la que corría ahora, era como si nada pudiese contra su suave tenacidad, decenas de años de un trabajo agotador habían respetado

a. domingo.
1. Se convertirá en Ernest.

en ella a la joven que el niño Cormery no tenía ojos suficientes para admirar.

Cuando llegó frente a la puerta, su madre la abrió y se arrojó en sus brazos. Y entonces, como cada vez que se encontraban, lo besó dos o tres veces, lo estrechó contra ella con todas sus fuerzas, y él sintió las costillas, los huesos duros y salientes de los hombros un poco temblorosos, mientras respiraba el suave olor de su piel, que le recordaba ese lugar, debajo de la nuez, entre los dos tendones yugulares, que ya no se atrevía a besarle, pero que le gustaba respirar y acariciar en su infancia las raras veces en que lo sentaba sobre sus rodillas y él fingía dormirse, con la nariz en ese pequeño hueco que tenía para él el olor, harto raro en su vida de niño, de la ternura. Ella lo besaba y, después de soltarlo, lo miraba y volvía a abrazarlo para besarlo una vez más como si, habiendo medido todo el amor que podía sentir por él o expresarle, hubiera decidido que aún faltaba una dosis. «Hijo mío», decía, «estabas lejos.»[a] Y después, inmediatamente después, se volvía, entraba en el apartamento y se sentaba en el comedor, que daba a la calle, como si ya no pensara más en él ni en nada, e incluso lo miraba a veces con una expresión extraña, como si en ese momento, o por lo menos ésa era la impresión que daba, Jacques estuviera de más y perturbara el universo estrecho, vacío y cerrado donde su madre se movía solitaria. Aquel día, para colmo, cuando se sentó a su lado, parecía como habitada por una especie de inquietud y miraba de vez en cuando a la calle, furtivamente, con su hermosa mirada sombría y afiebrada que se sosegaba cuando la volvía hacia Jacques.

La calle era cada vez más ruidosa y más frecuente el tránsito de los pesados tranvías rojos, con gran estruendo

a. transición.

de hierros viejos. Cormery miraba a su madre, con una blusita gris animada por un cuello blanco, de perfil delante de la ventana, sentada en la incómoda silla [ ][1] que ocupaba siempre, la espalda un poco encorvada por la edad, pero sin buscar el apoyo del respaldo, las manos juntas y un pañuelito que a veces apretaba con sus dedos entumecidos y después abandonaba en el regazo entre las manos inmóviles, la cabeza siempre un poco vuelta hacia la calle. Era la misma de treinta años atrás, y bajo las arrugas, seguía encontrando la misma cara milagrosamente joven, los arcos superciliares lisos y pulidos, como si se fundieran en la frente, la pequeña nariz recta, la boca todavía bien dibujada, a pesar de la crispación de las comisuras de los labios sujetando la dentadura postiza. El cuello mismo, que tan pronto se arruina, conservaba su forma, a pesar de los tendones nudosos y del mentón un poco flojo.

—Has ido a la peluquería —dijo Jacques.

Ella sonrió con su aire de niña atrapada en falta:

—Sí, llegabas tú.

Siempre había sido coqueta, a su manera, casi invisible. Y por pobremente que se vistiera, Jacques no recordaba haberle visto llevar una cosa fea. Todavía ahora, los grises y los negros que usaba estaban bien elegidos. Era el gusto de la tribu, siempre miserable o pobre, o como mucho, en el caso de ciertos primos, algo desahogada. Pero todos, y especialmente los hombres, eran fieles, como todos los mediterráneos, a las camisas blancas y al pliegue del pantalón, considerando natural que ese cuidado incesante, dada la escasez del guardarropa, se añadiera al trabajo de las mujeres, madres o esposas. En cuanto a su madre,[a] siempre había considerado que no bastaba con lavar la ropa y limpiar las casas de los otros, y Jacques se acordaba de haberla visto siempre planchar el único pantalón de su hermano y el

a. el hueso pulido de la arcada bajo la cual brilla el ojo negro y afiebrado.
1. Dos signos ilegibles.

suyo, hasta que él se marchó para entrar en el universo de las mujeres que no lavan ni planchan.

—Es el italiano —dijo su madre—, el peluquero. Trabaja bien.

—Sí —dijo Jacques.

Estuvo por decir: «Estás muy bonita» y se detuvo. Siempre lo había pensado de su madre y nunca se había atrevido a decírselo. No porque temiera un rechazo o porque dudara de que ese cumplido le gustase. Sino porque hubiera sido franquear la barrera invisible detrás de la cual siempre la había visto parapetada —dulce, cortés, conciliadora, incluso pasiva, y sin embargo jamás conquistada por nada ni por nadie, aislada en su semisordera, en su dificultad de lenguaje, bella seguramente pero casi inaccesible, tanto más cuanto más sonriente parecía y cuanto más se volcaba hacia ella su corazón—, sí, toda la vida había tenido el mismo aire temeroso y sumiso, y sin embargo distante, los mismos ojos con los que veía, treinta años atrás, sin intervenir, cómo su madre lo castigaba con el látigo, ella, que jamás había tocado, realmente ni siquiera reprendido, a sus hijos, ella, a quien sin duda esos golpes también dolían pero que, inhibida por la fatiga, por la incapacidad de expresión y por respeto a su madre, lo permitía, había aguantado durante días y años los golpes a sus hijos, como aguantaba para ella misma la dura jornada de trabajo al servicio de los demás, los suelos lavados de rodillas, la vida sin hombre y sin consuelo entre los restos engrasados y la ropa sucia de los otros, los largos días de faena acumulados de una existencia que, a fuerza de estar privada de esperanza, había perdido todo resentimiento, una vida ignorante, obstinada, resignada a todos los sufrimientos, tanto los suyos como los ajenos. Nunca la había oído quejarse, salvo para decir que estaba cansada o que le dolían los riñones después de haber lavado mucha ropa. Nunca le había oído hablar mal de nadie, salvo para decir que una hermana o una tía no eran buenas con ella, o eran «orgullosas». Pero rara vez la había oído reírse a carcajadas. Se reía un poco más ahora que no trabajaba, pues sus hijos cubrían todas sus necesidades. Jacques miraba el cuarto que tampoco había cambiado. No había querido abandonar ese apartamento en el que tenía sus costumbres, ese barrio donde todo le era fácil, por otro más cómodo pero en el que todo resultaría más difícil. Sí, era la misma habitación. Habían cambiado los muebles, que eran ahora decentes y menos miserables. Pero seguían estando desnudos, pegados a la pared.

—Siempre andas hurgando —dijo su madre.

Sí, no podía dejar de abrir el aparador, que contenía siempre lo estrictamente necesario, a pesar de sus súplicas, y cuya desnudez le fascinaba. Abría también los cajones del trinchante, donde se guardaban los dos o tres medicamentos que se consideraban suficientes en la casa, mezclados con dos o tres periódicos viejos, pedazos de cordel, una cajita de cartón llena de botones sueltos, una vieja foto de identidad. Allí incluso lo superfluo era pobre, porque lo superfluo nunca se utilizaba. Y Jacques sabía que, instalada en una casa normal donde los objetos abundaran como en la suya, su madre sólo utilizaría lo estrictamente necesario. Sabía que en el cuarto de su madre, al lado, amueblado con un pequeño armario, una cama angosta, un tocador de madera y una silla de anea, con la única ventana y su cortina de croché, no encontraría absolutamente ningún objeto, salvo el pañuelito arrugado que abandonaba en la madera desnuda del tocador.

Justamente lo que le sorprendió al descubrir otras casas, fuesen las de sus compañeros de liceo o más tarde las de un mundo más rico, era la cantidad de floreros, copas, estatuillas, cuadros que atiborraban las habitaciones. En su casa decían «el florero que está sobre la chimenea», el tiesto, los platos hondos, y los pocos objetos que había, no tenían nombre. En cambio, en casa de su tío, se mostraba la cerámica flameada de los Vosgos, se comía en el servicio de Quimper. El había crecido en una pobreza desnuda como la muerte, entre sustantivos comunes; en casa de su tío descubría los sustantivos propios. Y todavía hoy, en la habitación de baldosas recién lavadas, en los muebles simples y brillantes, no había más que un cenicero árabe de cobre repujado sobre el trinchante, en previsión de su llegada, y el calendario de Correos en la pared. Nada para ver y poco que decir, por eso lo ignoraba todo de su madre, salvo lo que él mismo conocía. También de su padre.

—¿Papá?

Ella lo miraba atenta.[a]

—Sí.

—¿Se llamaba Henri y qué más?

—No sé.

—¿No tenía otros nombres?

—Creo que sí, pero no me acuerdo.

Súbitamente distraída, miraba la calle donde el sol daba ahora con todas sus fuerzas.

—¿Se parecía a mí?

—Sí, era tu vivo retrato. Tenía los ojos claros. Y la frente como tú.

—¿En qué año nació?

—No sé. Yo tenía cuatro años más que él.

—¿Y tú, en que año?

—No sé. Mira el libro de familia.

Jacques fue al dormitorio, abrió el armario. Entre las toallas, en el estante superior, estaba el libro de familia, el carnet de la pensión militar y algunos viejos papeles redactados en español. Volvió con los documentos.

—Había nacido en 1885 y tú en 1882. Tú tenías tres años más que él.

—¡Ah! Yo creía que eran cuatro. Hace mucho tiempo.

—Me dijiste que había perdido muy pronto a su padre

a. El padre – interrogación – guerra del 14 – Atentado.

y a su madre y que sus hermanos lo metieron en el orfanato.

—Sí. Su hermana también.

—¿Sus padres tenían una finca?

—Sí. Eran alsacianos.

—En Ouled-Fayet.

—Sí. Y nosotros en Cheraga. Está muy cerca.

—¿A qué edad perdió a sus padres?

—No sé. Bueno, era pequeño. Su hermana lo abandonó. Eso no está bien. El no quería verlos más.

—¿Qué edad tenía su hermana?

—No sé.

—¿Y sus hermanos? ¿Era el más pequeño?

—No. El segundo.

—Pero entonces sus hermanos eran demasiado niños para ocuparse de él.

—Sí. Claro.

—Entonces no era culpa de ellos.

—Sí, él estaba resentido. Después del orfanato, a los dieciséis años, volvió a la finca de su hermana. Le hacían trabajar demasiado. Era demasiado.

—Vino a Cheraga.

—Sí. A nuestra casa.

—¿Allí lo conociste?

—Sí.

Ella volvió de nuevo la cabeza hacia la calle, y Jacques se sintió incapaz de seguir por ese camino. Pero ella misma tomó otra dirección.

—No sabía leer, comprendes. En el orfanato no les enseñaban nada.

—Pero tú me has mostrado las tarjetas postales que te mandaba durante la guerra.

—Sí, aprendió con el señor Classiault.

—En la casa Ricome.

—Sí. El señor Classiault era el jefe. Le enseñó a leer y a escribir.

—¿A qué edad?

—A los veinte años, creo. No sé. Son cosas viejas. Cuando nos casamos, ya había aprendido mucho de vinos y podía trabajar en cualquier parte. Tenía buena cabeza. —Lo miraba—. Como tú.

—¿Y después?

—¿Después? Llegó tu hermano. Tu padre trabajaba para Ricome, y Ricome lo mandó a su finca de Saint-Lapôtre.

—¿Saint-Apôtre?

—Sí. Y después vino la guerra. Murió. Me mandaron la esquirla del obús.

La esquirla del obús que había abierto la cabeza de su padre se guardaba en la cajita de bizcochos, detrás de las mismas toallas, en el mismo armario, con las postales enviadas desde el frente y que podía recitar de memoria en su sequedad y brevedad. «Mi querida Lucie. Estoy bien. Mañana cambiamos de acantonamiento. Cuida bien de los niños. Un beso. Tu marido.»

Sí, en el fondo mismo de la noche de su nacimiento, durante la mudanza, emigrante, hijo de emigrantes, Europa ponía de acuerdo ya sus cañones que estallarían al unísono unos meses más tarde, expulsando a los Cormery de Saint-Apôtre, él hacia su regimiento en Argel, ella hacia el pequeño apartamento de su madre en un barrio miserable, llevando en brazos al niño hinchado de picaduras de mosquitos. «No se preocupe, madre. Cuando Henri vuelva, nos iremos.» Y la abuela, erguida, el pelo blanco peinado hacia atrás, los ojos claros y duros: «Hija mía, habrá que trabajar».

—Estuvo en el regimiento de zuavos.

—Sí. Hizo la guerra en Marruecos.

Era verdad. Lo había olvidado. En 1905 su padre tenía veinte años. Había hecho el servicio activo, como se dice, contra los marroquíes.[a] Jacques se acordaba de lo que le ha-

a. 14.

bía dicho el director de su escuela cuando lo encontró unos años antes en las calles de Argel. El señor Levesque había sido llamado a filas en la misma fecha que su padre. Pero habían permanecido sólo un mes en la misma unidad. Según él, había conocido mal a Cormery, porque éste hablaba poco. Infatigable en el trabajo, taciturno, pero ecuánime y de buen carácter. Una sola vez se puso Cormery fuera de sí. Era de noche, después de un día tórrido, en aquel rincón del Atlas donde el destacamento acampaba en la cima de una pequeña colina protegida por un desfiladero rocoso. Cormery y Levesque tenían que relevar al centinela apostado al pie del desfiladero. Nadie había respondido a los llamamientos. Y tras un seto de chumberas encontraron al camarada con la cabeza echada hacia atrás, extrañamente vuelta hacia la luna. Y al principio no la reconocieron, tenía una forma extraña. Pero era muy sencillo. Había sido degollado, y en la boca, la tumefacción lívida era su sexo entero. Entonces vieron el cuerpo con las piernas abiertas, el pantalón de zuavo desgarrado y en mitad de la abertura, bajo el reflejo ahora indirecto de la luna, el charco cenagoso.[a] Cien metros más lejos, esta vez detrás de un gran peñasco, estaba el segundo centinela, expuesto de la misma manera. Se dio la voz de alarma, se duplicaron los puestos de guardia. Al alba, cuando subieron al campamento, Cormery dijo que los que habían hecho eso no eran hombres. Levesque, reflexionando, respondió que, a juicio de ellos, ése era el modo en que debían obrar los hombres, que ellos estaban en su tierra, y empleaban cualquier medio. Cormery porfió.

—Tal vez. Pero está mal. Un hombre no hace eso.

Levesque dijo que para ellos, en ciertas circunstancias, un hombre debe permitirse todo y [destruirlo todo]. Entonces Cormery gritó, como en un arrebato de locura furiosa:

a. que revientes con o sin, dijo el sargento.

—No, un hombre se contiene. Eso es un hombre, y si no... —Y después se calmó—. Yo —agregó con voz sorda— soy pobre, salgo del orfanato, me ponen este uniforme, me arrastran a la guerra, pero me contengo.

—Hay franceses que no se contienen —[dijo] Levesque.

—Entonces ellos tampoco son hombres.

Y de pronto gritó:

—¡Raza inmunda! ¡Qué raza! Todos, todos... —Y entró en su tienda, pálido como un muerto.

Reflexionando, Jacques se daba cuenta de que la persona que más le había hablado de su padre era el viejo maestro. Pero nada más, salvo detalles, de lo que el silencio de su madre le había permitido adivinar. Un hombre duro, amargo, que había trabajado toda su vida, había matado porque se lo ordenaban, aceptado todo lo que no se podía evitar, pero que conservaba en el fondo una negativa, algo inquebrantable. Un hombre pobre, en fin. Pues la pobreza no [se] elige, pero puede conservarse. Y por lo poco que sabía a través de su madre, trataba de imaginar al mismo hombre, nueve años más tarde, casado, padre de dos niños, y al que, tras haber conseguido una situación un poco mejor, se le convoca en Argel para la movilización,[a] el largo viaje nocturno con la mujer paciente y los niños insoportables, la separación en la estación y, tres días después, en el pequeño apartamento de Belcourt, su llegada repentina con el magnífico uniforme rojo y azul y los bombachos del regimiento de zuavos, sudando bajo la lana espesa, en el calor de julio,* el sombrero de paja en la mano, porque no tenía ni fez ni casco, pues había salido clandestinamente del depósito situado bajo las bóvedas de los muelles y corrido para abrazar a su mujer y a sus hijos antes de embarcarse esa noche para Francia, que nunca había visto,[b] por el mar que nunca lo había llevado, y los abrazó fuerte, breve-

* Agosto.

a. diarios 1814 en Argel. *[Sic.]*

b. Nunca había visto Francia. La vio y lo mataron.

mente, para marcharse al mismo paso, y la mujer en el balconcito le hizo una señal a la que él respondió en plena carrera, volviéndose para agitar el sombrero, antes de seguir corriendo por la calle gris de polvo y de calor y desaparecer delante del cine, más lejos, bajo la luz brillante de la mañana, para no volver más. El resto había que imaginarlo. No a través de lo que podía contarle su madre, que ni siquiera tenía idea de la historia o de la geografía, que sólo sabía que vivía en una tierra próxima al mar, que Francia estaba al otro lado de ese mar que jamás había atravesado, Francia, ese lugar oscuro, perdido en una noche indecisa, al que se llegaba por un puerto llamado Marsella que imaginaba como el puerto de Argel, donde brillaba una ciudad muy bella, decían, que se llamaba París, y donde había por fin una región llamada Alsacia de donde procedían los padres de su marido, huyendo, hacía mucho tiempo, de unos enemigos llamados alemanes, para instalarse en Argelia, región que era preciso recuperar de los mismos enemigos que habían sido siempre malos y crueles, sobre todo con los franceses, y sin ningún motivo. Los franceses se veían siempre obligados a defenderse de esos hombres pendencieros e implacables. Allí, junto con España, que no podía situar pero que en todo caso no estaba lejos, de donde sus padres, menorquines, se habían marchado hacía tanto tiempo como los padres de su marido para venir a Argelia porque se morían de hambre en Mahón, que no sabía siquiera que estuviese en una isla, ignorando por otra parte lo que era una isla ya que jamás había visto una. De otros países a veces la sorprendían los nombres, sin llegar a pronunciarlos correctamente. Y en cualquier caso, jamás había oído hablar de Austria-Hungría ni de Serbia, Rusia era como Inglaterra, un nombre difícil, desconocía lo que era un archipiélago y jamás hubiera podido pronunciar las cuatro sílabas de Sarajevo. La guerra estaba allí, como una nube maligna cargada de oscuras amenazas a la que no podía impedirse que invadiera el cielo, como no podía impedirse la llegada de las langostas o las tormentas devastadoras que se precipitaban sobre las mesetas argelinas. Los alemanes obligaban a Francia a ir a la guerra, una vez más, se iba a sufrir –no había causas para ello, ella no conocía la historia de Francia, ni lo que era la historia–. Conocía un poco la suya, y apenas la de aquellos a quienes quería, y éstos debían sufrir como ella. En la noche del mundo, que no podía imaginar, y de la historia, que ignoraba, una noche más oscura acababa apenas de caer, habían llegado órdenes misteriosas, traídas al pueblo por un gendarme sudoroso y cansado, y hubo que dejar la finca donde preparaban la vendimia –el cura estaba ya en la estación de Bône para despedir a los soldados: «Hay que rezar», le había dicho, y ella contestó: «Sí, señor cura», pero en realidad no lo había oído, porque no le había hablado bastante fuerte, y por lo demás no se le hubiera ocurrido la idea de rezar, nunca había querido molestar a nadie–, y su marido se había marchado con su hermoso traje multicolor, volvería pronto, todo el mundo lo decía, los alemanes serían castigados, pero entre tanto había que encontrar trabajo. Afortunadamente un vecino había dicho a la abuela que en la cartuchería del Arsenal militar se necesitaban mujeres y que darían preferencia a las esposas de los movilizados, sobre todo si tenían familia, y ella tendría la posibilidad de trabajar durante diez horas al día ordenando unos tubitos de cartón por tamaño y color, podría llevar dinero a la abuela, los niños tendrían con qué comer hasta que los alemanes fueran castigados y Henri regresara. Desde luego, no sabía que hubiera un frente ruso, ni lo que era un frente, ni que la guerra pudiera extenderse a los Balcanes, al Oriente Medio, al planeta, para ella todo ocurría en Francia, donde los alemanes habían entrado sin avisar y habían atacado a los niños. Todo pasaba allá, en efecto, lugar adonde se habían transportado, lo más rápido que se podía, las tropas de Africa, y entre ellas, a H. Cormery, a una región misteriosa de la que se hablaba, el Marne, sin haber tenido tiempo siquiera de encontrarles cascos, una región donde el sol no era lo bastante fuerte como para matar los colores, como en Argelia, de modo que oleadas de argelinos árabes y franceses, vestidos de tonos vivos y pimpantes, con sombreros de paja, objetivos blancos, rojos y azules que se verían a cientos de metros, llegaban a oleadas a la línea de fuego, eran destruidos a montones y empezaban a abonar un territorio estrecho que, durante cuatro años, hombres venidos del mundo entero, agazapados en madrigueras de barro, se obstinarían en defender metro por metro bajo un cielo erizado de obuses luminosos, obuses que maullaban mientras atronaban las grandes barreras de fuego que anunciaban los vanos asaltos.[a] Pero por el momento no había madrigueras, sólo las tropas de Africa que se fundían bajo el fuego como multicolores muñecos de cera, y cada día centenares de huérfanos nacían en todos los rincones de Argelia, árabes y franceses, hijos e hijas sin padre que tendrían que aprender a vivir sin lección y sin patrimonio. Unas semanas después, un domingo por la mañana, en el pequeño rellano interior del único piso, entre la escalera y los dos retretes sin luz, agujeros negros de mampostería, a la turca, eternamente lavados con lejía y eternamente hediondos, Lucie Cormery y su madre, sentadas en dos sillas bajas limpiaban lentejas bajo el tragaluz de la escalera, y el pequeño, en una cesta de ropa blanca, chupaba una zanahoria llena de babas cuando un señor grave y bien vestido apareció en la escalera con una especie de pliego. Las dos mujeres, sorprendidas, dejaron los platos con las lentejas limpias que sacaban de una marmita situada entre ambas, y se secaron las manos cuando el señor, que se había detenido en el penúltimo escalón, les rogó que no se movieran, preguntó por la señora Cormery, «Es ella», dijo la abuela, «yo soy su madre», y el señor dijo que era el alcalde, que traía una noticia dolorosa, que su marido había

a. desarrollar.

muerto en el campo de honor y que Francia lo lloraba y al mismo tiempo estaba orgullosa de él. Lucie Cormery no lo había oído, pero se levantó y le tendió la mano con mucho respeto, la abuela se incorporó, cubriéndose la boca con la mano, repitiendo «Dios mío» en español. El señor retuvo la mano de Lucie en la suya, después volvió a estrecharla con sus dos manos, murmuró unas palabras de consuelo y le entregó el pliego, se volvió y bajó las escaleras con paso pesado.

—¿Qué ha dicho? —preguntó Lucie.

—Henri ha muerto. Lo mataron.

Lucie miraba el pliego sin abrirlo, ni ella ni su madre sabían leer, le daba vueltas sin decir una palabra, sin una lágrima, incapaz de imaginar esa muerte tan lejana en el fondo de una noche desconocida. Y después guardó el pliego en el bolsillo del mandil de cocina, pasó delante del niño sin mirarlo y entró en el cuarto que compartía con sus dos hijos, cerró la puerta y las persianas de la ventana que daba al patio y se tendió en la cama, donde permaneció muda y sin lágrimas durante largas horas, apretando en el bolsillo el pliego que no podía leer y mirando en la oscuridad la desgracia que no entendía.[a]

—Mamá —dijo Jacques.

Ella seguía mirando la calle con la misma expresión y no lo oía. Jacques le tocó el brazo flaco y arrugado y ella se volvió hacia él sonriendo.

—Las postales de papá, ¿sabes?, las del hospital.

—Sí.

—¿Las recibiste después de la visita del alcalde?

—Sí.

Una esquirla de obús le había abierto la cabeza y lo transportaron en uno de esos trenes sanitarios pringosos de

a. cree que las esquirlas de obús son autónomas.

sangre, paja y vendas que hacían el trayecto entre la carnicería y los hospitales de evacuación en Saint-Brieuc. Allí había podido garabatear dos tarjetas a tientas, porque no veía. «Estoy herido. Nada grave. Tu marido.» Y murió al cabo de unos días. La enfermera escribió: «Es preferible. Hubiera quedado ciego o loco. Tenía mucho coraje». Y después la esquirla de obús.

Abajo, una patrulla de tres paracaidistas armados pasaba por la calle en fila india, mirando a todas partes. Uno de ellos era negro, alto y flexible, como un animal espléndido de piel manchada.

—Es por los bandidos —aclaró ella—. Y estoy contenta de que hayas visitado su tumba. Yo ya soy demasiado vieja y además está lejos. ¿Es bonita?

—¿Qué, la tumba?

—Sí.

—Es bonita. Hay flores.

—Sí. Los franceses son muy valientes.

Lo decía y lo creía, pero sin pensar ya en su marido, ahora olvidado, y con él la desgracia de entonces. Y no quedaba nada más, ni en ella ni en la casa, del hombre devorado por un fuego universal y del que sólo subsistía un recuerdo impalpable como las cenizas de un ala de mariposa quemada en el incendio de un bosque.

—Se me va a quemar la comida, espera.

[a] Se levantó para ir a la cocina y él ocupó su lugar, mirando a su vez la calle sin cambios desde hacía tantos años, con las mismas tiendas de colores apagados y desconchados por el sol. Sólo el estanco de enfrente había sustituido por largas cintas multicolores de material plástico la cortina de cañitas huecas cuyo ruido peculiar todavía escuchaba Jacques, cuando la franqueaba y penetraba en el exquisito olor del papel impreso y del tabaco para comprar *L'Intrépide,* con sus historias de honor y de coraje que lo exaltaban. La

a. cambio en el piso.

calle vivía ahora la animación del domingo por la mañana. Los obreros, con sus camisas blancas recién lavadas y planchadas, se encaminaban charlando hacia los tres o cuatro cafés que olían a sombra fresca y a anís. Pasaban árabes, pobres también pero limpiamente vestidos, con sus mujeres siempre veladas pero con zapatos Luis XV. A veces eran familias enteras de árabes endomingados. Una de las familias llevaba tres niños a rastras, uno de ellos disfrazado de paracaidista. Y justamente en ese momento volvía a pasar la patrulla de paracaidistas, tranquilos y en apariencia indiferentes. Cuando Lucie Cormery entró en la habitación resonó la explosión.

Parecía muy cercana, enorme, sus vibraciones se prolongaban interminablemente. Un buen rato después de oírse, la bombilla del comedor seguía vibrando en el fondo de la tulipa de vidrio que les iluminaba. Su madre retrocedió al fondo de la habitación, pálida, los ojos negros llenos de un terror que no podía dominar, vacilando un poco.

—Es aquí. Es aquí —repetía.

—No —dijo Jacques y se precipitó a la ventana.

La gente corría, él no sabía adónde; una familia árabe entró en la mercería de enfrente, empujando a los niños, y el mercero los recibió, cerró la puerta, deslizó el pestillo y se quedó plantado detrás del vidrio, vigilando la calle. Entonces volvió a pasar la patrulla de paracaidistas corriendo en dirección opuesta. Los autos se acomodaban precipitadamente a lo largo de las aceras y se detenían. En pocos segundos la calle quedó vacía. Pero inclinándose, Jacques podía ver un gran movimiento de la multitud más lejos, entre el cine Musset y la parada del tranvía.

—Voy a ver —dijo.

En la esquina de la Rue Prévost Paradol,[a1] vociferaba un grupo de hombres.

a. —¿La ha visto antes de ir a ver a su madre?
—Rehacer en la tercera parte el atentado de *Kessous* y en ese caso limitarse

—Raza inmunda —decía un pobre obrero en camiseta, increpando a un árabe pegado a una puerta cochera, cerca del café.

—Yo no he hecho nada —dijo el árabe.

—Estáis todos en el ajo, banda de cabrones —y se abalanzó sobre él.

Los otros lo contuvieron. Jacques le dijo al árabe:

—Venga conmigo —y entró con él en el café que ahora era de Jean, su amigo de infancia, el hijo del peluquero. Jean estaba allí, siempre igual, pero arrugado, pequeño y delgado, con un aire socarrón y atento.

—No ha hecho nada —dijo Jacques—. Déjalo entrar en tu casa.

Jean miró al árabe mientras secaba el zinc.

—Ven —dijo, y desaparecieron por el fondo.

Al salir, el obrero miró de reojo a Jacques.

—No ha hecho nada —dijo Jacques.

—Hay que matarlos a todos.

—Eso se dice cuando uno está furioso. Reflexiona.

El otro se encogió de hombros:

—Ve a mirar y ya hablaremos cuando hayas visto la papilla.

Se oían campanillas de ambulancias, rápidas, apremiantes. Jacques corrió hasta la parada del tranvía. La bomba había estallado en el poste de electricidad, cerca de la parada. Y había mucha gente esperando el tranvía, toda endomingada. El pequeño café de al lado se llenó de gritos, no se sabía si de cólera o de dolor.

Se giró hacia su madre. Estaba ahora muy erguida, muy blanca.

—Siéntate —y la llevó hasta la silla que estaba muy cerca de la mesa. Se sentó junto a ella, sosteniéndole las manos.

---

a indicarlo aquí.

—Más lejos.

1. Todo este pasaje, hasta «de dolor», hacia el final de esta pág. 72, rodeado por un círculo y con un signo de interrogación.

—Dos veces esta semana —dijo—. Tengo miedo de salir.

—No es nada —dijo Jacques—, ya se va a acabar.

—Sí —dijo ella. Lo miraba con un curioso aire indeciso, como si vacilara entre la fe que tenía en la inteligencia de su hijo y su certidumbre de que *la vida entera* era una desgracia contra la cual lo único que podía hacerse era aguantar—. Compréndelo, soy vieja. Ya no puedo correr.

La sangre volvía ahora a sus mejillas. A lo lejos se oía el campanilleo de las ambulancias, apremiante, rápido. Pero ella no lo oía. Respiró profundamente, se calmó y sonrió a su hijo con su bella sonrisa valiente. Había crecido, como todos los de su raza, en medio del peligro, y el peligro podía encogerle el estómago, pero ella lo soportaba como el resto. Era él quien no podía soportar esa cara contraída de agonizante que le aparecía de pronto.

—Vente conmigo a Francia —le dijo, pero ella sacudió la cabeza con resuelta tristeza:

—¡Oh!, no, allá hace frío. Soy demasiado vieja. Quiero quedarme en casa.

6
La familia

—¡Ah! —le dijo su madre—, estoy contenta cuando estás aquí.[a] Pero ven por la noche, me aburro menos. De noche, sobre todo en invierno, oscurece pronto. Si por lo menos supiera leer. Tampoco puedo tejer cuando hay luz, me duelen los ojos. Entonces, si Étienne no está, me acuesto y espero la hora de la comida. Dos horas así se hacen largas. Si las niñas estuvieran conmigo, hablaría con ellas. Pero vienen y se van. Soy demasiado vieja. Tal vez huelo mal. Y así, completamente sola...

Hablaba de un tirón, con cortas frases sencillas que se sucedían como si vaciara su pensamiento hasta ese momento silencioso. Y agotado ese pensamiento, callaba de nuevo, con la boca apretada, la mirada dulce y apagada, mirando a través de las persianas cerradas del comedor la luz sofocante que subía de la calle, siempre en el mismo lugar, en la misma silla incómoda, y su hijo daba vueltas como en otros tiempos alrededor de la mesa central.[b]

Lo mira de nuevo dar vueltas.[c]

—Es bonito Solferino.

—Sí, es limpio. Pero ha debido de cambiar desde la última vez que lo viste.

—Sí, ha cambiado.

—El doctor te manda saludos. ¿Te acuerdas de él?

a. Nunca ha empleado un subjuntivo.
b. Relaciones con su hermano Henri: las disputas.
c. Lo que se comía: el guiso de menudillos — el guiso de bacalao, garbanzos, etc.

—No, hace tanto tiempo.

—Nadie se acuerda de papá.

—No estuvimos mucho tiempo. Y además no hablaba mucho.

—¿Mamá? —Ella lo mira con sus ojos distraídos y dulces, sin sonreír—. Yo creía que papá y tú nunca habíais vivido juntos en Argel.

—No, no.

—¿Me has oído?

No había oído, él lo adivinó por su aire un poco asustado, como si se disculpara, y repitió la pregunta articulando:

—¿Nunca vivisteis juntos en Argel?

—No.

—Pero ¿y cuando papá fue a ver cómo le cortaban la cabeza a Pirette?

Se daba en el cuello con el canto de la mano para hacerse entender. Pero ella contestó en seguida:

—Sí, se levantó a las tres para ir a Barberousse.

—¿Entonces estabais en Argel?

—Sí.

—¿Pero cuándo?

—No sé. Trabajaba en la casa Ricome.

—¿Antes de que fuerais a Solferino?

—Sí.

Decía sí, tal vez fuera no, había que remontar el tiempo a través de una memoria en sombras, nada era seguro. La memoria de los pobres está menos alimentada que la de los ricos, tiene menos puntos de referencia en el espacio, puesto que rara vez dejan el lugar donde viven, y también menos puntos de referencia en el tiempo de una vida uniforme y gris. Tienen, claro está, la memoria del corazón, que es la más segura, dicen, pero el corazón se gasta con la pena y el trabajo, olvida más rápido bajo el peso de la fatiga. El tiempo perdido sólo lo recuperan los ricos. Para los pobres, el tiempo sólo marca los vagos rastros del camino de la muerte. Y además, para poder soportar, no hay que recordar demasiado, hay que estar pegado a los días, hora tras hora, como lo hacía su madre, un poco a la fuerza, sin duda, puesto que aquella enfermedad juvenil (en realidad, según la abuela, era una tifoidea; aunque una tifoidea no deja semejantes secuelas. Un tifus quizás. ¿O qué? También allí reinaba la noche), aquella enfermedad juvenil la había dejado sorda y con dificultad en el habla, le impidió aprender lo que se enseña hasta a los más desheredados, y la forzó a la resignación muda, pero era también la única manera que había encontrado de afrontar su vida, ¿y qué otra cosa podía hacer?, ¿quién en su lugar hubiera encontrado otra cosa? El hubiese querido que se apasionara describiéndole a un hombre muerto cuarenta años atrás cuya vida había compartido durante cinco años (¿la había compartido, verdaderamente?). Pero ella no podía, Jacques no estaba siquiera seguro de que hubiera amado apasionadamente a aquel hombre, y en todo caso era incapaz de preguntárselo, él también era mudo delante de ella e inválido a su manera, no quería saber siquiera, en el fondo, lo que hubiera habido entre ellos, y tenía que renunciar a saber algo por boca de ella. Incluso ese detalle que de niño le había impresionado tanto y que lo persiguió toda su vida hasta en sueños, su padre levantándose a las tres para asistir a la ejecución de un criminal famoso, lo supo por su abuela. Pirette era obrero agrícola en una finca del Sahel, bastante próxima a Argel. Había matado a martillazos a sus patrones y a los tres niños de la casa.

—¿Para robar? —preguntó el niño Jacques.

—Sí —dijo el tío Étienne.

—No —dijo la abuela, pero sin dar más explicaciones.

Habían encontrado los cadáveres desfigurados, la casa ensangrentada hasta el techo y, debajo de una de las camas, al más pequeño, que respiraba todavía y moriría también, pero que había tenido fuerzas para escribir en la pared encalada, con el dedo empapado en sangre: «Fue Pirette». Perseguido, el asesino fue hallado en el campo, medio alelado. La opinión pública, horrorizada, reclamó una pena de muerte que no le fue escatimada, y la ejecución tuvo lugar en la cárcel de Barberousse, en presencia de una multitud considerable. El padre de Jacques se levantó por la noche para asistir al castigo ejemplar de un crimen que, según la abuela, le indignaba. Pero nunca se supo lo que había pasado. Al parecer, la ejecución tuvo lugar sin incidentes. Pero el padre de Jacques volvió lívido, se acostó, se levantó para ir a vomitar varias veces, volvió a acostarse. Después nunca quiso hablar de lo que había visto. Y la noche en que escuchó este relato, el propio Jacques, tendido al borde de la cama para no tocar a su hermano, con el que dormía, hecho un ovillo, contenía una náusea de horror, machacando los detalles que le habían contado y los que imaginaba. Y esas imágenes lo persiguieron por la noche, repitiéndose de vez en cuando, pero regularmente, en una pesadilla privilegiada, diferente cada vez pero con un solo tema: venían a buscarlo a él, a Jacques, para ejecutarlo. Y durante mucho tiempo, al despertar, se había sacudido el miedo y la angustia y recuperado con alivio la buena realidad, donde en rigor no existía posibilidad alguna de que fuera ejecutado. Hasta que, ya en edad adulta, la historia a su alrededor llegó a mostrarle que una ejecución, en cambio, era un acontecimiento previsible, no inverosímil, y la realidad ya no aliviaba sus sueños, sino que alimentó durante años muy [precisos] la misma angustia que había trastornado a su padre y que éste le legara como única herencia evidente y segura. Era, sin embargo, un vínculo misterioso el que lo ligaba al muerto desconocido de Saint-Brieuc (que tampoco habría pensado, después de todo, que fuese a morir de muerte violenta) pasando por encima de su madre, que había conocido esta historia, visto los vómitos y olvidado aquella mañana, así como ignoraba que los tiempos eran otros. Para ella eran siempre los mismos, y la desgracia podía aparecer en cualquier momento, sin avisar.

La abuela,[a] en cambio, tenía una idea más justa de las cosas. «Terminarás en el cadalso», le repetía con frecuencia a Jacques. Por qué no, no tenía ya nada de excepcional. Ella no lo sabía, pero tal como era, nada la hubiera sorprendido. Erguida, con su largo vestido negro de profetisa, ignorante y obstinada, por lo menos ella no había conocido nunca la resignación. Y había dominado más que nadie la infancia de Jacques. Criada por sus padres mahoneses en una pequeña finca del Sahel, se había casado muy joven con otro mahonés, fino y frágil, cuyos hermanos se habían instalado en Argelia en 1848 después de la muerte trágica del abuelo paterno, poeta a sus horas, que componía sus versos montado en una burra y recorriendo los caminos de la isla entre los muretes de piedra seca que separan los huertos. Durante uno de esos paseos, engañado por la silueta y el sombrero negro de alas anchas, un marido burlado, creyendo castigar al amante, fusiló por la espalda a la poesía y a un modelo de virtudes familiares que, sin embargo, no había dejado nada a sus hijos. El resultado lejano de ese trágico malentendido por el que un poeta encontraría la muerte, fue el asentamiento en el litoral argelino de una cantidad de chiquillos analfabetos que se reprodujeron lejos de las escuelas, uncidos solamente a un trabajo extenuante bajo un sol feroz. Pero el marido de la abuela, a juzgar por las fotos, había conservado algo del abuelo inspirado, y su rostro flaco, bien dibujado, de mirada soñadora, coronado por una frente alta, no lo señalaba evidentemente para resistir a la joven, bella y enérgica esposa. La mujer le dio nueve hijos, dos de los cuales murieron en la primera infancia, mientras una tercera se salvaba a costa de una invalidez y el último nacía sordo y casi mudo. En la pequeña finca oscura, sin descuidar su parte del duro trabajo común, criaba su prole, con un largo palo cerca cuando estaba sentada en la punta de la mesa, lo que

a. Transición.

le ahorraba toda observación vana, pues el culpable recibía de inmediato un golpe en la cabeza. Reinaba exigiendo respeto a ella y a su marido, a quien los hijos debían tratar de usted, según la costumbre española. El hombre no gozaría durante mucho tiempo de ese respeto: murió prematuramente, gastado por el sol y el trabajo, y quizá por el matrimonio, sin que Jacques pudiera saber jamás de qué enfermedad. Cuando se quedó sola, la abuela liquidó la pequeña finca y se estableció en Argel con los niños menores, mientras los otros empezaron a trabajar como aprendices.

Cuando Jacques, siendo mayor, pudo observarla, ni la pobreza ni la adversidad le habían hecho mella. Sólo tenía consigo a tres de sus hijos: Catherine[1] Cormery, que era asistenta, el más joven, inválido, convertido en un vigoroso tonelero, y Joseph, el mayor, que no se había casado y trabajaba en los ferrocarriles. Los tres tenían salarios de miseria que, juntos, debían alcanzar para mantener a una familia de cinco personas. La abuela administraba el dinero de la casa, y lo primero que sorprendió a Jacques fue su codicia, pero no porque fuese avara, sino que lo era como uno es avaro del aire que respira y le permite vivir.

Era ella la que compraba las ropas de los niños. La madre de Jacques volvía tarde por la noche y se contentaba con mirar y escuchar lo que se decía, superada por la vitalidad de la abuela, en cuyas manos lo abandonaba todo. Así fue como Jacques, durante toda su infancia, tuvo que llevar impermeables demasiado largos, pues la abuela los compraba para que durasen y contaba con la naturaleza para que la talla del niño se pusiera a la par de la del impermeable. Pero Jacques crecía lentamente y sólo se decidió a hacerlo de verdad hacia los quince años, con lo que la ropa se gastó antes de ajustarse. Siguiendo los mismos principios de economía, le compraban otra y Jacques, cuyos camaradas se burlaban de la vestimenta que llevaba, no tenía otro

1. En páginas anteriores, la madre de Jacques Cormery se llama «Lucie». En adelante se llamará Catherine.

recurso que ablusarse el impermeable a la cintura para hacer original lo que era ridículo. Por lo demás, esa fugaz vergüenza quedaba rápidamente olvidada en clase, donde Jacques volvía a recuperar su ventaja, y en el patio de juegos, donde era el rey del fútbol. Pero ese reino le estaba vedado. Porque el patio era de cemento y las suelas se gastaban con tanta rapidez que la abuela le había prohibido jugar al fútbol durante los recreos. Ella misma compraba para sus nietos unos sólidos y pesados zapatos cerrados que esperaba inmortales. En todo caso, para aumentar su longevidad, hacía poner en las suelas unos enormes clavos cónicos que presentaban una doble ventaja: era necesario gastarlos antes de gastar la suela y permitían verificar las infracciones a la prohibición de jugar. En efecto, las corridas en el suelo de cemento los gastaban rápidamente y les daban un pulido cuya frescura delataba al culpable. Todas las noches, al volver a su casa, Jacques debía entrar en la cocina donde Casandra oficiaba entre las negras marmitas, y con la rodilla doblada, la suela al aire, en la postura del caballo al que están herrando, tenía que mostrar las suelas. Naturalmente, no podía resistir a las llamadas de sus compañeros ni a la atracción de su juego favorito, y ponía toda su atención, no al ejercicio de una virtud imposible, sino en el disimulo de la falta. Así es como pasaba largos ratos, al salir de la escuela y más tarde del liceo, frotando las suelas en la tierra mojada. A veces la triquiñuela daba resultado. Pero llegaba el momento en que el desgaste de los clavos era escandaloso, en que la suela misma estaba gastada e incluso, última de las catástrofes, como consecuencia de un puntapié torpe contra el suelo o contra la verja que protegía los árboles, se separaba del empeine y Jacques llegaba entonces a casa con el zapato atado con un cordel para mantener la boca cerrada. Esas noches eran las del vergajo. A Jacques, que lloraba, su madre le decía por todo consuelo: «Es verdad que son caros. ¿Por qué no tienes cuidado?». Pero ella misma jamás tocaba a sus hijos. Al día siguiente le ponían a Jacques unas alpargatas y los zapatos iban al remendón. Los recuperaba dos o tres días después florecidos de clavos nuevos, y tenía que aprender otra vez a mantener el equilibrio sobre las suelas resbaladizas e inestables.

La abuela era capaz de ir todavía más lejos, y al cabo de tantos años Jacques no podía recordar esta historia sin una crispación de vergüenza y asco.* Su hermano y él no recibían ningún dinero para sus gastos menudos, salvo cuando aceptaban visitar a un tío comerciante y a una tía bien casada. Con el tío era fácil, porque le tenían afecto. Pero la tía tenía el arte de ostentar sus relativas riquezas, y los dos niños preferían quedarse sin dinero y sin los placeres que éste procura antes que sentirse humillados. En cualquier caso, y aunque el mar, el sol, los juegos del barrio fueran placeres gratuitos, las patatas fritas, los caramelos, los pasteles árabes y sobre todo, para Jacques, ciertos partidos de fútbol, exigían un poco de dinero, unos céntimos por lo menos. Una noche Jacques volvía de hacer la compra, llevando en el extremo de su brazo extendido la fuente de patatas gratinadas en la panadería del barrio (en la casa no había ni gas ni hornillo y se cocinaba en un infiernillo de alcohol. Tampoco había horno y para gratinar un plato lo llevaban preparado al panadero del barrio, quien, a cambio de unos céntimos, lo metía en el horno y lo vigilaba), la fuente humeaba a través del paño que lo protegía del polvo de la calle y permitía sostenerlo por las puntas. Colgada del brazo derecho, la red llena de provisiones compradas en pequeñísimas cantidades (media libra de azúcar, medio cuarto de mantequilla, cinco céntimos de queso rallado, etcétera.) no pesaba mucho. Jacques olisqueaba el buen olor del gratén, caminaba con paso vivo evitando la multitud popular que a esa hora iba y venía por las aceras del barrio. En ese momento, de su bolsillo agujereado se escapó una moneda de dos francos tintineando

* en que se mezclaban la vergüenza y el asco.

en la acera. Jacques la recogió, verificó que era la suya y la puso en el otro bolsillo. «Hubiera podido perderla», pensó de pronto. Y el partido del día siguiente, que había borrado incluso de su pensamiento, le volvió a la memoria.

En realidad nadie le había enseñado lo que estaba bien o lo que estaba mal. Había ciertas cosas prohibidas y las infracciones eran rudamente sancionadas. Otras no. Sólo sus maestros, cuando el programa les dejaba tiempo, les hablaban a veces de moral, pero también entonces las prohibiciones eran más precisas que las explicaciones. Lo único que Jacques había podido ver y experimentar en materia de moral era simplemente la vida cotidiana de una familia obrera en la que evidentemente nadie había pensado nunca que hubiera otras vías fuera del trabajo más duro para obtener el dinero necesario para vivir. Pero ésa era una lección de coraje, no de moral. Sin embargo, Jacques sabía que estaba mal ocultar esos dos francos. Y no quería hacerlo. Y no lo haría; quizá pudiera, como la otra vez, deslizarse entre dos tablas del viejo estadio del terreno de maniobras para asistir al partido sin pagar. Por eso él mismo no entendió por qué no había devuelto en seguida el dinero sobrante y por qué, un momento más tarde, volvió del retrete declarando que una moneda de dos francos había caído en el agujero mientras se subía el pantalón. Retrete era una palabra demasiado noble para designar el espacio reducido de mampostería construido en el rellano del único piso. Privado de aire y de luz eléctrica, sin grifo, sobre un zócalo de media altura encajado entre la puerta y la pared del fondo, tenía un agujero a la turca en el que había que verter cubos de agua cada vez que se usaba. Pero nada podía impedir que la hediondez de esos lugares desbordara hasta la escalera. La explicación de Jacques era plausible.[a] Le evitaba que lo echaran a la calle para que buscara la moneda perdida y descartaba cualquier eventualidad. A Jac-

a. No. Como ya había pretendido haber perdido el dinero en la calle, tuvo que buscar otra explicación.

ques simplemente se le hizo un nudo en la garganta cuando anunció la mala noticia. Su abuela estaba en la cocina picando ajo y perejil en la vieja mesa verdosa y gastada por el uso. Se detuvo y miró a Jacques, que esperaba el estallido. Pero ella callaba y lo escrutaba con sus ojos claros y helados.

—¿Estás seguro? —dijo por fin.

—Sí, la oí caer.

Ella seguía mirándolo.

—Muy bien —dijo—. Vamos a ver.

Y Jacques, espantado, vio cómo se enrollaba la manga derecha, desnudaba el brazo blanco y salía al rellano. El se lanzó al comedor, al borde de la náusea. Cuando su abuela lo llamó, Jacques la encontró delante del fregadero, enjuagándose abundantemente el brazo cubierto de jabón gris.

—No hay nada —dijo—. Eres un mentiroso.

El balbuceaba:

—Tal vez la haya arrastrado el agua.

La abuela vacilaba.

—Tal vez. Pero si has mentido, pagarás el doble.

Sí, pagó el doble, porque en ese mismo momento comprendió que su abuela no había hurgado en la porquería por avaricia, sino por la necesidad terrible que hacía que en esa casa dos francos fueran una fortuna. Lo comprendió y por fin vio claramente, en un acceso de vergüenza, que había robado esos dos francos al trabajo de los suyos. Todavía hoy, mirando a su madre delante de la ventana, Jacques no se explicaba cómo pudo no devolver esos dos francos y disfrutar, sin embargo, del placer de asistir al partido del día siguiente.

El recuerdo de la abuela estaba también ligado a vergüenzas menos legítimas. Ella había insistido en que Henri, el hermano de Jacques, recibiera lecciones de violín. Jacques las había interrumpido debido a sus éxitos escolares, que, según él, le eran absolutamente imposible mantener con ese suplemento de trabajo. Su hermano había aprendido así a sacar unos sonidos horribles de un violín frígido y, con todo, podía ejecutar desafinando las canciones de moda. Para divertirse, Jacques, que era bastante entonado, las había aprendido, sin imaginar las consecuencias calamitosas de esa ocupación inocente. En efecto, los domingos, cuando la abuela recibía la visita de sus hijas casadas,[a] dos de las cuales eran viudas de guerra, o de su hermana, que seguía viviendo en una finca del Sahel y que prefería la jerga mahonesa antes que el español, después de servir los grandes tazones de café negro en la mesa cubierta de hule, convocaba a sus nietos para un concierto improvisado. Consternados, éstos traían el atril de metal y las partituras de dos páginas de canciones famosas. Tenían que obedecer. Jacques, siguiendo mal como podía el violín zigzagueante de Henri, cantaba *Ramona*. «Tuve un sueño maravilloso, Ramona, nos habíamos marchado los dos», o bien «Baila, oh, Djamé mía, esta noche quiero amarte», o, por seguir en Oriente, «Noches de China, noches mimosas, noche de amor, noche embriagadora, noche de ternura...». Otras veces la abuela reclamaba particularmente la canción realista. Entonces Jacques interpretaba «Eres mi hombre, tú, a quien tanto he amado, tú, que me juraste, sabe Dios cómo, que nunca me harías llorar». Por lo demás esta canción era la única que Jacques podía cantar con verdadero sentimiento, pues la heroína de la canción repetía al final su patético estribillo en medio de la multitud que asistía a la ejecución de su difícil amante. Pero la abuela prefería una cuya melancolía y ternura seguramente apreciaba porque era inútil buscarla en su propia índole. Era la *Serenata* de Toselli, que Henri y Jacques atacaban con bastante brío, aunque el acento argelino no se adaptara realmente a la hora mágica que evoca la canción. En la tarde soleada, cuatro o cinco mujeres vestidas de negro, ninguna de ellas, salvo la tía, con el pañuelo negro de españolas, sentadas en círculo

a. Sus sobrinas.

en la habitación pobremente amueblada, con sus muros encalados, aprobaban suavemente con la cabeza las efusiones de la música y del texto, hasta que la abuela, que jamás había sido capaz de distinguir un *do* de un *si* y ni siquiera conocía los nombres de las notas de la escala, interrumpía la magia con un breve «Te has equivocado» que cortaba el flujo a los dos artistas. Entonces repetían; «así», decía la abuela cuando sorteaban el pasaje difícil de una manera satisfactoria para su gusto, las mujeres seguían meneando la cabeza y para terminar aplaudían a los dos virtuosos, que desmontaban velozmente el material para juntarse con sus compañeros en la calle. Sólo Catherine Cormery se quedaba sin decir nada en un rincón. Y Jacques todavía recordaba aquella tarde de domingo en que, a punto de salir con sus partituras, al oír que una de sus tías felicitaba a su madre por él, respondió: «Sí, ha estado bien. Es inteligente», como si hubiera una relación entre las dos observaciones. Pero al volverse comprendió la relación. La mirada de su madre, temblorosa, dulce, afiebrada, se había detenido en él con tal expresión que el niño retrocedió, vaciló y salió huyendo. «Me quiere, entonces me quiere», se iba diciendo en la escalera y al mismo tiempo comprendía que la quería locamente, que había deseado con todas sus fuerzas que ella lo quisiera y que hasta entonces siempre lo había dudado.

Las sesiones de cine le reservaban otros placeres... La ceremonia tenía lugar el domingo y a veces también el jueves. El cine del barrio estaba a unos pasos de la casa y, como la calle donde se encontraba, llevaba el nombre de un poeta romántico. Antes de entrar había que atravesar un laberinto de tenderetes árabes en los que se mezclaban cacahuetes, garbanzos tostados, altramuces, pirulíes teñidos de colores violentos y pegajosos caramelos ácidos. Otros vendían pasteles llamativos, entre ellos unas pirámides de crema enroscadas y cubiertas de azúcar rosa, otros, buñuelos árabes que chorreaban aceite y miel. Alrededor de los tenderetes, una nube de moscas y de niños, atraídos por el mismo azúcar, zumbaba y gritaba persiguiéndose bajo las maldiciones de los vendedores que temían por el equilibrio de sus mostradores y que con el mismo gesto ahuyentaban a niños y moscas. Algunos podían protegerse bajo la marquesina del cine, que se prolongaba por uno de los lados, los otros exhibían sus riquezas viscosas bajo el sol vigoroso y el polvo que levantaban los juegos infantiles. Jacques escoltaba a la abuela, que, para la ocasión, se alisaba el pelo blanco y cerraba con un broche de plata su eterno vestido negro. Apartaba gravemente a la estridente gente menuda que obstruía la entrada y se presentaba a la única ventanilla para pedir unos «reservados». A decir verdad, sólo podía elegirse entre esos «reservados», que eran unas malas butacas de madera cuyo asiento bajaba ruidosamente, y los bancos, a los que se precipitaban, disputándose los lugares, los niños, para quienes sólo en el último momento se abría una puerta lateral. De cada lado de los bancos, un agente provisto de un vergajo se encargaba de mantener el orden en su sector, y no era raro verlo expulsar a un niño o un adulto demasiado inquieto. El cine proyectaba entonces películas mudas, actualidades primero, un filme cómico corto, el principal y para terminar una película en episodios, a razón de un breve episodio por semana. A la abuela le gustaban especialmente esas películas en tajadas, cada uno de cuyos episodios terminaba en suspenso. Por ejemplo, el héroe musculoso, llevando en sus brazos a la muchacha rubia y herida, empezaba a cruzar un puente de lianas tendido sobre un cañón con un torrente en el fondo. Y la última imagen del episodio semanal mostraba una mano tatuada que, armada de un cuchillo primitivo, cortaba las lianas del pontón. El héroe seguía andando, soberbio, a pesar de las advertencias vociferadas de los espectadores de los «bancos».[a] La cuestión no era saber si la pareja saldría del paso,

a. Riveccio.

no estaba permitido dudar de eso, sino tan sólo descubrir cómo lo haría, lo que explicaba que tantos espectadores, árabes y franceses, volvieran la semana siguiente para ver a los enamorados detenidos en su caída mortal por un árbol providencial. Acompañaba el espectáculo al piano una vieja señorita que oponía a las burlas de los «bancos» la serenidad inmóvil de una espalda flaca en forma de botella de agua mineral, con un cuello de encaje por tapón. Jacques consideraba una marca de distinción que la impresionante señorita se dejara los mitones puestos aún con los calores más tórridos. Por lo demás, su tarea no era tan fácil como hubiera podido creerse. El comentario musical de las actualidades, en particular, la obligaba a cambiar de melodía según el carácter del acontecimiento proyectado. Pasaba así sin transición de una alegre contradanza destinada a acompañar la presentación de la moda de primavera, a la marcha fúnebre de Chopin con motivo de una inundación en China o de los funerales de un personaje importante de la vida nacional o internacional. Cualquiera que fuese el fragmento, la ejecución era siempre imperturbable, como si diez mecanismos secos realizaran en el viejo teclado amarillento una maniobra dirigida desde siempre por engranajes de precisión. En la sala de paredes desnudas y suelo cubierto de cáscaras de cacahuetes, los perfumes del desinfectante se mezclaban con un fuerte olor humano. La pianista era en todo caso la que detenía de golpe el estruendo ensordecedor, atacando con los pedales a fondo el preludio que debía crear la atmósfera de la función. Un enorme zumbido anunciaba que el aparato de proyección se ponía en marcha, el calvario de Jacques comenzaba entonces.

Como las películas eran mudas, se proyectaban numerosos textos escritos que servían para aclarar la acción. La abuela no sabía leer, de modo que el papel de Jacques consistía en leérselos. Pese a su edad, la abuela estaba lejos de ser sorda. Pero primero había que dominar el ruido del piano y el de la sala, cuyas reacciones eran generosas. Además, no obstante la extremada simplicidad de los textos, había muchas palabras que a ella no le eran familiares, e incluso algunas le resultaban desconocidas. Jacques, por su lado, deseoso de no molestar a los vecinos y preocupado sobre todo de no anunciar a la sala entera que la abuela no sabía leer (ella misma a veces, por pudor, le decía en voz alta, al comienzo de la sección: «Me leerás tú, he olvidado las gafas»), Jacques no leía con tanta fuerza como hubiera podido. El resultado era que la abuela sólo entendía a medias, exigía que repitiera el texto y que lo repitiera más fuerte. Jacques trataba de hablar más alto, los «shhh» lo sumían en una ruin vergüenza, farfullaba, la abuela lo reprendía y llegaba de inmediato el texto siguiente, más oscuro todavía para la pobre vieja, que no había entendido el anterior. La confusión aumentaba hasta que Jacques encontraba presencia de ánimo suficiente como para resumir en dos palabras un momento crucial de *La marca del Zorro*, por ejemplo, con Douglas Fairbanks padre. «El malo quiere quitarle la muchacha», articulaba firmemente Jacques, aprovechando una pausa del piano o de la sala. Todo se aclaraba, la película continuaba y el niño respiraba. En general los inconvenientes terminaban ahí. Pero ciertas películas del tipo de *Las dos huérfanas* eran demasiado complicadas y, acorralado entre las exigencias de la abuela y las protestas cada vez más irritadas de sus vecinos, Jacques terminaba por no chistar. Todavía conservaba el recuerdo de una de esas sesiones en que la abuela, fuera de sí, terminó por salir, mientras él la seguía llorando, descompuesto ante la idea de que había arruinado uno de los pocos placeres de la desdichada y malgastado el pobre dinero que tenían.[a]

Su madre nunca iba a esas sesiones. Tampoco sabía leer,

a. añadir signos de pobreza — desempleo — colonia de vacaciones de verano en Miliana — toques de trompeta — expulsión — No se atreve a decirle. Habla: Bueno, esta noche tomaremos café. De vez en cuando cambia. La mira. Muchas veces ha leído historias de pobreza en las que la mujer es valiente. Ella no sonríe. Se va a la cocina, valiente — no resignada.

pero además era medio sorda. Para colmo, su vocabulario era aún más limitado que el de la abuela. Aún hoy, no había diversiones en su vida. En cuarenta años había ido dos o tres veces al cine, sin entender nada, y, por no ser descortés con las personas que la habían invitado, sólo dijo que los vestidos eran bonitos o que el de bigote tenía cara de ser muy malo. Tampoco podía escuchar la radio. Y en cuanto a los periódicos, a veces hojeaba los ilustrados, se hacía explicar las figuras por sus hijos o sus nietas, decía que la reina de Inglaterra era triste y cerraba la revista para mirar de nuevo por la misma ventana el movimiento de la misma calle que contemplaría durante la mitad de su vida.[a]

a. Poner el tío Ernest *viejo, antes* – su retrato en la habitación donde estaban Jacques y su madre. O hacerlo llegar *después.*

Étienne

En cierto sentido, estaba menos metida en la vida que su hermano Ernest,[1] que vivía con ellos, pese a que éste era totalmente sordo y se expresaba tanto con onomatopeyas y con gestos como con el centenar de palabras de que disponía. Pero Ernest, que de pequeño no había podido trabajar, había frecuentado vagamente una escuela y aprendido a descifrar las letras. Ernest iba a veces al cine y volvía con relatos pasmosos para quienes ya habían visto la película, pues la riqueza de su imaginación compensaba sus ignorancias. Por lo demás, sutil y astuto, una suerte de inteligencia instintiva le permitía orientarse en un mundo y a través de personas que para él guardaban obstinado silencio. La misma inteligencia le permitía sumirse cada día en el periódico y descifrar los titulares, lo que le daba por lo menos una idea de los problemas del mundo.

—Hitler —decía por ejemplo a Jacques cuando éste llegó a la edad adulta— no es bueno, ¿eh?

No, no era bueno.

—Esos alemanes, siempre los mismos —añadía el tío.

No, no era así.

—Sí, ya sé que los hay buenos —admitía el tío—. Pero Hitler no es bueno —e inmediatamente podía más su gusto por las bromas—: Lévy —era el mercero de enfrente— tiene miedo. —Y soltaba una carcajada.

Jacques trataba de explicar. El tío volvía a ponerse serio:

1. Llamado unas veces Ernest, otras Étienne, es siempre el mismo personaje: el tío de Jacques.

—Sí. ¿Por qué quiere hacer daño a los judíos? Los judíos son como todo el mundo.

A su manera, Ernest siempre había querido a Jacques. Admiraba sus éxitos escolares. Con su mano endurecida, encallecida por las herramientas y el trabajo bruto, frotaba el cráneo del niño. «Este sí que tiene una buena cabeza. Dura», y se golpeaba la suya con su puño grueso, «pero buena.» A veces añadía: «Como su padre». Un día Jacques aprovechó para preguntarle si su padre era inteligente. «Tu padre, cabeza dura. Hacía siempre lo que quería. Tu madre, siempre, sí, sí.» Jacques no pudo arrancarle nada más. Pero Ernest solía llevarse al niño consigo. Su fuerza y su vitalidad, que no podían expresarse ni con palabras ni en las relaciones complicadas de la vida social, estallaban en la vida física y en las sensaciones. Ya al despertar, cuando lo sacudían para sacarlo del sueño hermético de los sordos, se incorporaba desorientado y rugía: «Ahh, ahh», como el animal prehistórico que despierta cada día en un mundo desconocido y hostil. Pero una vez despierto, su cuerpo, y el funcionamiento de su cuerpo, lo afirmaban sobre la tierra. A pesar de su duro oficio de tonelero, le gustaba nadar y cazar. Llevaba a Jacques, de pequeño,[a] a la playa de Sablettes, montado sobre sus hombros, y salía en seguida a mar abierto, con una brazada elemental pero enérgica, lanzando unos gritos inarticulados que expresaban ante todo la sorpresa del agua fría y después el placer de estar en ella o la irritación contra una ola maligna. De vez en cuando decía a Jacques: «No tienes miedo». Sí, tenía miedo pero no lo decía, fascinado por aquella soledad, entre el cielo y el mar igualmente vastos, y, cuando miraba atrás, la playa le parecía una línea invisible, un miedo ácido le apretaba el vientre e imaginaba con pánico incipiente las profundidades inmensas y oscuras donde se hundiría como una piedra sólo con que su

a. Nueve años.

tío lo soltara. Entonces el niño apretaba un poco más el cuello musculoso del nadador.

—Tienes miedo —decía de inmediato el otro.

—No, pero vuelve.

Dócil, el tío daba la vuelta, respiraba un poco y echaba a nadar con la misma seguridad que tenía en tierra firme. En la playa, jadeando apenas, frotaba a Jacques enérgicamente, entre grandes carcajadas, después se volvía para orinar con brío, siempre riendo y felicitándose del buen funcionamiento de su vejiga, golpeándose el vientre con los «Bueno, bueno» que acompañaban todas sus sensaciones agradables, entre las cuales no establecía diferencias, fuesen de excreción o de nutrición, insistiendo igualmente y con la misma inocencia en el placer que le procuraban, y constantemente deseoso de compartir ese placer con su prójimo, lo que provocaba en la mesa las protestas de la abuela, que admitía que se hablara de esas cosas e incluso lo hacía ella misma, pero «no en la mesa», como decía, aunque tolerase el número de la sandía, fruta con una sólida reputación de diurético, que Ernest adoraba y cuya ingestión empezaba con risas, pícaras guiñadas dirigidas a la abuela, variados ruidos de aspiración, regurgitación y blanda masticación, y después de las primeras mordidas directas de la tajada, toda una mímica en que la mano indicaba varias veces el trayecto que la hermosa fruta rosada y blanca recorrería desde la boca hasta el sexo, mientras la cara exhibía un regocijo expresado con muecas, revuelo de ojos acompañados de «Bueno, bueno. Lava. Bueno, bueno» que resultaban irresistibles y hacían estallar en carcajadas a todo el mundo. La misma inocencia adánica lo llevaba a prestar una importancia desproporcionada a una cantidad de males fugaces de los que se quejaba, frunciendo el entrecejo, la mirada vuelta hacia adentro, como si escrutara la noche misteriosa de sus órganos. Declaraba padecer de una «punzada» de variada ubicación, de tener una «bola» que se paseaba por todas partes. Más tarde, cuando Jacques ya frecuentaba el liceo, convencido de que la ciencia es una sola y la misma para todos, lo interrogaba, señalándole el hueco de los riñones. «Aquí, me tira», decía. «¿Es malo?» No, no era nada. Y se iba aliviado, bajaba la escalera con un pasito rápido y se reunía con sus compañeros en los cafés del barrio, con sus muebles de madera y el mostrador de zinc, que olían a anisete y serrín, y donde Jacques tenía que ir a buscarlo a la hora de la cena. Era no poco sorprendente para el niño encontrar entonces al sordomudo, en el mostrador, rodeado en círculo por sus camaradas y discurriendo hasta quedar sin aliento en medio de risas generales que no eran de burla, pues Ernest era adorado por sus camaradas debido a su buen humor y su generosidad.[abcd]

Jacques lo advertía claramente cuando su tío lo llevaba a cazar con sus amigos, todos toneleros o bien obreros del puerto y de los ferrocarriles. Se levantaban al alba. Jacques se encargaba de despertar a su tío, a quien no había reloj capaz de arrancar del sueño. Jacques, por su parte, obedecía a la campanilla, su hermano se volvía refunfuñando en la cama, y su madre, en la otra cama, se agitaba un poco sin despertarse. El niño se levantaba a tientas, raspaba un fós-

a. el dinero que pone de lado para Jacques.

b. De mediana estatura, las piernas un poco arqueadas, la espalda ligeramente encorvada bajo un espeso caparazón de músculos, daba, a pesar de su delgadez, una impresión de fuerza viril extraordinaria. Y, sin embargo, su cara seguía siendo, y lo sería por mucho tiempo, la de un adolescente, fina, regular, un poco [ ][1] con los bellos ojos castaños de su hermana, la nariz muy recta, los arcos superciliares desnudos, el mentón regular y el hermoso pelo recio, no, ligeramente ondulado. Sólo su belleza física explicaba que, no obstante su invalidez, hubiera conocido algunas aventuras femeninas que no podían llevar al matrimonio y que eran forzosamente breves, pero que a veces se coloreaban con algo de eso que es corriente llamar amor, como la relación que había tenido con una mujer casada con un comerciante del barrio; a veces los sábados por la noche iba con Jacques al concierto de la Place Bresson, junto al mar, y la orquesta militar interpretaba en el quiosco *Las campanas de Corneville* o unas arias de *Lakmé,* mientras en medio de la multitud que circulaba durante la noche alrededor de [ ], Ernest endomingado se las ingeniaba para cruzarse con la mujer del cafetero vestida de tusor, y cambiaban sonrisas de amistad, y el marido decía unas palabras de amistad a Ernest, que seguramente nunca le había parecido un rival posible.

c. la lavandería la *mouna* [palabras rodeadas por un círculo por el autor. *N. de la E.].*

d. la playa, los maderos blanqueados, los corchos, los cascotes pulidos de vasijas... corcho, cañas.

foro y encendía la lamparita de petróleo que había sobre la mesa de noche común a las dos camas.[1] (¡Ah!, los muebles de esa habitación: dos camas de hierro, una de una plaza, donde dormía su madre, la otra de dos, para los niños, una mesita de noche entre ambas y, frente a ella, un armario de luna. El cuarto tenía a los pies de la cama de la madre una ventana que daba al patio. Al pie de esta ventana había un gran baúl de fibra cubierto de una manta de croché. Antes de crecer, Jacques se arrodillaba sobre el baúl para cerrar las persianas de la ventana. No había silla.) Después iba al comedor, zamarreaba al tío, que rugía mirando aterrado la lámpara que brillaba sobre sus ojos y se espabilaba. Se vestían. Y Jacques calentaba un resto de café en la cocina, en el pequeño infiernillo de alcohol, mientras el tío llenaba los morrales de provisiones, un queso, sobrasadas, tomates con sal y pimienta y medio pan cortado en dos con una gran tortilla en medio, preparada por la abuela. Después, verificaba por última vez la escopeta de dos cañones y los cartuchos, en torno a los cuales se celebraba la víspera una gran ceremonia. Terminada la cena, se retiraban los platos y se limpiaba cuidadosamente el hule. El tío se instalaba en uno de los lados de la mesa, bajaba la gran lámpara de petróleo y a su luz ponía gravemente las partes de la escopeta desmontada que había engrasado meticulosamente. Sentado al otro lado, Jacques esperaba su turno. El perro *Brillant* también. Porque había un perro, un bastardo de setter, de una bondad sin límites, incapaz de hacer daño a una mosca, y la prueba era que, cuando atrapaba una al vuelo, se apresuraba a vomitarla con expresión de asco y grandes y repetidos lengüetazos y chasqueo de morros. Ernest y su perro eran inseparables y se entendían a la perfección. Era inevitable pensar en una pareja (y sólo quien no haya conocido ni amado a los perros puede ver en esto una burla). Y el perro debía obediencia y afecto al hombre, y el hom-

1. Una palabra tachada.

bre aceptaba que fuese su única preocupación. Vivían juntos y no se separaban nunca, dormían juntos (el hombre en el diván del comedor, el perro en una pobre alfombrita gastada hasta la trama), iban al trabajo juntos (el perro se acostaba en un lecho de virutas especialmente preparado para él debajo del banco del taller), iban juntos a los cafés, y el animal esperaba pacientemente entre las piernas de su amo a que terminaran sus discursos. Conversaban con onomatopeyas y se complacían en sus olores recíprocos. No se podía decir a Ernest que su perro, rara vez lavado, olía fuerte, sobre todo después de las lluvias. «Este», decía, «no huele», y olisqueaba amorosamente el interior de las grandes orejas temblorosas del perro. La caza era la fiesta de los dos, sus salidas de grandes señores. Y bastaba que Ernest sacara el morral para que el perro se lanzara a locas carreras por el pequeño comedor, haciendo bailar las sillas a golpes de cuarto trasero y martillando con la cola los costados del aparador. Ernest reía. «Ha entendido, ha entendido», y calmaba al animal, que, instalando la cabeza sobre la mesa, contemplaba los minuciosos preparativos y bostezaba discretamente de vez en cuando, pero sin abandonar el delicioso espectáculo antes de que terminara.[ab]

Una vez montada la escopeta, el tío se la pasaba. Jacques la recibía con respeto y, provisto de un viejo trapo de lana, sacaba brillo a los cañones. Entretanto, el tío preparaba los cartuchos. Ordenaba unos cilindros de cartón de color vivo con casquillo de cobre en una cartera, de la que sacaba además unos frascos de metal en forma de cantimplora que contenían la pólvora y los perdigones y la borra de fieltro pardo. Llenaba cuidadosamente los tubos de pólvora y borra. Después sacaba una maquinita en la que se encajaban los cilindros y, con una pequeña manivela, accionaba una cápula que enrollaba hasta el nivel de la borra la punta de los cilindros de cartón. A medida que los

a. ¿caza? se puede suprimir.
b. el libro tendría que tener todo el peso de los objetos y la carne.

cartuchos estaban listos, Ernest los iba pasando uno por uno a Jacques, quien los acomodaba religiosamente en la cartuchera. Por la mañana Ernest daba la señal de partida poniéndose la pesada cartuchera alrededor del vientre, ensanchado por dos espesos jerséis. Jacques se la abrochaba a la espalda. Y *Brillant*, que desde el principio iba y venía en silencio, acostumbrado a dominar su alegría para no despertar a nadie, se incorporaba sobre las patas traseras apoyándose en su amo, las patas delanteras contra el pecho de éste, y alargando el cuello y el lomo trataba de lamer amplia y vigorosamente el rostro amado.

En la noche que empezaba a clarear y en la que flotaba el olor todavía nuevo de los ficus, partían apresuradamente rumbo a la estación del Agh, y el perro los precedía a toda velocidad en una gran carrera zigzagueante que terminaba a veces en resbalones sobre las aceras mojadas por la humedad de la noche, después volvía no menos rápido, visiblemente enloquecido por el temor de haberlos perdido, Étienne con la escopeta invertida en su funda de gruesa tela, además de un morral y un zurrón, Jacques con las manos en los bolsillos de su pantalón corto y una gran mochila en bandolera. En la estación estaban los amigos, con sus perros que no soltaban al amo más que para inspeccionar rápidamente debajo de la cola de sus congéneres. Estaban Daniel y Pierre,[a] los dos hermanos, compañeros de taller de Ernest, Daniel siempre risueño y lleno de optimismo, Pierre más estricto, más metódico, siempre sagaz en sus opiniones sobre la gente y las cosas. Estaba también Georges, que trabajaba en la fábrica de gas, pero que de vez en cuando participaba en combates de boxeo con los cuales redondeaba sus ingresos. Y con frecuencia se les unían dos o tres hombres más, todos buenos muchachos, por lo menos en esas ocasiones, felices de poder escapar por un día del taller, del apartamento estrecho y atestado, a veces

a. atención, cambiar los nombres.

de la mujer, con ese abandono y esa tolerancia divertida característica de los hombres cuando están entre ellos para darse un placer breve y violento. Se encaramaban con entusiasmo a uno de esos vagones en los que todos los compartimientos se abren al estribo, se pasaban los zurrones, hacían subir a los perros y se instalaban al fin contentos de sentirse juntos, de compartir el mismo calor. Jacques aprendió esos domingos que la compañía de los hombres era buena y que podía ser un alimento para el corazón. El tren se ponía en marcha, después tomaba velocidad con cortos jadeos y un breve pitido adormilado de vez en cuando. Atravesaban una parte del Sahel y ya en los primeros campos, curiosamente, aquellos hombres fornidos y ruidosos callaban y miraban nacer el día sobre las tierras cuidadosamente cultivadas donde la bruma de la mañana se arrastraba en jirones por empalizadas de altas cañas secas que separaban los solares. De vez en cuando unos grupos de árboles se deslizaban por el vidrio, con la alquería encalada a la que protegían y en la que todo dormía. Un pájaro desalojado del foso que bordeaba el terraplén se alzaba de golpe hasta la altura de los pasajeros, para volar en la misma dirección del tren, como si quisiera competir en velocidad con él, hasta que, bruscamente, tomaba la dirección perpendicular a la marcha del tren y era entonces como si de pronto se despegara del vidrio y el viento de la carrera lo proyectara hacia atrás. El horizonte verde se ponía rosado y después viraba bruscamente al rojo, el sol aparecía y subía visiblemente por el cielo, sorbía las brumas en toda la superficie de los campos, seguía subiendo y de golpe en el compartimiento hacía calor, los hombres se quitaban primero un jersey y después el otro, aquietaban a los perros, que también se agitaban, intercambiaban bromas y Ernest ya contaba a su manera historias manducatorias, de enfermedades y también [de] peleas en las que siempre llevaba las de ganar. De vez en cuando uno de los amigos interrogaba a Jacques sobre la escuela, después se hablaba de otra cosa o bien lo tomaban de testigo a propósito de la mímica de Ernest. «¡Tu tío es un hacha!»

El paisaje cambiaba, se volvía más rocoso, el roble reemplazaba al naranjo, y el trenecito respiraba cada vez más agitado y soltaba grandes chorros de vapor. De pronto hacía más frío, pues la montaña se interponía entre el sol y los viajeros, y se notaba entonces que no eran más de las siete. Finalmente, el tren silbaba por última vez, aminoraba la marcha, tomaba con lentitud una curva cerrada y desembocaba en una pequeña estación solitaria del valle, al servicio exclusivo de unas minas lejanas, desierta y silenciosa, rodeada de grandes eucaliptos cuyas hojas como hoces se estremecían en la brisa de la mañana. Bajaban en el mismo alboroto, los perros precipitándose desde el compartimiento sin acertar con los dos peldaños empinados del vagón, los hombres haciendo de nuevo una cadena para bajar los morrales y las escopetas. Pero a la salida de la estación, que daba directamente a las primeras pendientes, el silencio de una naturaleza salvaje ahogaba poco a poco las interjecciones y los gritos, el pequeño tropel terminaba por subir la cuesta en silencio, los perros trazaban alrededor infatigables arabescos. Jacques no dejaba que sus vigorosos compañeros lo sobrepasaran. Daniel, su preferido, le había cogido la mochila, pese a sus protestas, pero de todos modos tenía que redoblar el paso para seguir a la altura del grupo, y el aire afilado de la mañana le quemaba los pulmones. Por fin, al cabo de una hora desembocaban en el borde de una enorme meseta cubierta de robles enanos y de enebros, con ondulaciones poco marcadas y sobre la cual se extendía un inmenso cielo fresco y ligeramente soleado. Era el terreno de caza. Los perros, como si se les hubiera avisado, volvían a agruparse alrededor de los hombres. Estos se concertaban para reencontrarse en el almuerzo, a las dos de la tarde, en un bosquecillo de pinos donde había un pequeño manantial bien situado al borde de la meseta y desde donde la vista se extendía sobre el valle y la llanura lejana. Ponían de acuerdo los relojes. Los cazadores se agrupaban en parejas, silbaban a sus perros y partían en direcciones diferentes. Ernest y Daniel formaban equipo. Jacques recibía el morral, que con precaución se colgaba en bandolera. Desde lejos Ernest anunciaba a los otros que volvería con más conejos y perdices que nadie. Se reían, saludaban con la mano y desaparecían.

Entonces empezaba para Jacques una embriaguez que le dejaría en el corazón una maravillada nostalgia. Los dos hombres, a dos metros uno de otro pero a la misma altura, el perro delante, él siempre atrás, y el tío con su mirada súbitamente salvaje y astuta, verificaba a cada instante que mantenía la distancia, y era entonces la marcha silenciosa e interminable a través de los matorrales, de los que salía a veces con un grito penetrante un pájaro desdeñado, la bajada al fondo de pequeños barrancos llenos de olores, la subida hacia el cielo, radiante y cada vez más caliente, el calor que aumentaba resecando a toda velocidad la tierra todavía húmeda a la hora de la partida. Unas detonaciones del otro lado del barranco, el castañeteo seco de una bandada de perdices de color tierra que el perro había levantado, la doble detonación, repetida casi en seguida, la carrera del perro, que volvía con los ojos desorbitados, el hocico lleno de sangre y un puñado de plumas que Ernest y Daniel le quitaban y que, instantes después, Jacques recibía con una mezcla de excitación y de horror, la búsqueda de otras víctimas, cuando las habían visto caer, los gañidos de Ernest, que se confundían a veces con los de *Brillant*, y de nuevo la marcha, Jacques ahora encorvado bajo el sol a pesar del sombrerito de paja, mientras alrededor la meseta empezaba a vibrar sordamente como un yunque bajo el martillo del sol, y a veces una nueva detonación o dos, nunca más, pues uno solo de los cazadores había visto escapar la liebre o el conejo condenado de antemano si lo apuntaba Ernest, siempre diestro como un mono y corriendo ahora casi tan rápido como su perro, gritando como él para recoger por las patas de atrás el animal muerto y mostrarlo de lejos a Daniel y Jacques, que llegaban jubilosos y sin aliento. Jacques abría bien el morral para recibir el nuevo trofeo antes de reanudar la marcha, vacilando bajo el sol, su señor, y así, durante horas sin frontera en un territorio sin límites, la cabeza perdida en la luz incesante y en los inmensos espacios del cielo, Jacques se sentía el niño más rico del mundo. Al regresar al lugar del almuerzo, los cazadores seguían acechando la ocasión, pero ya sin entusiasmo. Arrastraban los pies, se enjugaban la frente, tenían hambre. Iban llegando unos tras otros, mostrándose de lejos las presas, burlándose de los que regresaban con las manos vacías, afirmando que eran siempre los mismos, relatando todos al mismo tiempo sus hazañas, añadiendo cada uno un detalle particular. Pero el gran aedo era Ernest, que terminaba por acaparar la palabra y mimar con una justeza de gestos –que Jacques y Daniel estaban en condiciones de juzgar– la salida de los perdigones, el conejo que se precipita dando dos rodeos y rueda sobre el lomo como un jugador de rugby que marca un ensayo detrás de la línea de gol. Entretanto, Pierre, metódico, vertía el anisete en los cubiletes de metal que cada uno le había entregado y los llenaba de agua fresca en el manantial que corría débilmente al pie de los pinos. Instalaban una especie de mesa cubierta de paños de cocina, y cada uno sacaba sus provisiones. Pero Ernest, que tenía talento de cocinero (las partidas de pesca del verano siempre empezaban con una *bouillabaisse* que preparaba en el lugar mismo con tan poca compasión por las especias que hubiera quemado una lengua de tortuga), preparaba unos palillos afilados en la punta, los introducía en los trozos de la sobrasada que llevaba, y en un pequeño fuego los asaba hasta que estallaban y un jugo rojo caía en las brasas, crepitaba y se incendiaba. Entre dos rebanadas de pan ofrecía las sobrasadas ardiendo y perfumadas, que todos acogían con exclamaciones y que devoraban regándolas con el vino rosado que ponían a re-

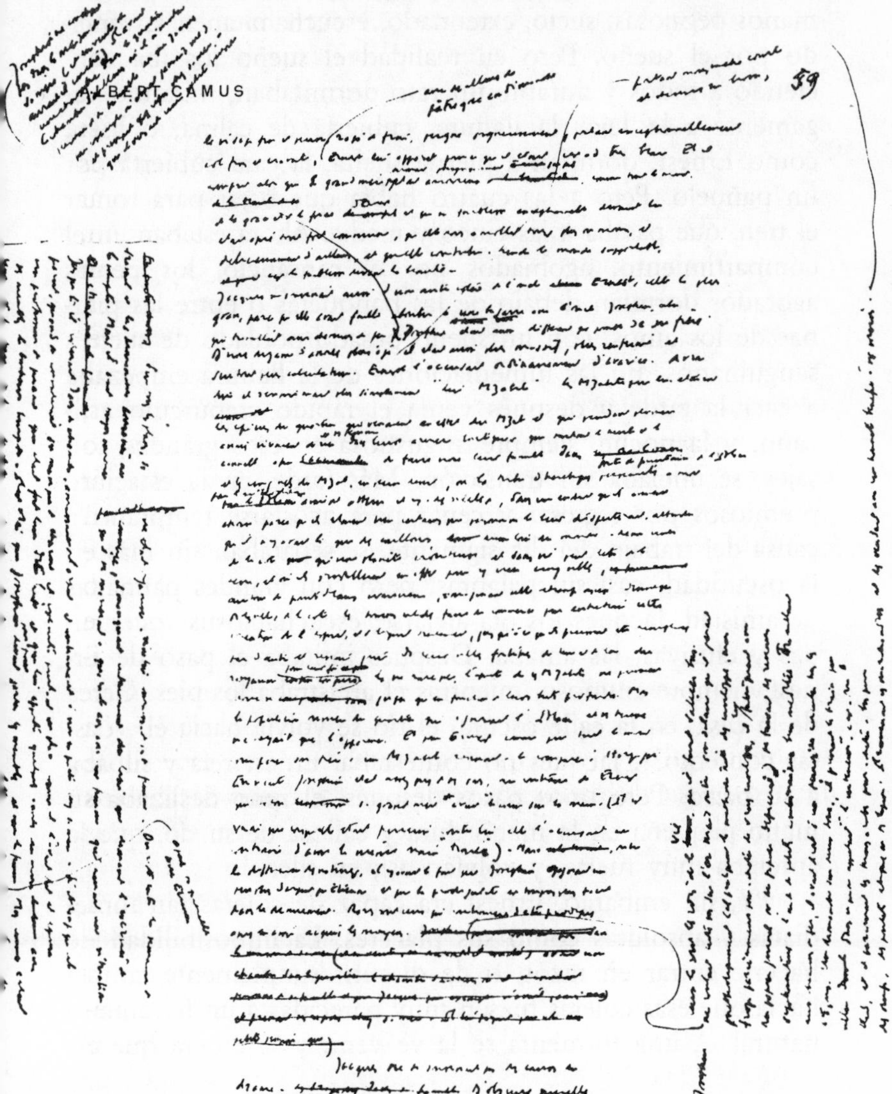

frescar en el manantial. Después, venían las risas, las historias de trabajo, las bromas que Jacques, con la boca y las manos pegajosas, sucio, extenuado, escuchaba apenas, vencido por el sueño. Pero en realidad el sueño los iba venciendo a todos y durante un rato dormitaban, mirando vagamente a lo lejos la llanura, cubierta de calina, o bien, como Ernest, dormían a pierna suelta, la cara cubierta por un pañuelo. Pero a las cuatro había que bajar para tomar el tren, que pasaba a las cinco y media. Ahora estaban en el compartimiento, agobiados por el cansancio, los perros agotados dormían debajo de las banquetas o entre las piernas de los amos, con un sueño pesado poblado de sueños sanguinarios. En las inmediaciones de la llanura empezaba a caer la tarde y después venía el rápido crepúsculo africano, y la noche, siempre angustiosa en esos grandes paisajes, se iniciaba sin transición. Más tarde, en la estación, premiosos por regresar y cenar para acostarse temprano a causa del trabajo del día siguiente, se separaban sin más en la oscuridad, casi sin palabras, pero con grandes palmadas de amistad. Jacques los oía alejarse, escuchaba sus voces rudas y efusivas, las amaba. Después imitaba el paso de Ernest, siempre animoso, mientras él arrastraba los pies. Cerca de la casa, en la calle oscura, el tío se volvía hacia él: «¿Estás contento?». Jacques no contestaba. Ernest reía y silbaba a su perro. Pero unos pasos después, el niño deslizaba su mano pequeña en la mano dura y callosa de su tío, que la apretaba muy fuerte, y volvían así, en silencio.

[ab]Y, sin embargo, Ernest era capaz de cóleras tan inmediatas y absolutas como sus placeres. La imposibilidad de hacerle entrar en razón o de discutir simplemente con él hacía que esas cóleras fuesen muy parecidas a un fenómeno natural. A una tormenta se la ve venir y se espera que es-

a. Tolstói o Gorki (I) *El padre*. De ese medio salió Dostoievski (II) *El hijo*, que vuelto a las fuentes da el escritor de la época (III) *La madre*

b. El señor Germain – El liceo – la religión – la muerte de la abuela – ¿Acabar de la mano de Ernest?

talle. No hay nada más que hacer. Como muchos sordos, Ernest tenía el olfato muy desarrollado (salvo cuando se trataba de su perro). Este privilegio le proporcionaba muchas alegrías, cuando aspiraba el olor de la sopa de guisantes majados o de los platos que más le gustaban, calamares en su tinta, tortilla con chorizo o ese guiso de asaduras, hecho con corazón y pulmones de buey, borgoñón de los pobres, que era el triunfo de la abuela y que, por su modicidad, aparecía con frecuencia en la mesa, o cuando se rociaba los domingos con el agua de colonia barata o la loción llamada [Pompeia] (que también usaba la madre de Jacques), cuyo perfume dulce y tenaz, con fondo de bergamota, rondaba siempre en el comedor y en el pelo de Ernest, y él olía profundamente en el frasco, con aire extasiado... Pero su sensibilidad extrema era también causa de disgustos. No toleraba ciertos olores imperceptibles para narices normalmente constituidas. Por ejemplo, adquirió la costumbre de husmear su plato antes de empezar a comer y se ponía rojo de cólera cuando descubría lo que para él era olor a huevo. La abuela cogía a su vez el plato sospechoso, lo olía, declaraba que no sentía nada, después lo pasaba a su hija para obtener su parecer. Catherine Cormery pasaba su nariz delicada por la porcelana y sin olisquear siquiera, declaraba con voz suave que no, no olía. Todos olían los otros platos para fundamentar mejor el juicio definitivo, salvo los niños que comían en escudillas de lata. (Por razones por lo demás misteriosas, acaso la escasez de vajilla o, como pretendió un día la abuela, para evitar las roturas, cuando ni él ni su hermano tenían manos torpes. Pero las tradiciones familiares suelen no tener fundamentos más sólidos, y los etnólogos me hacen reír cuando buscan la razón de tantos ritos misteriosos. El verdadero misterio, en muchos casos, es que no hay razón ninguna.) Después la abuela pronunciaba el veredicto: no olía. En realidad nunca hubiera pronunciado otro, sobre todo si era ella la que había lavado los platos la víspera. Su honor de ama de casa le impedía ceder. Entonces estallaba la verdadera cólera de Ernest, tanto más cuanto que no encontraba palabras para expresar su convicción.[a] Había que dejar que reventase la tormenta, aunque terminara por no querer comer, o por picotear como con asco en el plato que la abuela había cambiado, o se levantara de la mesa y saliera declarando que iba al restaurante, tipo de establecimiento que por lo demás nunca había pisado, como nadie de la casa, aunque la abuela, cada vez que un descontento se levantaba de la mesa, no dejaba de pronunciar la frase fatídica: «Vete al restaurante». El restaurante era para todos, desde entonces, como uno de esos lugares pecaminosos, de falaz seducción, donde todo parece fácil, puesto que se puede comprar, pero cuyas primeras y culpables delicias el estómago tarde o temprano paga muy caras. En todo caso, la abuela no contestaba nunca a las cóleras de su benjamín. Por una parte, porque sabía que era inútil, por otra, porque siempre había tenido por él una extraña debilidad, que Jacques, en cuanto tuvo algunas lecturas, atribuyó al hecho de que Ernest era inválido (cuando hay tantos ejemplos de padres que, contrariando este prejuicio, se apartan del hijo disminuido) y que comprendió mejor más tarde, un día en que, al sorprender la mirada clara de su abuela, súbitamente suavizada por una ternura que nunca le había conocido, se volvió y vio a su tío poniéndose la chaqueta de los domingos. Adelgazado por la tela oscura, el rostro fino y joven, recién afeitado, cuidadosamente peinado, por excepción de cuello limpio y corbata, con ese aire de pastor griego endomingado, Ernest se le apareció como era, es decir, muy guapo. Y comprendió entonces que la abuela amaba físicamente a su hijo, estaba enamorada, como todo el mundo, de la gracia y la fuerza de Ernest, y que su debilidad excepcional por él era después de todo muy común, nos ablanda más o menos a todos, por lo demás de-

a. microtragedias

liciosamente, y contribuye a hacer el mundo soportable: es la debilidad ante la belleza.

Jacques recordaba también otro arrebato de cólera del tío Ernest, éste más grave, porque había estado a punto de terminar en una pelea con el tío Joséphin, el que trabajaba en los ferrocarriles. Joséphin no dormía en la casa de su madre (y a decir verdad, ¿dónde hubiera podido dormir?). Tenía una habitación en el barrio (habitación donde por otra parte no invitaba a nadie de la familia y que Jacques, por ejemplo, nunca había visto) y tomaba sus comidas en casa de su madre, a cambio de una pequeña pensión. Imposible imaginar nada más diferente de Ernest que su hermano Joséphin. Unos diez años mayor, bigote breve y pelo cortado al cepillo, era también más macizo, más encerrado y sobre todo más calculador. Ernest lo acusaba usualmente de avaricia. Lo cierto es que se expresaba con más sencillez: «Ese, un mzabí». Los mzabíes eran para Ernest los almaceneros del barrio, que, en efecto, venían del Mzab y vivían años enteros con nada y sin mujer en sus trastiendas con olor a aceite y canela, para mantener a sus familias en las cinco ciudades del Mzab, en pleno desierto, donde la tribu de heréticos, una suerte de puritanos del Islam perseguidos a muerte por la ortodoxia, habían aterrizado siglos atrás, en un lugar elegido con la seguridad de que nadie se lo disputaría, pues no había más que piedras, tan lejos del mundo civilizado de la costa como un planeta resquebrajado y sin vida puede estarlo de la Tierra, y donde se instalaron para fundar cinco ciudades, en torno a unos avaros puntos de agua, imaginando esa extraña ascesis de enviar a las ciudades de la costa a los hombres válidos para que ejercieran el comercio a fin de mantener esa creación del espíritu y sólo del espíritu, hasta que, sustituidos por otros, regresaran a disfrutar, en sus fortificadas ciudades de tierra y adobe, del reino por fin conquistado para su fe. La vida enrarecida, la aspereza de esos mzabíes sólo podían juzgarse en función de sus objetivos profundos. Pero la población obrera del barrio, ignorante del Islam y sus herejías, sólo veía las apariencias. Y para Ernest, como para todo el mundo, comparar a su hermano con un mzabí equivalía a compararlo con Harpagón. A decir verdad, Joséphin vigilaba el céntimo, al contrario de Ernest, que, según la abuela, tenía «el corazón en la mano». (Es cierto que cuando estaba furiosa con él, lo acusaba, por el contrario, de tener esa misma mano «rota».) Pero además de la diferencia de índole, era indudable que Joséphin ganaba un poco más que Étienne y que la prodigalidad es siempre más fácil en la indigencia. Pocos son los que siguen siendo pródigos cuando tienen medios para serlo. Son éstos los reyes de la vida y merecen una profunda reverencia. Joséphin no nadaba en la abundancia, lejos de ello, pero además de su sueldo, que administraba metódicamente (practicaba el método llamado de los sobres, los hacía con papel de periódico o de embalaje), conseguía algún ingreso suplementario mediante algunos trucos bien pensados. Como trabajaba en los ferrocarriles, tenía derecho a viajar gratis cada quince días. De modo que un domingo de cada dos, tomaba el tren para ir a lo que se llamaba «el interior», es decir al pueblo, y recorría las fincas de los árabes para comprar más baratos huevos, unos pollos raquíticos o unos conejos. Volvía con esas mercancías y las vendía con honrado beneficio a sus vecinos. Su vida estaba organizada en todos los planos. No se le conocía mujer. Por otra parte, entre la semana de trabajo y los domingos dedicados al comercio, sin duda le faltaba el tiempo libre que exige el ejercicio de la voluptuosidad. Pero siempre había anunciado que se casaría a los cuarenta años con una mujer que ya tuviera una buena situación. Hasta ese momento permanecería en su cuarto, juntaría dinero y en parte seguiría viviendo en casa de su madre. Por extraño que pareciera, dada su falta de encanto, ejecutó el plan como lo había dicho y se casó con una profesora de piano que estaba muy lejos de ser fea y que le aportó, durante muchos años por lo menos, junto con sus muebles, la felicidad burguesa. Es cierto que al final Joséphin conservaría los muebles y no la mujer. Pero ésta era otra historia, y lo único que Joséphin no había previsto era que, a raíz de su disputa con Étienne, no podría comer en casa de su madre y tendría que recurrir a las delicias dispendiosas del restaurante. Jacques no recordaba las causas del drama. Oscuras querellas dividían a veces a la familia, y a decir verdad nadie hubiera sido capaz de desentrañar los orígenes, sobre todo porque, como nadie tenía memoria, ya no se recordaban las causas, limitándose a mantener mecánicamente el efecto rumiado y aceptado de una vez por todas. De aquel día, Jacques sólo recordaba a Ernest de pie delante de la mesa todavía servida y gritando insultos incomprensibles, salvo el de mzabí, a su hermano, que seguía sentado y comiendo. Después Ernest lo abofeteó, el hermano se levantó y retrocedió antes de abalanzarse sobre él. Pero la abuela sujetaba a Ernest, y la madre de Jacques, blanca de emoción, retenía a Joséphin desde atrás.

—Déjalo, déjalo —decía, y los dos niños, pálidos, boquiabiertos, miraban inmóviles, escuchando la andanada de injurias rabiosas que fluía en una sola dirección, hasta que Joséphin dijo con aire desabrido:

—Es una bestia bruta. No hay nada que hacer. —Y dio la vuelta a la mesa mientras la abuela contenía a Ernest, que quería seguirlo. Y aún después de que la puerta se cerrara con un golpe, Ernest seguía agitado.

—Déjame, déjame —decía a su madre—, mira que te haré daño.

Pero ella lo había cogido por el pelo y se lo tironeaba:

—¿Tú, tú le vas a pegar a tu madre?

Y Ernest cayó sobre su silla llorando:

—No, no, a ti no. ¡Tú eres como Dios para mí!

La madre de Jacques fue a acostarse sin terminar de comer y al día siguiente le dolía la cabeza. A partir de ese momento, Joséphin no volvió nunca más, salvo a veces, para ver a su madre, cuando estaba seguro de que Ernest había salido.

[a] Hubo también otra pelea que a Jacques no le gustaba recordar porque no deseaba, él, conocer la causa. Durante todo un periodo, un tal señor Antoine, que Ernest conocía vagamente, vendedor de pescado en el mercado, de origen maltés, bastante guapo, alto y delgado, y que usaba siempre una especie de extraño bombín oscuro, al mismo tiempo que un pañuelo de cuadros anudado al cuello, metido dentro de la camisa, visitaba regularmente la casa, al caer la tarde, antes de la cena. Más tarde, reflexionando, Jacques recordó algo que primero no le había sorprendido, y es que su madre se vestía con un poco más de coquetería, se ponía unos delantales de color claro e incluso una pizca de color en las mejillas. Era también la época en que las mujeres empezaban a cortarse el pelo, que hasta entonces habían llevado largo. A Jacques le gustaba mirar a su madre o a su abuela cuando procedían a la ceremonia del peinado. Con una toalla sobre los hombros, la boca llena de horquillas, peinaban prolongadamente los largos cabellos blancos o castaños, después los levantaban, los estiraban pegándolos en los costados y los anudaban en la nuca, acribillándolos de horquillas que iban retirando una por una de la boca, con los labios separados y los dientes apretados, y plantándolos en la espesa masa del moño. La abuela encontraba ridícula y a la vez culpable la nueva moda, y subestimando su fuerza real, aseguraba, sin preocuparse de la lógica, que sólo las mujeres «de la vida» aceptarían ridiculizarse de esa manera. La madre de Jacques no necesitó que se lo repitieran y, sin embargo, un año después, aproximadamente en la época de las visitas de Antoine, volvió una noche con el pelo cortado, fresca y rejuvenecida, y declarando con una falsa alegría, detrás de la cual asomaba la inquietud, que había querido darles una sorpresa.

Fue una sorpresa para la abuela, en efecto, que mirándola de arriba abajo y contemplando el irremediable desas-

a. La *pareja* Ernest, Catherine después de la muerte de la abuela.

tre, se limitó a decirle, delante de su hijo, que ahora parecía una puta. Después se volvió a la cocina. Catherine Cormery dejó de sonreír y toda la miseria y el cansancio del mundo se pintaron en su cara. Después encontró la mirada fija de su hijo, trató de sonreír todavía, pero le temblaban los labios y se precipitó llorando a su cuarto, para echarse en la cama, que era su único refugio para el descanso, la soledad y los pesares. Jacques, cohibido, se acercó a ella. Catherine había hundido la cara en la almohada, los bucles cortos descubrían su nuca y los sollozos estremecían su espalda delgada.

—Mamá, mamá —dijo Jacques tocándola tímidamente—. Estás muy bonita así.

Pero ella no lo escuchó y con la mano le pidió que la dejara. El retrocedió hasta el umbral de la puerta, se apoyó contra las jambas, se echó a llorar de impotencia y de amor.*

Después, durante varios días, la abuela no le dirigió la palabra a su hija. Y Antoine, cuando venía, era recibido cada vez con más frialdad. Ernest, sobre todo, ponía una cara impávida. A pesar de ser bastante fatuo y locuaz, Antoine lo notaba. ¿Qué pasó entonces? Jacques vio varias veces huellas de lágrimas en los bellos ojos de su madre. Ernest callaba con frecuencia e incluso apartaba a *Brillant*. Una noche de verano, Jacques observó que parecía acechar algo desde el balcón.

—¿Va a venir Daniel? —preguntó el niño.

El otro gruñó. Y de pronto Jacques vio llegar a Antoine, que hacía varios días que no venía. Ernest se precipitó y segundos después subieron de la escalera unos ruidos sordos. Jacques se asomó y vio a los dos hombres zurrándose en la oscuridad, sin decir una palabra. Ernest, sin sentir los golpes, pegaba con sus puños duros como hierro, y poco después Antoine rodaba por la escalera, se incorporaba al pie de ésta con la boca ensangrentada y sacaba un pañuelo para secarse la sangre, sin dejar de mirar a Ernest,

* lágrimas del amor impotente.

que salía como loco. Al entrar a casa, Jacques encontró a su madre sentada en el comedor, inmóvil, el semblante petrificado. Se sentó él también, sin decir nada.[a] Y después volvió Ernest mascullando insultos y lanzando una mirada furiosa a su hermana. La cena transcurrió como de costumbre, salvo que su madre no comió; «No tengo hambre», decía simplemente a la abuela, que insistía. Terminada la comida, se fue a su cuarto. Durante la noche Jacques, despierto, la oyó revolverse en su cama. A partir del día siguiente, volvió a sus vestidos negros o grises, a su aspecto estricto de pobre. Jacques la encontraba igualmente guapa, más guapa todavía porque el alejamiento y la distracción eran mayores, instalada ahora para siempre en la pobreza, la soledad y la vejez que llegaría.[b]

Durante mucho tiempo Jacques guardó rencor a su tío, sin saber demasiado qué era lo que podría reprocharle precisamente. Pero al mismo tiempo sabía que no podía reprochárselo, y que la pobreza, la invalidez, la estrechez elemental en que vivía toda su familia, si bien no lo disculpaban todo, impiden en todo caso condenar a las víctimas.

Sin quererlo se hacían daño unos a otros, simplemente porque eran, cada uno para el otro, los representantes de la indigencia menesterosa y cruel en que vivían. Y en cualquier caso no podía dudar del apego casi animal de su tío (ante todo) por la abuela y después por la madre de Jacques y sus hijos. Lo percibió, por lo que a él respecta, el día del accidente en la fábrica de toneles.[c] Todos los jueves, Jacques iba al taller. Si tenía deberes que hacer, los despachaba rápidamente y corría en seguida al taller, con el mismo alborozo con que iba otras veces a juntarse con sus

a. ponerlo mucho más adelante — batalla no Lucien.

b. porque la vejez llegaría — en esa época Jacques creía que su madre era vieja, y tenía apenas la edad de él en ese momento, pero la juventud es ante todo un conjunto de posibilidades, y él, para quien la vida había sido generosa... [pasaje tachado, *N. de la E.]*.

c. poner tonelería antes de rabietas y quizás incluso al comienzo retrato Ernest.

amigos de la calle. La fábrica se hallaba cerca del campo de maniobras. Era como un patio atestado de desechos, viejos aros de hierro, escoria y hogueras apagadas. En uno de los lados, había una especie de techo de ladrillos sostenido a distancias regulares por pilares de morrillos. Los cinco o seis obreros trabajaban debajo de ese techo. Cada uno tenía en principio adjudicado su lugar, es decir, un banco de carpintero contra la pared, delante del cual había un espacio vacío al que se podían subir los barriles y las bordelesas y, separándolo del lugar siguiente, una suerte de asiento sin respaldo con una hendidura lo bastante ancha como para deslizar en ella los fondos de barril y afinarlos a mano por medio de un instrumento bastante parecido a una tajadera,[a] pero cuyo filo estaba del lado del hombre que lo sujetaba por las dos agarraderas. A decir verdad, esta organización no era perceptible a primera vista. Seguramente los bancos, al principio en un orden determinado, poco a poco se fueron desplazando, y entre ellos, los aros se amontonaron, los cajones de remaches fueron arrastrados de un lugar a otro y sólo una prolongada observación, o su equivalente, una frecuentación prolongada, permitía advertir que cada obrero se movía siempre en el mismo sector. Antes de llegar al taller, donde llevaba la merienda a su tío, Jacques reconocía el ruido de los martillazos con los que los escoplos hundían los aros de hierro de los barriles, cuyas duelas acababan de juntarse, y los obreros golpeaban en un extremo del escoplo mientras pasaban rápidamente el otro extremo alrededor del aro, o adivinaba por los ruidos más fuertes, más espaciados, que remachaban los aros en el torno del banco. Cuando Jacques llegaba al taller, en medio del estruendo de los martillos, era acogido con saludos jubilosos y se reanudaba la danza de los martillos. Ernest, vestido con un viejo pantalón azul remendado, alpargatas cubiertas de serrín, camiseta gris sin mangas y un

a. verificar el nombre de la herramienta.

viejo fez desteñido que protegía su hermoso pelo de las virutas y el polvo, lo besaba y le pedía ayuda. A veces Jacques sostenía el aro parado en el yunque que lo sujetaba por lo ancho, mientras su tío golpeaba con todas sus fuerzas para aplastar los remaches. El aro vibraba en las manos de Jacques y cada martillazo le marcaba las palmas de la mano, o bien mientras Ernest se sentaba a horcajadas en un extremo del asiento, Jacques hacía lo mismo en el otro extremo, apretando el fondo del barril que los separaba mientras su tío lo afinaba. Pero lo que prefería era llevar las duelas al centro del patio para que Ernest las ensamblara groseramente, manteniéndolas juntas con un arco que pasaba por el centro. En el fondo del barril, abierto por los dos lados, Ernest juntaba virutas para que Jacques les prendiera fuego. El fuego dilataba más el hierro que la madera, y Ernest aprovechaba para hundir aún más el aro con grandes golpes de formón y martillo, en medio del humo que les hacía lagrimear. Hundido el aro, Jacques llevaba los grandes cubos de madera que había llenado de agua en la bomba del fondo del patio, se apartaba y su tío arrojaba violentamente el agua contra el barril, enfriando el aro, que se encogía y mordía todavía más en la madera ablandada por el agua, en medio de una gran nube de vapor.[a]

Durante el descanso para comer un bocado, los obreros abandonaban el trabajo empezado y se reunían, en invierno, en torno a un fuego de virutas y madera, en verano, a la sombra del techo. Estaba Abder, el peón argelino que llevaba un pantalón árabe cuyos fundillos le colgaban en pliegues y la pierna le llegaba a mitad de la pantorrilla, una vieja chaqueta sobre un jersey andrajoso y un fez, y que con acento curioso llamaba a Jacques «colega» porque hacía el mismo trabajo que él cuando ayudaba a Ernest; el patrón, el señor [ ],[1] que era en realidad un viejo obrero tonelero que ejecutaba con sus ayudantes los encargos de

a. terminar el barril.
1. Nombre ilegible.

una fábrica de barriles más importante y anónima; un obrero italiano siempre triste y resfriado, y sobre todo el alegre Daniel, que siempre se arrimaba a Jacques para hacerle bromas o acariciarlo. Jacques se escapaba, deambulaba por el taller, con su delantal negro cubierto de serrín, los pies desnudos, si hacía calor, en unas pobres alpargatas cubiertas de tierra y de virutas, respiraba con deleite el olor del serrín, el otro más fresco de las virutas, volvía al fuego para saborear el humo delicioso o probaba con precaución, en un trozo de madera sujeta en el torno, la herramienta que servía para afinar los fondos y disfrutaba entonces de la destreza de sus manos, que todos los obreros elogiaban.

Ocurrió que en una de esas pausas Jacques se encaramó tontamente sobre el banco de carpintero con las suelas mojadas. De pronto resbaló hacia adelante al mismo tiempo que el banco se volcaba hacia atrás, apretando con él, al caer con todo su peso, la mano derecha. Sintió de inmediato un dolor sordo, pero se incorporó en seguida riendo a los obreros que acudían. Antes de que dejara de reír, Ernest se abalanzó sobre él, lo tomó en sus brazos y salió a todo correr del taller, balbuceando: «Al doctor, al doctor». Entonces Jacques vio la punta de su dedo medio aplastada como un pedazo de masa sucia e informe de la que manaba la sangre. De golpe perdió el coraje y se desvaneció. Cinco minutos después estaban en casa del médico árabe que vivía frente a ellos.

—No es nada, doctor, no es nada, ¿verdad? —decía Ernest, blanco como el papel.

—Espéreme aquí —dijo el médico—, será valiente.

Tuvo que serlo, todavía hoy daba pruebas de ello su curioso dedo medio remendado. Pero una vez cosidos los puntos y puesto el vendaje, el médico le extendió, junto con un cordial, una patente de coraje. De todos modos, Ernest insistió en llevarlo cargado para cruzar la calle y, ya en la escalera, empezó a besarlo gimiendo y estrechándolo contra su cuerpo hasta hacerle daño.

—Mamá —dijo Jacques—, llaman a la puerta.

—Es Ernest —dijo su madre—. Ve a abrirle. Ahora cierro, es por los bandidos.

En el umbral de la puerta, al descubrir a Jacques, Ernest lanzaba una exclamación de sorpresa, algo parecido al *how* inglés, y enderezando la cintura lo besaba. A pesar del pelo totalmente blanco, su rostro, todavía regular y armonioso, seguía conservando una juventud asombrosa. Pero las piernas torcidas se habían arqueado aún más, tenía la espalda completamente encorvada y caminaba apartando los brazos y las piernas.

—¿Estás bien? —le dice Jacques.

No, tiene punzadas, reumatismos, algo malo; ¿y Jacques? Sí, todo iba bien, qué fuerte era, ella (y señalaba a Catherine con el dedo) estaba contenta de volver a verlo. Desde la muerte de la abuela y la partida de los hijos, el hermano y la hermana vivían juntos y no podían estar el uno sin el otro. Ernest necesitaba que alguien se ocupara de él, y desde ese punto de vista, Catherine era su mujer, hacía la comida, le preparaba la ropa, lo cuidaba si hacía falta. Catherine no necesitaba dinero, pues sus hijos cubrían sus necesidades, pero sí una compañía masculina, y él velaba por ella a su manera, desde hacía años, años durante los cuales habían vivido, sí, como marido y mujer, no según la carne, sino según la sangre, ayudándose a vivir cuando sus invalideces les hacían la vida tan difícil, continuando una conversación muda, iluminada de vez en cuando por fragmentos de frases, pero más unidos y sabiendo más el uno del otro que muchas parejas normales.

—Sí, sí —decía Ernest—. Jacques, Jacques, ella siempre habla.

—Pues, aquí estoy —decía Jacques.

Y allí estaba, en efecto, entre ellos dos, como antes, sin poder decirles nada y sin dejar de quererlos jamás, por lo menos a ellos, y queriéndolos aún más porque le permitían querer, él, que no había querido a tantas criaturas que lo merecían.

—¿Y Daniel?

—Está bien, viejo como yo; su hermano Pierre está preso.

—¿Por qué?

—El dice que el sindicato. Pero yo creo que está con los árabes. —Y súbitamente inquieto—: Oye, ¿estás de acuerdo con los bandidos?

—No —dice Jacques—, los otros árabes sí, los bandidos no.

—Bueno, le dije a tu madre que los patrones muy duros. Era un disparate pero los bandidos no es posible.

—Claro —dice Jacques—. Pero hay que hacer algo por Pierrot.

—Bueno, diré a Daniel.

—¿Y Donat? —Era el boxeador empleado del gas.

—Murió. Un cáncer. Somos todos viejos.

Sí, Donat había muerto. Y la tía Marguerite, la hermana de su madre, había muerto, la abuela lo arrastraba a casa de la tía el domingo por la tarde y él se aburría soberanamente, salvo cuando el tío Michel, que era carretero y también se aburría escuchando aquellas conversaciones en el comedor oscuro, en torno a los tazones de café negro sobre el hule de la mesa, lo llevaba al establo, que estaba muy cerca, y allí, en la semipenumbra, cuando el sol de la tarde calentaba fuera las calles, sentía ante todo el buen olor del pelo, la paja y el estiércol, escuchaba las cadenas de los ronzales raspando la artesa del pienso, los caballos volvían hacia ellos sus ojos de largas pestañas, y el tío Michel, alto, seco, con sus largos bigotes y oliendo él también a paja, lo alzaba y lo depositaba sobre uno de los caballos, que volvía, plácido, a hundirse en la artesa y a triturar la avena mientras el tío le daba algarrobas que el niño masticaba y chupaba con deleite, lleno de amistad hacia ese hombre siempre unido en su cabeza a los caballos, y los lunes de Pascua partían con él y toda la familia para celebrar la *mouna* en el bosque de Sidi-Ferruch, y Michel alquilaba uno de esos tranvías de caballos que hacían entonces el trayecto entre el barrio donde vivían y el centro de Argel, una especie de gran jaula con claraboya provista de bancos adosados, a la que se uncían los caballos, uno de ellos de reata, escogido por Michel en su caballeriza, y por la mañana temprano cargaban las grandes cestas de la ropa repletas de esos rústicos bollos llamados *mounas* y de unos pasteles ligeros y friables, las orejitas, que dos días antes de la partida todas las mujeres de la familia hacían en casa de la tía Marguerite sobre el hule cubierto de harina, donde la masa se extendía con el rodillo hasta cubrir casi todo el mantel y con una ruedecilla de boj cortaban los pasteles, que los niños llevaban en grandes bandejas para arrojarlos en barreños de aceite hirviente y alinearlos después con precaución en los cestos, de los que subía entonces el exquisito olor de vainilla que los acompañaba durante todo el recorrido hasta Sidi-Ferruch, mezclado con el olor del mar que llegaba hasta la carretera del litoral, vigorosamente tragado por los cuatro caballos sobre los cuales Michel[a] hacía restallar el látigo, que pasaba de vez en cuando a Jacques, sentado a su lado, fascinado por las cuatro grupas enormes que con gran ruido de cascabeles se contoneaban bajo sus ojos y se abrían mientras la cola se alzaba, y él veía moldearse y caer al suelo la bosta apetitosa, las herraduras centelleaban y los cencerros precipitaban sus sones cuando los caballos se engallaban. En el bosque, mientras los otros colocaban entre los árboles los cestos y los paños de cocina, Jacques ayudaba a Michel a cepillar los caballos y a colgarles del cuello los morrales de lienzo crudo en los que hacían trabajar las mandíbulas, abriendo y cerrando sus grandes ojos fraternales, o ahuyentando una mosca con un casco

a. recuperar a Michel durante el terremoto de Orléansville.

impaciente. El bosque estaba lleno de gente, comían unos pegados a los otros, bailaban de un lugar a otro al son del acordeón o de la guitarra, el mar gruñía muy cerca, nunca hacía calor suficiente como para bañarse, pero sí la temperatura necesaria para caminar descalzos en las primeras olas, mientras los otros dormían la siesta y la luz que se suavizaba imperceptiblemente volvía aún más vastos los espacios del cielo, tan vastos que el niño sentía asomarle las lágrimas al mismo tiempo que un gran grito de alegría y gratitud hacia la vida adorable. Pero la tía Marguerite había muerto, tan bella y siempre tan bien vestida, demasiado coqueta, decían, y ella no se había equivocado, pues la diabetes la inmovilizó en un sillón, y empezó a hincharse en el apartamento abandonado y a ponerse enorme y tan abotargada que le faltaba el aliento, tan fea que asustaba, rodeada de sus hijas y de su hijo cojo, que era zapatero, y que con el corazón encogido acechaba el momento en que su madre no pudiera respirar.[a][b] Ella seguía engordando, atiborrada de insulina, y, en efecto, la respiración terminó por faltarle.[c]

Pero también la tía Jeanne había muerto, la hermana de la abuela, la que asistía a los conciertos del domingo por la tarde, y que había resistido mucho tiempo en su finca de muros encalados, en medio de sus tres hijas viudas de guerra, recordando siempre a su marido muerto hacía mucho tiempo,[d] el tío Joseph, que no hablaba más que el mahonés y que Jacques admiraba por su pelo blanco coronando un bello rostro rosado y por el sombrero negro que llevaba incluso en la mesa, con un aire de inimitable nobleza, verdadero patriarca campesino, que a veces, sin embargo, se alzaba ligeramente durante la comida para soltar una sonora inconveniencia de la que se disculpaba cortés-

a. Libro sexto en la 2.ª parte.
b. Y también Francis había muerto (ver últimas notas).
c. Denise los abandona a los dieciocho años para prostituirse – Vuelve a los veintiuno rica y, con la venta de sus joyas, rehace la caballeriza entera de su padre – muerta en una epidemia.
d. ¿las hijas?

mente ante los reproches resignados de su mujer. También los vecinos de su abuela, los Masson, habían muerto todos, la vieja primero y después la hermana mayor, Alexandra, la alta y [ ],[1] el hermano de orejas separadas, que era contorsionista y cantaba en las matinés del cine Alcázar. Todos, sí, incluso la muchacha más joven, Marthe, a quien su hermano Henri había cortejado y algo más.

Nadie hablaba ya de ellos. Ni su madre ni su tío hablaban de los parientes desaparecidos. Ni de ese padre cuyas huellas buscaba, ni de los otros. Seguían pasando necesidad, aunque no vivieran en la estrechez, pero ya se habían hecho a ello y también a una desconfianza resignada con respecto a la vida, que amaban animalmente, pero de la que sabían por experiencia que pare regularmente la desgracia sin haber dado siquiera señales de estar preñada.[a] Y además, tal como lo rodeaban los dos, silenciosos y hundidos en sí mismos, vacíos de recuerdos y únicamente fieles a algunas imágenes oscuras, vivían cerca de la muerte, es decir, siempre en presente. Nunca sabría por ellos quién había sido su padre y, sin embargo, por su sola presencia, hacían brotar nuevamente los frescos manantiales de una infancia miserable y feliz, no estaba seguro de que esos recuerdos tan ricos que surgían a borbotones en él, fueran realmente fieles al niño que había sido. Mucho más seguro, por el contrario, era que debía atenerse a dos o tres imágenes privilegiadas que lo ligaban a ellos, que lo fundían con ellos, que suprimían lo que había tratado de ser durante tantos años reduciendo por fin al ser anónimo y ciego que había sobrevivido a sí mismo en todo ese tiempo de su familia y que constituía su verdadera nobleza.

Así, la imagen de esas noches de calor en que toda la familia, después de la cena, bajaba unas sillas a la acera de la puerta de la casa, y un aire polvoriento y caliente caía de los ficus cubiertos de polvo, mientras las gentes del

a. ¿pero son en verdad monstruos? (no, el m. era él).
1. Nombre ilegible.

barrio iban y venían, Jacques,[a] con la cabeza apoyada en el hombro flaco de su madre, la silla un poco echada hacia atrás, miraba a través de las ramas las estrellas del cielo de verano, o como aquella otra imagen de una noche de Navidad en que, volviendo sin Ernest de casa de la tía Marguerite, pasada la medianoche, vieron delante del restaurante, al lado de la puerta de la casa, un hombre tendido, alrededor del cual otro bailaba. Los dos hombres, que estaban borrachos, querían seguir bebiendo. El dueño del restaurante, un muchacho rubio y frágil, los había expulsado. Dieron de puntapiés a la patrona, que estaba encinta. Y el dueño disparó. La bala se metió en la sien derecha de uno de ellos. La cabeza descansaba sobre la herida. Ebrio de alcohol y de espanto, el otro empezó a bailar alrededor, y mientras el restaurante cerraba sus puertas, todo el mundo escapó antes de que llegara la policía. Y en aquel rincón perdido del barrio donde se apretaban los unos a los otros, las dos mujeres estrechando a los niños contra sus cuerpos, la luz escasa en el pavimento como untado por las lluvias recientes, el largo resbalar de los autos en el suelo húmedo, los tranvías que pasaban cada tanto, sonoros e iluminados, llenos de viajeros alegres e indiferentes a esa escena de otro mundo, grababan en el corazón aterrado de Jacques una imagen que hasta entonces había sobrevivido a todas las otras: la imagen dulzona e insistente de ese barrio en el que había reinado todo el día con inocencia y avidez, pero que con el paso de las horas producía un sonido misterioso e inquietante, cuando sus calles empezaban [a] poblarse de sombras o más bien cuando una sola sombra anónima, señalada por unos pasos sordos y un ruido confuso de voces, surgía a veces, inundada de gloria sangrienta en la luz roja de un globo de farmacia, y el niño, presa de súbita angustia, corría a la casa miserable para encontrar a los suyos.

a. soberano humilde y orgulloso de la belleza de la noche.

6bis

La escuela[1]

[a] No había conocido a su padre, pero solían hablarle de él en una forma un poco mitológica y siempre, llegado cierto momento, había sabido sustituirlo. Por eso Jacques jamás lo olvidó, como si, no habiendo experimentado realmente la ausencia de un padre a quien no había conocido, hubiera reconocido inconscientemente, primero de pequeño, después a lo largo de toda su vida, el único gesto paternal, a la vez meditado y decisivo, que hubo en su vida de niño. Pues el señor Bernard, su maestro de la última clase de primaria, había puesto todo su peso de hombre, en un momento dado, para modificar el destino de ese niño que dependía de él, y en efecto, lo había modificado.

En aquel momento el señor Bernard estaba allí, delante de Jacques, en su pequeño apartamento de las vueltas de Rovigo, casi al pie de la Alcazaba, un barrio que dominaba la ciudad y el mar, habitado por pequeños comerciantes de todas las razas y todas las religiones, cuyas casas olían a la vez a especias y a pobreza. Allí estaba, envejecido, el pelo más ralo, manchas de vejez detrás del tejido ya vitrificado de las mejillas y las manos, desplazándose con más lentitud que antes, y visiblemente contento cuando podía sentarse de nuevo en su sillón de mimbre, cerca de la ventana que daba a la calle comercial y donde cantaba un canario, ablandado también por la edad y mostrando su emoción,

a. ¿Transición con 6?

1. Véase en los apéndices, págs. 247-248, la hoja II que el autor intercaló entre las páginas 68 y 69 del manuscrito.

cosa que no hubiera ocurrido antes, pero todavía erguido y la voz fuerte y firme, como en los tiempos en que, plantado delante de sus alumnos, decía: «En fila de a dos. ¡De a dos! ¡No de cinco!». Y el bullicio cesaba, los alumnos, que a la vez temían y adoraban al señor Bernard, se alineaban a lo largo del muro exterior del aula, en la galería del primer piso, hasta que, en filas por fin regulares e inmóviles, en silencio, un «Adentro, banda de renacuajos» los liberaba, dándoles la señal del movimiento y de una animación más discreta que el señor Bernard, sólido, elegantemente vestido, con su fuerte rostro regular coronado por cabellos un poco ralos pero muy lisos, oliendo a agua de colonia, vigilaba con buen humor y severidad.

La escuela quedaba en una parte relativamente nueva de ese viejo barrio, entre casas de una o dos plantas construidas poco después de la guerra del 70 y unos almacenes más recientes que habían terminado por unir la calle principal del barrio, la de Jacques, con la parte trasera del puerto de Argel, donde estaban los muelles del carbón. Jacques iba andando, dos veces por día, a esa escuela que había empezado a frecuentar a los cuatro años en la sección maternal, periodo del que no conservaba recuerdo alguno, salvo el de un lavabo de piedra oscura que ocupaba todo el fondo del patio cubierto donde aterrizó un día de cabeza, para levantarse bañado de sangre, la arcada superciliar abierta, entre las maestras enloquecidas, y fue así como trabó conocimiento con los puntos que apenas acaban de quitarle, a decir verdad, cuando hubo que ponérselos en la otra arcada, pues en la casa a su hermano se le había ocurrido encajarle hasta los ojos un viejo bombín y enfundarlo en un viejo abrigo que le trababa la marcha, de modo que dio con la cabeza contra uno de los morrillos despegado de las baldosas, y nuevamente en sangre. Pero ya iba a la maternal con Pierre, casi un año mayor que él, que vivía en una calle cercana con su madre también viuda de guerra, empleada de Correos, y dos de sus tíos, que trabajaban en el ferrocarril. Sus respectivas familias eran vagamente amigas, o como se es en esos barrios, es decir, que se estimaban sin visitarse casi nunca y estaban decididos a ayudarse entre sí sin tener jamás ocasión de hacerlo. Sólo los niños se hicieron verdaderos amigos después de aquel primer día en que los dos, Jacques todavía con delantal y confiado a Pierre, consciente de sus pantalones y de su deber de hermano mayor, comenzaron la escuela maternal. Después habían recorrido juntos la sucesión de aulas hasta la última de primaria, a la que Jacques entró a los nueve años. Durante cinco años hicieron cuatro veces el mismo trayecto, uno rubio, el otro moreno, uno plácido, el otro inquieto, pero hermanos por origen y destino, buenos alumnos los dos y al mismo tiempo jugadores infatigables.

Jacques era más brillante en ciertas materias, pero su conducta y su atolondramiento, así como un deseo de lucirse que lo incitaba a hacer mil tonterías, daba ventaja a Pierre, más reflexivo y secreto. Se alternaban, pues, a la cabeza de la clase, sin pensar en envanecerse de ello, al contrario de sus familias. Sus placeres eran diferentes. Por la mañana, Jacques esperaba a Pierre al pie de su casa. Partían antes de que pasaran los basureros, o más exactamente la carreta tirada por un caballo herido en la rodilla que conducía un viejo árabe. La acera todavía estaba mojada por la humedad de la noche, el aire que llegaba del mar tenía gusto a sal. La calle de Pierre, que llevaba al mercado, estaba jalonada de cubos de basura que árabes o moros famélicos, a veces un viejo vagabundo español, destapaban al alba, hallando todavía algo que aprovechar en lo que las familias pobres y económicas desdeñaban y tiraban. Los cubos estaban por lo general destapados y a esa hora de la mañana los gatos vigorosos y flacos del barrio ocupaban el lugar de los andrajosos. Lo que intentaban los dos niños era llegar en silencio por detrás de los cubos para poner bruscamente la tapadera con el gato dentro. La hazaña no era fácil, pues los gatos, nacidos y crecidos en un barrio pobre, tenían la vigilancia y la rapidez de los animales acostumbrados a defender su derecho a vivir. Pero a veces, hipnotizado por un hallazgo apetitoso y difícil de extraer del montón de basuras, uno de ellos se dejaba sorprender. La tapadera caía con ruido, el gato lanzaba un aullido de espanto, haciendo fuerza convulsivamente con el lomo y las uñas y conseguía levantar el techo de su cárcel de zinc, emerger con el pelo erizado de terror y salir corriendo como si lo siguiera una jauría, en medio de las carcajadas de sus verdugos muy poco conscientes de su crueldad.[a]

A decir verdad, esos verdugos eran también inconsecuentes, pues perseguían con su aborrecimiento al cazador de perros, apodado por los niños del barrio Gallofa[1] (que en español...). Este funcionario municipal actuaba aproximadamente a la misma hora, pero, según las necesidades, hacía también sus rondas por la tarde. Era un árabe vestido a la europea, ubicado por lo común en la parte trasera de un vehículo tirado por dos caballos y conducido por un viejo impasible, árabe también. El cuerpo del carro consistía en una especie de cubo de madera, a lo largo del cual había, de cada lado, una doble fila de jaulas con sólidos barrotes. En conjunto eran dieciséis jaulas, cada una de las cuales podía contener un perro, acorralado así entre los barrotes y el fondo. Encaramado en un pequeño estribo de la parte posterior del carro, con la nariz a la altura del techo de las jaulas el cazador podía vigilar su territorio de caza. El vehículo rodaba lentamente a través de las calles mojadas que empezaban a poblarse de niños camino de la escuela, amas de casa en busca del pan o la leche, con sus batas de felpa estampadas de flores violentas, y comerciantes árabes que iban al mercado con sus pequeños tenderetes plegados al hombro y en la mano una enorme espuerta

a. Exotismo la sopa de guisantes.

1. El origen de este nombre provenía de la primera persona que había aceptado esta tarea y que se llamaba realmente Gallofa.

de paja trenzada que contenía las mercancías. Y de pronto, a una señal del cazador, el viejo árabe tiraba de las riendas y el carro se detenía. El cazador había divisado una de sus miserables presas escarbando febrilmente en un cubo de basuras, arrojando de vez en cuando miradas enloquecidas hacia atrás, o bien trotando velozmente a lo largo de una pared con ese aire apresurado e inquieto de los perros mal alimentados. Gallofa cogía entonces de lo alto del carro un vergajo terminado en una cadena de hierro que se deslizaba por un aro a lo largo del mango. Se adelantaba hacia el animal con el paso flexible, rápido y silencioso del trampero, lo alcanzaba y, si no llevaba el collar, que es la marca de los hijos de buena familia, corría hacia él con una brusca y asombrosa velocidad y le pasaba por el cuello su arma, que funcionaba entonces como un lazo de hierro y cuero. El animal, de pronto estrangulado, se debatía como un loco lanzando quejas inarticuladas. Pero el hombre [lo] arrastraba rápidamente hasta el vehículo, abría una de las puertas con barrotes y, levantando al perro que se estrangulaba cada vez más, lo arrojaba a la jaula con la precaución de hacer pasar el mango del lazo a través de los barrotes. Capturado el animal, aflojaba la cadena de hierro y liberaba su cuello. Por lo menos así ocurría cuando el perro no recibía la protección de los niños del barrio. Porque todos estaban coaligados contra Gallofa. Sabían que los perros capturados iban a parar a la perrera municipal, donde los guardaban tres días, transcurridos los cuales, si nadie los reclamaba, los animales eran sacrificados. Y aunque no lo supieran, el lamentable espectáculo de la carreta de la muerte de regreso de una ronda fructífera, cargada de desdichados animales de todo pelo y tamaño, espantados detrás de los barrotes y dejando una estela de gemidos y aullidos de muerte, hubiera bastado para indignarlos. Por eso, no bien aparecía en el barrio el carro celular, los niños se transmitían el alerta los unos a los otros. Ellos mismos se dispersaban por todas las calles del barrio para acosar a su vez a los perros, pero con objeto de expulsarlos a otros sectores de la ciudad, lejos del terrible lazo. Si a pesar de estas precauciones, como les ocurrió varias veces a Pierre y a Jacques, el cazador descubría en presencia de ellos un perro errante, la táctica era siempre la misma. Jacques y Pierre, antes de que el cazador pudiera acercarse bastante a su presa, empezaban a gritar: «Gallofa, Gallofa», con un tono tan agudo y tan terrible que el perro salía pitando y en pocos minutos estaba a salvo. En ese momento los dos niños tenían que demostrar también sus aptitudes para la carrera, pues el desdichado Gallofa, que recibía una prima por perro capturado, loco de rabia, los perseguía blandiendo el vergajo. Las personas mayores generalmente los ayudaban a escapar, ya fuese poniendo obstáculos a Gallofa, ya deteniéndolo sin más y rogándole que se ocupara de los perros. Los trabajadores del barrio, cazadores todos, en general amaban a los perros y no sentían estima alguna por ese extraño oficio. Como decía el tío Ernest: «¡Ese gandul!». Por encima de toda esta agitación, el viejo árabe que conducía los caballos imperaba, impasible, o, si las discusiones se prolongaban, empezaba tranquilamente a liar un cigarrillo. Y ya fuese capturando gatos o liberando perros, los niños corrían, esclavinas al viento en invierno y haciendo chasquear las alpargatas (llamadas *mevas)* en verano, hacia la escuela y el trabajo. Un vistazo a los escaparates de frutas al cruzar el mercado, según la estación, montañas de nísperos, naranjas y mandarinas, albaricoques, melocotones, mandarinas,[1] melones, sandías, desfilaban delante de ellos, que no las probarían o que, en cantidades limitadas, comerían las menos caras; dos o tres pases, sin soltar la cartera, a horcajadas en el gran estanque barnizado del surtidor, y corrían a lo largo de los depósitos del Boulevard Thiers, recibiendo en plena cara el olor de naranjas que salía de la fábrica donde las mondaban para preparar licores con la piel, remontaban la

1. *Sic.*

callecita de jardines y de villas para desembocar por fin en la Rue Aumerat, donde bullía una multitud infantil que, entre las conversaciones de unos y otros, esperaba que se abrieran las puertas.

Después venía la clase. Con el señor Bernard era siempre interesante por la sencilla razón de que él amaba apasionadamente su trabajo. Fuera el sol podía aullar en las paredes leonadas mientras el calor crepitaba incluso dentro de la sala, a pesar de que estaba sumida en la sombra de unos estores de gruesas rayas amarillas y blancas. También podía caer la lluvia, como suele ocurrir en Argelia, en cataratas interminables, convirtiendo la calle en un pozo sombrío y húmedo: la clase apenas se distraía. Sólo las moscas, cuando había tormenta, perturbaban a veces la atención de los niños. Capturadas, aterrizaban en los tinteros, donde empezaban a morirse horriblemente, ahogadas en el fango violeta que llenaba los pequeños recipientes de porcelana de tronco cónico encajados en los agujeros del pupitre. Pero el método del señor Bernard, que consistía en no aflojar en materia de conducta y por el contrario en dar a su enseñanza un tono viviente y divertido, triunfaba incluso sobre las moscas. Siempre sabía sacar del armario, en el momento oportuno, los tesoros de la colección de minerales, el herbario, las mariposas y los insectos disecados, los mapas o... que despertaban el interés languideciente de sus alumnos. Era el único de la escuela que había conseguido una linterna mágica y dos veces por mes hacía proyecciones sobre temas de historia natural o de geografía. En aritmética había instituido un concurso de cálculo mental que obligaba al alumno a ejercitar su rapidez intelectual. Lanzaba a la clase, donde todos debían estar de brazos cruzados, los términos de una división, una multiplicación o, a veces, una suma un poco complicada. «¿Cuánto suman 1.267 + 691?» El primero que acertaba con el resultado justo ganaba un punto que se acreditaba en la clasificación mensual. Para lo demás utilizaba los manuales con competencia y precisión... Los manuales eran siempre los que se empleaban en la metrópoli. Y aquellos niños que sólo conocían el siroco, el polvo, los chaparrones prodigiosos y breves, la arena de las playas y el mar llameante bajo el sol, leían aplicadamente, marcando los puntos y las comas, unos relatos para ellos míticos en que unos niños con gorro y bufanda de lana, calzados con zuecos, volvían a casa con un frío glacial arrastrando haces de leña por caminos cubiertos de nieve, hasta que divisaban el tejado nevado de la casa y el humo de la chimenea les hacía saber que la sopa de guisantes se cocía en el fuego. Para Jacques esos relatos eran la encarnación del exotismo. Soñaba con ellos, llenaba sus ejercicios de redacción con las descripciones de un mundo que no había visto nunca, e interrogaba incesantemente a su abuela sobre una nevada que había caído durante una hora, veinte años atrás, en la región de Argel. Para él esos relatos formaban parte de la poderosa poesía de la escuela, alimentada también por el olor del barniz de las reglas y los lapiceros, por el sabor delicioso de la correa de su cartera que mordisqueaba interminablemente, aplicándose con ahínco a sus deberes, por el olor amargo y áspero de la tinta violeta, sobre todo cuando le tocaba el turno de llenar los tinteros con una enorme botella oscura en cuyo tapón se hundía un tubo acodado de vidrio y Jacques husmeaba con felicidad el orificio del tubo, por el suave contacto de las páginas lisas y lustrosas de ciertos libros que despedían también un buen olor de imprenta y cola, y finalmente, los días de lluvia, por ese olor de lana mojada que despedían los chaquetones en el fondo de la sala y que era como la prefiguración de ese universo edénico donde los niños con zuecos y gorro de lana corrían por la nieve hacia la casa caldeada.

Sólo la escuela proporcionaba esas alegrías a Jacques y a Pierre. E indudablemente lo que con tanta pasión amaban en ella era lo que no encontraban en casa, donde la pobreza y la ignorancia volvían la vida más dura, más desolada, como encerrada en sí misma; la miseria es una fortaleza sin puente levadizo.

Pero no era sólo eso, porque Jacques se sentía el más miserable de los niños durante las vacaciones, cuando para librarse de ese chico infatigable, la abuela lo mandaba con otros cincuenta niños y un puñado de monitores, a una colonia de vacaciones en las montañas del Zaccar, en Miliana, donde ocupaban una escuela provista de dormitorios, comían y dormían confortablemente, jugaban y se paseaban el día entero vigilados por amables enfermeras, y con todo eso, al llegar la noche, cuando la sombra subía a toda velocidad por la pendiente de las montañas y desde el cuartel vecino el clarín, en el enorme silencio de la pequeña ciudad perdida en las montañas, a unos cien kilómetros de cualquier lugar realmente concurrido, empezaba a lanzar las notas melancólicas del toque de queda, el niño sentía que lo invadía una desesperación sin límites y lloraba en silencio por la pobre casa, desposeída de todo, de su infancia.[a]

No, la escuela no sólo les ofrecía una evasión de la vida de familia. En la clase del señor Bernard por lo menos, la escuela alimentaba en ellos un hambre más esencial todavía para el niño que para el hombre, que es el hambre de descubrir. En las otras clases les enseñaban sin duda muchas cosas, pero un poco como se ceba a un ganso. Les presentaban un alimento ya preparado rogándoles que tuvieran a bien tragarlo. En la clase del señor Germain,[1] sentían por primera vez que existían y que eran objeto de la más alta consideración: se los juzgaba dignos de descubrir el mundo. Más aún, el maestro no se dedicaba solamente a enseñarles lo que le pagaban para que enseñara: los acogía con simplicidad en su vida personal, la vivía con ellos contándoles su infancia y la historia de otros niños que había conocido, les exponía sus propios puntos de vista, no sus ideas, pues siendo, por ejemplo, anticlerical como muchos de sus co-

a. ampliar, y exaltar la escuela laica.
1. Aquí el autor da al maestro su verdadero nombre.

legas, nunca decía en clase una sola palabra contra la religión ni contra nada de lo que podía ser objeto de una elección o de una convicción, y en cambio condenaba con la mayor energía lo que no admitía discusión: el robo, la delación, la indelicadeza, la suciedad.

Pero, sobre todo, les hablaba de la guerra, todavía muy cercana y que había hecho durante cuatro años, de los padecimientos de los soldados, de su coraje, de su paciencia y de la felicidad del armisticio. Al final de cada trimestre, antes de despedirlos para las vacaciones y de vez en cuando, si el calendario lo permitía, tenía la costumbre de leerles largos pasajes de *Les Croix de bois*,[a] de Dorgelès. A Jacques esas lecturas le abrían todavía más las puertas del exotismo, pero de un exotismo en el que rondaban el miedo y la desgracia, aunque nunca hubiera hecho un paralelo, salvo teórico, con el padre a quien jamás había conocido. Sólo escuchaba con toda el alma una historia que su maestro leía con toda el alma y que le hablaba otra vez de la nieve y de su amado invierno, pero también de hombres singulares, vestidos con pesadas telas encostradas de barro, que hablaban una lengua extraña y vivían en agujeros bajo un techo de obuses, de cohetes y de balas. El y Pierre esperaban la lectura con impaciencia cada vez mayor. Esa guerra de la que todo el mundo hablaba todavía (y Jacques escuchaba en silencio, pero sin perder palabra, a Daniel, cuando contaba a su manera la batalla del Marne, en la que había intervenido y de la que aún no sabía cómo había vuelto cuando a ellos, los zuavos, los habían puesto de cazadores y después, a la carga, bajaban a un barranco y no tenían a nadie delante y avanzaban y de pronto los soldados ametralladores, cuando estaban en mitad de la bajada, caían unos sobre otros, y el fondo del barranco lleno de sangre, y los que gritaban mamá, era terrible), que los sobrevivientes no podían olvidar y cuya sombra planeaba

a. ver el volumen.

sobre lo que se decidía alrededor de ellos y sobre los proyectos que se hacían para que la historia fuera fascinante y más extraordinaria que todos los cuentos de hadas que se leían en otras clases y que ellos hubieran escuchado decepcionados y aburridos si el señor Bernard hubiese decidido cambiar de programa. Pero él continuaba, las escenas divertidas alternaban con descripciones terribles, y poco a poco los niños africanos trababan relación con... x y z, que pasaban a formar parte de su mundo, hablaban entre ellos como si fueran viejos amigos, presentes y tan vivos que, Jacques por lo menos, no imaginaba ni por un segundo que, aunque hubiesen vivido en la guerra, pudieran correr el riesgo de ser sus víctimas. Y el día, al final del año, en que, habiendo llegado al término del libro,* el señor Bernard leyó con voz más sorda la muerte de D., cuando cerró el libro en silencio, confrontado con su emoción y sus recuerdos para alzar después los ojos hacia la clase sumida en el estupor y el silencio, vio a Jacques en la primera fila que lo miraba fijo, la cara bañada en lágrimas, sacudido por sollozos interminables, que parecían no cesar nunca.

—Vamos, vamos pequeños —dijo el señor Bernard con voz apenas perceptible, y se puso de pie para guardar el libro en el armario, de espaldas a la clase.

—Espera, pequeño —dijo el señor Bernard. Se levantó con esfuerzo, pasó la uña del índice por los barrotes de la jaula del canario que cantaba con todas sus fuerzas—: Ah, *Casimir,* tenemos hambre, pidámosle a papá —y se acercó hasta su pequeño pupitre de escolar en el fondo de la habitación, cerca de la chimenea. Revolvió en un cajón, lo cerró, abrió otro, sacó algo.

—Toma —dijo—, es para ti.

Jacques recibió un libro forrado con papel de estraza y

* novela.

sin nada escrito en la cubierta. Aun antes de abrirlo, supo que era *Les Croix de bois,* el mismo ejemplar que el señor Bernard les leía en clase.

—No, no —dijo—, es... —Quiso decir: «Es demasiado bello». No encontraba las palabras.

El señor Bernard meneó su vieja cabeza.

—El último día lloraste, ¿te acuerdas? Desde ese día, el libro es tuyo. —Y se volvió para esconder sus ojos súbitamente enrojecidos.

Regresó a su escritorio con las manos a la espalda, se acercó a Jacques y, blandiendo debajo de su nariz una regla roja corta y fuerte,[a] le dijo riendo:

—¿Te acuerdas del pirulí?

—¡Ah, señor Bernard —dijo Jacques—, así que lo ha conservado! Sabe que ahora está prohibido.

—Bah, en aquellos tiempos también estaba prohibido. ¡Sin embargo, eres testigo de que yo lo utilizaba!

Jacques era testigo, pues el señor Bernard era partidario de los castigos corporales. La penalidad corriente consistía solamente, es verdad, en malas notas que, deducidas al final del mes del número de puntos ganados por el alumno, lo hacían bajar en la clasificación general. Pero en los casos graves, el maestro no se molestaba, como solían hacerlo sus colegas, en enviar al contraventor a la dirección. El mismo actuaba siguiendo un rito inmutable. «Pobre Robert», decía con calma y conservando el buen humor, «habrá que pasar al pirulí.» En la clase nadie reaccionaba (como no fuera para reír solapadamente, según la regla constante del corazón humano que hace que el castigo de unos sea sentido como un goce por otros).[b] El niño se ponía de pie, pálido, pero en la mayoría de los casos trataba de aparentar una calma que no tenía (algunos se levantaban del pupitre tragándose ya las lágrimas y encaminándose al escritorio junto al cual estaba de pie el señor Bernard, delante de la piza-

a. *Los castigos.*
b. o el castigo de unos hace gozar a los otros.

rra). Siempre siguiendo el rito, en el que entraba ahora una pizca de sadismo, los propios Robert o Joseph iban a buscar el «pirulí», que estaba sobre el escritorio, para entregarlo al sacrificador.

El pirulí era una gruesa y corta regla de madera roja, manchada de tinta, deformada por muescas y tajos, que el maestro había confiscado mucho tiempo atrás a un discípulo olvidado; el alumno la entregaba al maestro, que la recibía generalmente con aire socarrón y separando las piernas. El niño tenía que poner la cabeza entre las rodillas del maestro, quien, apretando los muslos, la sujetaba con fuerza. Y en las nalgas así expuestas, el señor Bernard asestaba, según fuese la ofensa, un número variable de buenos reglazos repartidos equitativamente en cada una de ellas. Las reacciones a este castigo eran diferentes según los alumnos. Unos se quejaban aun antes de recibir los golpes, y el maestro impávido observaba entonces que eran anticipados, otros se protegían ingenuamente las nalgas con las manos que el señor Bernard apartaba con un golpe negligente. Otros, bajo la quemadura de los reglazos, pataleaban ferozmente. Los había también, como Jacques, que soportaban los golpes sin soltar una palabra, temblando, y que volvían a su lugar tragando gruesas lágrimas. En general, sin embargo, este castigo era aceptado sin amargura, primero porque casi todos recibían golpes en sus casas y el correctivo les parecía un modo natural de educación, y después porque la equidad del maestro era absoluta, se sabía de antemano qué infracciones, siempre las mismas, acarreaban la ceremonia expiatoria, y todos los que franqueaban el límite de las acciones que sólo merecían una mala nota sabían lo que arriesgaban, y que la sentencia se aplicaba tanto a los primeros como a los últimos, con una equidad entusiasta. Jacques, a quien evidentemente el señor Bernard quería mucho, pasaba por ello como los demás, e incluso pasó por ello al día siguiente de que el maestro le manifestara públicamente su preferencia. Un día que Jacques había pasado al frente y, habiendo respondido bien, el señor Bernard le acarició la mejilla y una voz en la sala murmuró: «Enchufado», el señor Bernard lo estrechó y dijo con cierta gravedad:

—Sí, tengo preferencia por Cormery como por todos los que entre vosotros perdieron a su padre en la guerra. Yo hice la guerra con sus padres y estoy vivo. Aquí trato de reemplazar por lo menos a mis camaradas muertos. ¡Y ahora, si alguien quiere decir «enchufado», que lo diga!

Esta arenga fue acogida con un silencio absoluto. A la salida, Jacques preguntó quién lo había llamado «enchufado». En efecto, aceptar semejante insulto sin reaccionar era perder el honor.

—Yo —dijo Muñoz, un chico alto y rubio bastante blando y desteñido, que rara vez se hacía oír, pero que siempre había manifestado su antipatía hacia Jacques.

—¿Ah sí? —dijo Jacques—. Pues tu madre es una puta.[a]

Este también era un insulto ritual que llevaba inmediatamente al combate, el insulto a la madre y a los muertos fue desde siempre el más grave a orillas del Mediterráneo. Pese a todo, Muñoz dudaba. Sin embargo, los ritos son los ritos y los otros hablaron por él.

—Ale, al campo verde.

El campo verde era, no lejos de la escuela, una especie de terreno baldío cubierto con parches de hierba enfermiza y atestado de viejos aros, latas de conserva y barriles podridos. Allí tenían lugar las «agarradas». Eran éstas simplemente duelos en los que los puños reemplazaban la espada, pero que obedecían a un ceremonial idéntico, por lo menos en espíritu. En efecto, tenían por objeto liquidar una querella en la que estaba en juego el honor de uno de los adversarios, fuese porque se hubiera insultado a sus ascendientes directos o a sus abuelos, o despreciado su nacionalidad o su raza, o porque hubiese sido delatado o acu-

a. y putos tus muertos.

sado de ello, robado o acusado de haber robado, o por razones más oscuras, como las que surgen todos los días en una sociedad de niños. Cuando uno de los alumnos estimaba, o sobre todo cuando los demás estimaban en su lugar (y él lo advertía), que había sido ofendido de tal manera que debía lavar la afrenta, la fórmula ritual era: «A las cuatro en el campo verde». Una vez pronunciada la fórmula, la excitación disminuía y cesaban los comentarios. Cada uno de los adversarios se retiraba, seguido por sus camaradas. Durante las clases siguientes la noticia corría de banco en banco con los nombres de los campeones a quienes los compañeros miraban de reojo y que simulaban la calma y la resolución propias de la virilidad. Pero la procesión iba por dentro, y a los más valientes los distraía de sus tareas la angustia de ver llegar el momento en que tendrían que afrontar la violencia. No se podía permitir que los compañeros del bando contrario se burlaran y acusaran al campeón, según la expresión consagrada, de «contener la cagalera».

Jacques, una vez cumplido su deber de hombre retando a Muñoz, la contenía en todo caso esforzadamente, como cada vez que se hallaba en situación de hacer frente a la violencia y de ejercerla. Pero había tomado una resolución y no era cuestión, ni por un segundo, de dar marcha atrás. Las cosas eran así y él sabía también que esa leve repugnancia que le apretaba el estómago antes de la acción desaparecería en el momento del combate, arrastrado por su propia violencia, que por lo demás lo favorecía tácticamente tanto como... y que le había valido.[1]

La tarde del combate con Muñoz todo se desarrolló según el ritual. Los combatientes, seguidos por sus hinchas convertidos en masajistas y llevando ya la cartera del cam-

1. Aquí se interrumpe el pasaje.

peón, fueron los primeros en llegar al campo verde, seguidos por todos aquellos atraídos por la gresca y que en el campo de batalla rodeaban a los adversarios, mientras éstos ya se quitaban la esclavina y la chaqueta entregándolas a los masajistas. Esta vez la impetuosidad favoreció a Jacques, que fue el primero en adelantarse, sin demasiada convicción, e hizo retroceder a Muñoz, quien, al hacerlo en desorden y parando torpemente los ganchos de su adversario, alcanzó a Jacques en la mejilla con un golpe que le dolió y lo llenó de una cólera ciega acentuada por los gritos, las risas y las manifestaciones de aliento de los presentes.

Abalanzándose sobre Muñoz, le asestó una lluvia de puñetazos, lo desarmó y tuvo la suerte de colocarle un gancho rabioso en el ojo derecho del desdichado, que, en pleno desequilibrio, cayó lamentablemente de culo, llorando con un ojo, mientras el otro se hinchaba rápidamente. El ojo morado, golpe supremo y muy anhelado, porque era una consagración de varios días, además de visible, el triunfo del vencedor, provocó en todos los asistentes gritos de indios sioux. Muñoz no se levantó de inmediato y en seguida Pierre, el amigo íntimo, intervino con autoridad para proclamar vencedor a Jacques, ponerle la chaqueta, cubrirlo con la esclavina y llevárselo rodeado de un cortejo de admiradores, mientras Muñoz se incorporaba, siempre llorando, y se vestía en medio de un pequeño círculo consternado. Jacques, aturdido por la rapidez de una victoria que no se esperaba tan completa, apenas escuchaba a su alrededor las felicitaciones y los relatos ya adornados del combate. Quería sentir su vanidad satisfecha, y en parte ya lo había conseguido, y, sin embargo, en el momento de salir del campo verde, volviéndose hacia Muñoz, súbitamente una sorda tristeza lo acongojó de pronto al ver la cara descompuesta del que había recibido sus golpes. Y supo así que la guerra no es buena, porque vencer a un hombre es tan amargo como ser vencido por él.

Para completar su educación, se le hizo saber sin tardanza que la roca Tarpeya está cerca del Capitolio. Al día siguiente, en efecto, bajo las palmadas admirativas de sus camaradas, se creyó obligado a adoptar un aire jactancioso y a fanfarronear. Como al comienzo de la clase Muñoz no respondiera al llamamiento y los vecinos de Jacques comentaran esta ausencia con risitas irónicas y guiños al vencedor, éste tuvo la debilidad de mostrar a sus camaradas su ojo semicerrado hinchando la mejilla y, sin darse cuenta de que el maestro lo miraba, se entregó a una mímica grotesca que desapareció en un abrir y cerrar de ojos cuando la voz del maestro resonó en la sala repentinamente silenciosa:

—Pobre enchufado —dijo, socarrón—, tienes derecho como los otros al pirulí.

El triunfador tuvo que levantarse, buscar el instrumento del suplicio y, envuelto en el fresco olor de agua de colonia que rodeaba al señor Bernard, adoptar la posición ignominiosa del supliciado.

El asunto Muñoz no había de concluir con esta lección de filosofía práctica. La ausencia del chico duró dos días, y Jacques estaba vagamente inquieto a pesar de su aire de suficiencia cuando, el tercer día, un alumno de un curso superior entró en la clase y previno al maestro que el director quería ver al alumno Cormery. El director sólo llamaba en casos graves y el maestro, alzando sus gruesas cejas, se limitó a decir:

—Date prisa, mosquito. Espero que no hayas hecho una barrabasada.

Jacques, doblándosele las piernas, siguió al alumno mayor por la galería que corría sobre el patio de cemento con sus terebintos, cuya sombra mezquina no protegía del calor tórrido, hasta el despacho del director, que se hallaba en el otro extremo de la galería. Lo primero que vio al entrar fue, delante del escritorio del director, a Muñoz escoltado por una señora y un señor de aire ceñudo. A pesar del ojo tumefacto y totalmente cerrado que desfiguraba a su compañero, sintió alivio al verlo vivo. Pero no tuvo tiempo de saborear ese alivio.

—¿Le has pegado a tu compañero? —dijo el director, un hombrecito calvo de cara sonrosada y voz enérgica.

—Sí —respondió Jacques con voz neutra.

—Ya se lo dije, señor —intervino la señora—. André no es un sinvergüenza.

—Nos peleamos —dijo Jacques.

—No quiero saberlo —le interrumpió el director—. Ya sabes que tengo prohibidas las luchas, incluso fuera de la escuela. Has hecho daño a tu compañero y hubiera podido ser peor. Como primera advertencia estarás de plantón una semana durante todos los recreos. Si vuelves a hacerlo, serás expulsado. Comunicaré a tus padres este castigo. Puedes volver a clase.

Jacques, estupefacto, no se movía.

—Vete —dijo el director.

—¿Qué ha pasado, Fantomas? —dijo el señor Bernard cuando Jacques volvió al aula.

Jacques lloraba.

—Vamos, dime qué ha pasado.

El niño, con voz entrecortada, anunció primero el castigo y, después, que los padres de Muñoz habían presentado una queja y contó al fin la batalla.

—¿Por qué os habéis peleado?

—Me llamó «enchufado».

—¿Por segunda vez?

—No, aquí en clase.

—¡Ah, fue él! Y te pareció que yo no te había defendido bastante.

Jacques miraba al señor Bernard con toda el alma.

—¡Oh, sí! ¡Oh, sí! Usted... —Y estalló en verdaderos sollozos.

—Ve a sentarte —dijo el señor Bernard.

—No es justo —dijo el niño llorando.

—Sí —asintió en voz baja el maestro.[1]

Al día siguiente, durante el recreo, Jacques estaba de plantón en el fondo del patio, de espaldas a los gritos alegres de sus compañeros. Se apoyaba alternadamente en cada pierna,[a] muerto de ganas de correr él también. De vez en cuando echaba una mirada hacia atrás y veía al maestro que se paseaba con sus colegas en un rincón del patio, sin mirarlo. Pero el segundo día, llegó por detrás, sin que él lo viera, y le dio una palmadita en la nuca:

—No pongas esa cara de viernes trece. Muñoz también está castigado. Vamos, te permito mirar.

Del otro lado del patio, Muñoz estaba, en efecto, solo y lúgubre.

—Tus cómplices se niegan a jugar con él durante toda la semana que estés de plantón. —El señor Bernard se reía—. Ya ves, los dos estáis castigados. —Y se inclinó hacia el niño para decirle, con una risa de afecto que invadió de ternura el corazón del condenado—: ¡Oye, mosquito, viéndote nadie creería que tienes ese gancho!

A aquel hombre que hablaba hoy a su canario y que lo llamaba «pequeño» cuando ya tenía cuarenta años, Jacques nunca había dejado de quererlo, aun cuando el tiempo, el alejamiento y por último la segunda guerra mundial lo hubieran separado de él, primero en parte, después del todo, dejándolo sin noticias, y se alegró como un niño cuando en 1945 un reservista maduro con su capote militar llamó a su puerta en París, y era el maestro que se había reenganchado, «no para hacer la guerra», decía, «sino contra Hitler, y tú también, pequeño, has peleado, ¡ah!, yo sabía que eras de buena ley, tampoco has olvidado a tu madre, espero, bueno, no hay en el mundo nada mejor que tu mamá, y ahora regreso a Argel, ven a verme», y Jacques iba

a. Señor, me hizo una zancadilla.
1. El pasaje se interrumpe aquí.

a verlo todos los años desde hacía quince, todos los años como hoy, en que besaba antes de irse al viejo emocionado que le tendía la mano en el umbral de la puerta, y era él quien lo había echado al mundo, asumiendo sólo la responsabilidad de desarraigarlo para que pudiera hacer descubrimientos todavía más importantes.[a]

El año escolar llegaba a su fin y el señor Bernard había retenido a Jacques, a Pierre, a Fleury, una especie de fenómeno que destacaba por igual en todas las materias, «tiene una cabeza de superdotado», decía el maestro, y Santiago, un muchacho guapo, menos inteligente pero que triunfaba a fuerza de aplicación:

—Bueno —dijo el señor Bernard cuando se vació el aula—. Vosotros sois mis mejores alumnos. He decidido presentaros a la beca de los liceos y colegios. Si vuestros resultados son buenos, obtendréis una beca para hacer todos vuestros estudios en el liceo hasta el bachillerato. La escuela primaria es la mejor de todas. Pero no lleva a ninguna parte. El liceo abre todas las puertas. Y prefiero que sean los chicos pobres como vosotros los que entren por esas puertas. Pero para eso necesito la autorización de vuestros padres. Ale, a volar.

Y salieron pitando, desconcertados y, sin comentarlo siquiera, se separaron. Jacques encontró a su abuela sola en casa limpiando lentejas sobre el hule de la mesa, en el comedor. Vacilaba, y decidió esperar el regreso de su madre. Esta llegó, visiblemente cansada, se puso un mandil de cocina y empezó a ayudar a la abuela. Jacques ofreció su colaboración, y le dieron el plato de gruesa porcelana blanca en el cual era más fácil separar las piedras de las lentejas buenas. Con la nariz metida en el plato, anunció la buena nueva.

—¿Qué historia es ésa? —dijo la abuela—. ¿A qué edad se pasa el bachillerato?

a. La beca.

—Pasados seis años —dijo Jacques.

La abuela retiró el plato.

—¿Has oído? —dijo a Catherine Cormery, que no había oído.

Jacques, lentamente, le repitió la noticia.

—¡Ah! —dijo—, eso es porque eres inteligente.

—Inteligente o no, hay que colocarlo como aprendiz el año próximo. Sabes de sobra que no tenemos dinero. Traerá su salario semanal.

—Es cierto —dijo Catherine.

Fuera la luz y el calor empezaban a aflojar. A esa hora en que los talleres funcionaban a toda máquina, el barrio estaba vacío y silencioso. Jacques miraba la calle. No sabía qué quería, salvo que deseaba obedecer al señor Bernard. Pero a los nueve años, no podía ni sabía desobedecer a su abuela. Esta, sin embargo, evidentemente dudaba.

—¿Qué harías después?

—No sé. Tal vez ser maestro, como el señor Bernard.

—¡Sí, dentro de seis años! —Escogía las lentejas más lentamente—. Bien —dijo—, decididamente no, somos demasiado pobres. Le dirás al señor Bernard que no podemos.

Al día siguiente los otros tres anunciaron a Jacques que sus familias habían aceptado.

—¿Y tú?

—No sé —dijo, y sentirse de golpe todavía más pobre que sus amigos le encogió el corazón.

Después de la clase, se quedaron los cuatro. Pierre, Fleury y Santiago dieron su respuesta.

—¿Y tú, mosquito?

—No sé. —El señor Bernard lo miraba.

—Está bien —dijo a los otros—. Pero tendréis que trabajar conmigo por las tardes después de clase. Ya lo arreglaré, podéis iros.

Cuando hubieron salido, el maestro se sentó en su sillón e hizo que Jacques se acercara.

—¿Qué pasa?

—Mi abuela dice que somos demasiado pobres y que tengo que trabajar el año próximo.

—¿Y tu madre?

—Mi abuela es la que manda.

—Ya lo sé —dijo el señor Bernard. Reflexionaba, después cogió a Jacques en sus brazos—. Escucha: hay que comprenderla. La vida es difícil para ella. Para las dos; os han criado a ti y a tu hermano, y han hecho de vosotros unos chicos buenos. Y tiene miedo, es natural. Habrá que ayudarte un poco más, a pesar de la beca, y en todo caso no llevarás dinero a casa durante seis años. ¿La comprendes?

Jacques sacudió la cabeza afirmativamente sin mirar a su maestro.

—Bueno. Pero tal vez sea posible explicárselo. Coge tu cartera, voy contigo.

—¿A casa? —dijo Jacques.

—Sí, muchacho, me encantará ver a tu madre.

Un momento después, el señor Bernard, bajo la mirada pasmada de Jacques, llamaba a la puerta de la casa. La abuela salió a abrir secándose las manos en el mandil, que, con un cordón demasiado ajustado, hacía resaltar su vientre de vieja. Cuando vio al maestro, se llevó la mano al pelo para acomodárselo.

—¿Atareada, abuelita —dijo el señor Bernard—, como de costumbre? ¡Ah, ya es mérito el suyo!

La abuela hizo entrar al visitante en el dormitorio por el que había que pasar para llegar al comedor, lo sentó junto a la mesa, sacó unos vasos y el anisete.

—No se moleste, he venido a charlar un momento con usted.

Empezó preguntándole por sus hijos, después por su vida en la finca, por su marido, habló de sus propios hijos. En ese momento entró Catherine Cormery, que se puso nerviosa, llamó al señor Bernard «señor maestro», corrió a su cuarto a peinarse y ponerse un mandil limpio, y volvió a instalarse en la punta de una silla, un poco separada de la mesa.

—Tú —dijo el señor Bernard a Jacques—, sal a la calle a ver si estoy. Voy a hablar bien de él, ¿comprende?, y es capaz de creerse que es cierto...

Jacques salió, bajó precipitadamente las escaleras y se plantó en el umbral de la puerta de entrada. Una hora más tarde cuando la calle se iba animando y a través de los ficus el cielo viraba al verde, el maestro salió de la escalera y apareció por detrás. Le rascó la cabeza.

—Bueno —dijo—, ya está arreglado. Tu abuela es una buena mujer. En cuanto a tu madre... ¡Ah —dijo—, no la olvides nunca!

—Señor —dijo de pronto la abuela surgiendo del pasillo. Se sujetaba el mandil con una mano y se secaba los ojos—. Había olvidado... usted me dijo que daría unas lecciones suplementarias a Jacques.

—Desde luego —dijo el maestro—. Y no será divertido, créame.

—Pero no podremos pagarle. —El señor Bernard la miraba atentamente. Sujetaba a Jacques por los hombros.

—No se preocupe —y sacudía a Jacques—, Jacques ya me ha pagado.

El señor Bernard se había marchado y la abuela cogía a Jacques de la mano para subir al apartamento, y por primera vez se la apretó, muy fuerte, con una especie de ternura desesperada.

—Pequeño mío —decía—, pequeño mío.

Durante un mes, todos los días después de clase, el maestro se quedaba dos horas con los cuatro niños y los hacía estudiar. Jacques volvía por la noche fatigado y a la vez excitado, y con los deberes por hacer. La abuela lo miraba con una mezcla de tristeza y de orgullo.

—Tiene una buena cabeza —decía Ernest, convencido, dándose puñetazos en el cráneo.

—Sí —decía la abuela—. ¿Pero qué va a ser de nosotros?

Una noche tuvo un sobresalto:

—¿Y su primera comunión?

A decir verdad, la religión no ocupaba lugar en la familia.[1] Nadie iba a misa, nadie invocaba o enseñaba los divinos mandamientos, nadie aludía tampoco a las recompensas y a los castigos del más allá. Cuando decían de alguien, delante de la abuela, que había muerto: «Bueno», decía, «estiró la pata». Si se trataba de una persona por quien se suponía que sentía afecto: «Pobre», decía, «todavía era joven», aunque el difunto hubiera llegado hacía tiempo a la edad de morirse. En ella era un comportamiento inconsciente. Porque había visto morir a muchos a su alrededor. A sus dos hijos, su marido, su yerno y todos sus sobrinos en la guerra. Pero justamente, la muerte le era tan familiar como el trabajo y la pobreza, no pensaba en ella sino que en cierto modo la vivía, y además la necesidad del presente era demasiado fuerte en su caso, más aún que en el de los argelinos en general, privados por sus preocupaciones y por su destino colectivo, de esa piedad fúnebre que florece en la cumbre de las civilizaciones.[a] Para ellos, era una prueba que había que afrontar, como sus predecesores, de los que no hablaban nunca, o se esforzaban por mostrar ese coraje que consideraban la virtud principal del hombre, pero que entretanto, era preciso tratar de olvidar y de apartar. (De ahí el aspecto de broma que cobraba todo entierro. ¿El primo Maurice?) Si a esta disposición general se añadía la aspereza de la lucha y el trabajo cotidianos, sin contar, en lo que concierne a la familia de Jacques, el desgaste terrible de la pobreza, resulta difícil encontrar el lugar de la religión. Para el tío Ernest, que vivía en el plano de la nueva sensación, la religión era lo que veía, es decir, el cura y la pompa. Recurriendo a sus aptitudes cómicas, no perdía ocasión de mimar las ceremonias de la misa, adornándolas con una [sarta] de onomatopeyas que remedaban el latín, y para terminar, imitaba tanto a los fieles bajando la cabeza al son de la campanilla, como al sacerdote, que, aprove-

a. *La mort en Algérie.*
1. Al margen: tres líneas ilegibles.

chando esa posición, bebía subrepticiamente el vino de la misa. En cuanto a Catherine Cormery, era la única cuya dulzura podía hacer pensar en la fe, pero justamente la dulzura era su fe misma. No negaba ni aprobaba, se reía un poco de las bromas de su hermano, pero decía «señor cura» a los sacerdotes que encontraba. No hablaba nunca de Dios. Esa palabra, a decir verdad, Jacques jamás la había oído pronunciar durante toda su infancia, y a él mismo le traía sin cuidado. La vida, misteriosa y resplandeciente, bastaba para colmarlo enteramente.

A pesar de eso, si se trataba en la familia de un entierro civil, no era raro que, paradójicamente, la abuela o incluso el tío lamentaran la ausencia de un sacerdote: «Como un perro», decían. Para ellos, como para la mayoría de los argelinos, la religión formaba parte de la vida social y sólo de ella. Se era católico como se es francés, y ello obliga a cierto número de ritos. A decir verdad, esos ritos eran exactamente cuatro: el bautismo, la primera comunión, el sacramento del matrimonio (si había matrimonio) y los últimos sacramentos. Entre esas ceremonias, forzosamente muy espaciadas, uno se ocupaba de otras cosas, y ante todo de sobrevivir.

Caía, pues, por su propio peso que Jacques debía hacer la primera comunión como la había hecho Henri, que guardaba el peor recuerdo, no de la ceremonia misma, sino de sus consecuencias sociales y en particular de las visitas que había tenido que hacer a continuación durante varios días, con el brazal puesto, a los amigos y parientes obligados a regalar una pequeña suma de dinero que el niño recibía con embarazo y que la abuela recuperaba, dejando a Henri una pequeñísima parte y guardando el resto, porque la comunión «costaba». Pero esta ceremonia se celebraba alrededor del duodécimo aniversario del niño, que durante dos años debía recibir lecciones de catecismo. Jacques, pues, tendría que hacer la primera comunión durante el segundo o tercer año de liceo. Pero justamente esa idea sobresaltaba a la abuela. Se hacía del liceo una idea oscura y un poco aterradora, como de un lugar donde había que estudiar diez veces más que en la escuela primaria, puesto que de tales estudios resultaba una situación económica mejor y, para ella, no había progreso material posible sin un aumento de trabajo. Por otra parte, deseaba con todas sus fuerzas el éxito de Jacques, dados los sacrificios que acababa de aceptar anticipadamente, y se imaginaba que el tiempo del catecismo se restaría al del estudio.

—No —dijo—, no puedes ir a la vez al liceo y al catecismo.

—Bueno. No haré la primera comunión —asumió Jacques, que pensaba sobre todo en escapar del incordio de las visitas y de la humillación insoportable que representaba para él recibir dinero.

La abuela lo miró.

—¿Por qué? La cosa tiene arreglo. Vístete. Vamos a ver al cura.

Se levantó y entró con aire resuelto en su cuarto. Al volver, se había quitado la blusa y la falda de trabajo, se había puesto su único vestido para salir [ ][1] abotonado hasta el cuello y atado a la cabeza el pañuelo de seda negra. Los bandós de pelo blanco asomaban por debajo, los ojos claros y la boca firme eran la imagen misma de la resolución. En la sacristía de la iglesia Saint-Charles, un espantoso edificio gótico moderno, se sentó con Jacques de la mano, de pie a su lado, frente al cura, un hombre gordo de unos sesenta años, de cara redonda, un poco blanda, con una gran nariz, la boca gruesa y una sonrisa bondadosa bajo su corona de pelo plateado, las manos juntas sobre la sotana que estiraban las rodillas separadas.

—Quiero —dijo la abuela— que el niño haga su primera comunión.

—Está muy bien, señora, haremos de él un buen cristiano. ¿Cuántos años tiene?

1. Una palabra ilegible.

—Nueve.

—Tiene usted razón en hacerle aprender tempranamente el catecismo. En tres años estará perfectamente preparado para el gran día.

—No —dijo la abuela secamente—. Tiene que hacerla en seguida.

—¿En seguida? Las comuniones serán dentro de un mes y no puede presentarse al altar sin, por lo menos, dos años de catecismo.

La abuela explicó la situación. Pero el cura no estaba nada convencido de que fuera imposible hacer frente a los estudios secundarios y a la instrucción religiosa. Con paciencia y bondad, invocaba su experiencia, daba ejemplos... La abuela se puso de pie.

—En ese caso, no hará la primera comunión. Ven, Jacques —y se iba ya con el niño hacia la salida.

Pero el cura se precipitó tras ellos.

—Espere, señora, espere —y suavemente la llevó de vuelta a su lugar, trató de persuadirla.

La abuela sacudía la cabeza como una vieja mula obstinada.

—O la hace en seguida o no la hace.

Finalmente el cura cedió. Quedó convenido que, tras recibir una instrucción religiosa acelerada, Jacques comulgaría un mes más tarde. Y el cura, meneando la cabeza, los acompañó hasta la puerta, donde acarició la mejilla del niño.

—Escucha bien lo que te digan —dijo. Y lo miraba con una suerte de tristeza.

Jacques acumuló, pues, las lecciones suplementarias del señor Germain y los cursos de catecismo de los jueves y sábados por la noche. Los exámenes de la beca y la primera comunión se acercaban al mismo tiempo, y sus jornadas estaban sobrecargadas, sin dejar espacio para los juegos, incluido sobre todo los domingos, en que, cuando podía soltar sus cuadernos, la abuela le encomendaba tareas domésticas y recados, invocando los futuros sacrificios de la familia para que él recibiera educación y la larga sucesión de años en que no haría nada más por la casa.

—Pero —dijo Jacques—, tal vez me vaya mal. El examen es difícil.

Y en cierto modo, llegaba a desearlo, por parecer ya demasiado gravoso para su joven orgullo el peso de esos sacrificios que constantemente le mencionaban. La abuela lo miraba desconcertada. No había pensado en esa eventualidad. Después se encogía de hombros y sin cuidarse de la contradicción:

—Lo harás —dijo—. O te calentaré las nalgas.

La catequesis estaba a cargo del segundo cura de la parroquia, alto y hasta interminable en su larga sotana negra, seco, la nariz como pico de águila y las mejillas hundidas, tan duro como suave y bueno era el viejo cura. Su método de enseñanza era el aprendizaje de memoria, quizás el único que se adaptaba verdaderamente a la gente menuda, rústica y porfiada cuya formación espiritual tenía encomendada. Había que aprender las preguntas y respuestas de memoria: «¿Quién es Dios...?».[a] Esas palabras no significaban absolutamente nada para los jóvenes catecúmenos, y Jacques, que tenía una memoria excelente, las recitaba imperturbable sin comprenderlas jamás. Cuando otro niño repetía, él fantaseaba, papaba moscas, hacía muecas con sus compañeros. Un día el cura alto sorprendió una de esas muecas, y creyendo que le estaban dirigidas, consideró oportuno hacer respetar el carácter sagrado de que estaba investido, llamó a Jacques delante de toda la asamblea infantil y allí, con su larga mano huesuda, sin más explicación, le dio una soberana bofetada. Jacques estuvo a punto de caer bajo la fuerza del golpe.

—Y ahora vuelve a tu lugar —dijo el cura.

El niño lo miró, sin una lágrima (y durante toda su vida sólo la bondad y el amor lo hicieron llorar, nunca el mal o la persecución, que fortalecían, por el contrario, su alma

a. Ver un catecismo.

y su decisión), y regresó a su asiento. La parte derecha de la cara le ardía, tenía sabor de sangre en la boca. Con la punta de la lengua descubrió que por dentro la mejilla se había abierto y sangraba. Se tragó la sangre.

Durante todo el resto de las clases de catecismo, estuvo ausente, mirando con calma, sin reproche y sin amistad, al sacerdote cuando le hablaba, recitando sin un error las preguntas y respuestas referentes a la persona divina y al sacrificio de Cristo, y a cien leguas del lugar donde recitaba, soñando con ese doble examen que finalmente era sólo uno. Sumido en el trabajo como en un sueño ininterrumpido, sólo conmovido, aunque oscuramente, por las misas vespertinas que iban multiplicándose en la horrible iglesia fría, pero donde el órgano le permitía escuchar una música que oía por primera vez, él, que hasta entonces sólo había conocido estribillos estúpidos, soñando entonces más densa, más profundamente, un sueño poblado de oros cambiantes en la semioscuridad de los objetos y las vestiduras sacerdotales, al encuentro en definitiva del misterio, pero de un misterio sin nombre en el que las personas divinas nombradas y rigurosamente definidas por el catecismo no tenían nada que hacer ni que ver, prolongando simplemente el mundo desnudo en que vivía; el misterio cálido, interior e impreciso que lo inundaba entonces sólo ensanchaba el misterio cotidiano de la sonrisa discreta o del silencio de su madre cuando él entraba en el comedor, con el crepúsculo, y cuando, sola en la casa, no había encendido la lámpara de petróleo, dejando que la noche invadiera poco a poco la habitación, ella misma como una forma más oscura y más densa aún, mirando pensativa por la ventana los movimientos animados, pero silenciosos para ella, de la calle, y el niño se detenía entonces en el umbral de la puerta, con el corazón embargado, lleno de un amor desesperado por su madre y por lo que, en su madre, no pertenecía, o ya no pertenecía al mundo y a la vulgaridad de los días. Después vino la primera comunión, de la que

Jacques conservaba escaso recuerdo, salvo de la confesión de la víspera, en que había declarado los únicos actos que, según le habían dicho, eran culpables, esto es, pocas cosas, y «¿No ha tenido malos pensamientos?». «Sí, padre», decía el niño al azar, aunque ignorara cómo podía ser malo un pensamiento, y hasta el día siguiente vivió con el temor de dejar escapar sin saberlo un mal pensamiento, o, lo que le resultaba más claro, una de esas palabras malsonantes que poblaban su vocabulario de escolar, e hizo lo que pudo para retenerse, por lo menos hasta la mañana de la ceremonia, en que, vestido de marinero, con brazal, un pequeño misal y un rosario de cuentas blancas, todo ello regalado por los parientes menos pobres (la tía Marguerite, etcétera), recorrió blandiendo una vela el pasillo central, en una fila de niños, cada uno con su vela, bajo las miradas extasiadas de las familias puestas en pie entre los bancos, y el trueno de la música estalló en ese momento dejándolo petrificado, sobrecogido de espanto y de una extraordinaria exaltación en la que por primera vez sintió su fuerza, su capacidad infinita de triunfo y de vida, exaltación que lo poseyó durante toda la ceremonia, distrayéndolo de lo que estaba pasando, incluido el instante de la comunión y el regreso y la comida, pues los parientes habían sido invitados a una mesa más [opulenta] que de costumbre, y poco a poco los comensales, habituados a comer y a beber moderadamente, se fueron excitando hasta que una enorme alegría llenó poco a poco la habitación, destruyendo la exaltación de Jacques y al mismo tiempo desconcertándolo hasta el punto de que al llegar al postre, en el colmo de la excitación general, estalló en sollozos.

—¿Qué te pasa? —dijo la abuela.

—No sé, no sé. —Y la abuela, exasperada, le dio una bofetada.

—Ahora sabrás por qué lloras.

Pero en realidad él lo sabía, viendo a su madre, que por encima de la mesa lo miraba con una sonrisita triste.

—Todo ha salido bien —dijo el señor Bernard—. Bueno, ahora a estudiar.

Unos días más de trabajo duro y las últimas lecciones las recibieron en casa del propio maestro [¿describir el apartamento?], y una mañana, en la parada del tranvía, cerca de la casa de Jacques, los cuatro alumnos provistos de carpeta, regla y pluma, rodearon al señor Germain, mientras Jacques veía a su madre y su abuela, asomadas al balcón de su casa y haciéndoles grandes gestos.

El liceo donde se realizaban los exámenes quedaba al otro lado, exactamente en el otro extremo del arco que la ciudad trazaba siguiendo el golfo, en un barrio antaño opulento y triste y que, gracias a la inmigración española, se había convertido en uno de los más populares y más animados de Argel. El liceo mismo era un enorme edificio cuadrado que dominaba la calle. Se entraba por dos escaleras laterales y una central, amplia y monumental, flanqueadas a cada lado por mezquinos jardines con bananos y[1] protegidos por rejas del vandalismo de los alumnos. La escalera central desembocaba en una galería que reunía las dos escaleras laterales y en la que se abría la puerta monumental utilizada en las grandes ocasiones, y junto a ella, otra más pequeña que daba al recinto acristalado del portero, que era la que se utilizaba comúnmente.

En esa galería, en medio de los alumnos que habían llegado primero, casi todos disimulando su nerviosismo con actitudes desenvueltas, salvo algunos que con su semblante pálido y su silencio delataban su ansiedad, esperaban el maestro Bernard y sus alumnos, ante la puerta cerrada, al comienzo de la mañana todavía fresca y en la calle aún húmeda que un instante después el sol cubriría de polvo. Llegaron con una buena media hora de adelanto, silenciosos, apretándose alrededor del maestro, que no sabía qué decirles y que de pronto los abandonó diciendo que lo espe-

1. No sigue ninguna otra palabra en el manuscrito.

raran. Y lo vieron volver instantes después, siempre elegante con su sombrero de ala vuelta y las polainas que se había puesto ese día, trayendo en cada mano dos paquetes de papel de seda simplemente enrollados en las puntas, y cuando se acercó, vieron que el papel tenía manchas de grasa.

—Aquí tenéis unos *croissants.* Comed uno ahora y guardad el otro para las diez.

Dieron las gracias y comieron, pero la masa masticada e indigesta les pasaba con dificultad por la garganta.

—No os pongáis nerviosos —repetía el maestro—. Leed bien el enunciado del problema y el tema de la redacción. Leedlos varias veces. Tenéis tiempo.

Sí, los leerían varias veces, obedecerían al maestro, que lo sabía todo y a cuyo lado la vida no ofrecía obstáculos, bastaba con dejarse guiar por él. En ese momento se oyó una algarabía junto a la puerta pequeña. Los sesenta alumnos reunidos se encaminaron hacia allí. Un bedel había abierto la puerta y leía una lista. El nombre de Jacques fue uno de los primeros que se pronunciaron. De la mano de su maestro, vaciló.

—Anda, hijo mío —dijo el señor Bernard.

Jacques, temblando, se acercó a la puerta y en el momento de franquearla, se volvió hacia su maestro. Allí estaba, alto, sólido, sonreía tranquilamente a Jacques y meneaba la cabeza afirmativamente.

A mediodía, el maestro los esperaba a la salida. Le mostraron sus borradores. Sólo Santiago se había equivocado al resolver el problema.

—Tu redacción es muy buena —le dijo brevemente a Jacques.

A la una volvió a acompañarlos. A las cuatro todavía estaba allí examinando sus trabajos. La puerta se abrió y el bedel leyó de nuevo una lista mucho más corta que, esta vez, era la de los elegidos. En el bullicio, Jacques no oyó su nombre. Pero recibió una alegre palmada en la nuca y oyó que el señor Bernard le decía:

—Bravo, mosquito. Has aprobado.

Sólo el amable Santiago había fracasado, y los miraba con una especie de tristeza distraída.

—No es nada —decía—, no es nada.

Y Jacques no sabía dónde estaba, ni lo que pasaba, volvían los cuatro en tranvía.

—Iré a ver a vuestros padres —decía el señor Bernard—. Pasaré primero por casa de Cormery, que es el que está más cerca.

Y en el pobre comedor ahora lleno de mujeres donde estaban su abuela, su madre, que había tomado un día de asueto para tal acontecimiento (?), y las Masson, sus vecinas, él seguía pegado al lado de su maestro, respirando por última vez el olor de agua de colonia, pegado a la tibieza afectuosa de ese cuerpo sólido, y la abuela resplandecía delante de sus vecinas.

—Gracias, señor Bernard, gracias —decía, mientras el maestro acariciaba la cabeza del niño.

—Ya no me necesitas —le decía—, tendrás otros maestros más sabios. Pero ya sabes dónde estoy, ven a verme si precisas que te ayude.

Se marchó y Jacques se quedó solo, perdido en medio de esas mujeres, después se precipitó a la ventana, mirando a su maestro, que lo saludaba por última vez y que lo dejaba solo, y en lugar de la alegría del éxito, una inmensa pena de niño le estremeció el corazón, como si supiera de antemano que con ese éxito acababa de ser arrancado el mundo inocente y cálido de los pobres, mundo encerrado en sí mismo como una isla en la sociedad, pero en el que la miseria hace las veces de familia y de solidaridad, para ser arrojado a un mundo desconocido que no era el suyo, donde no podía creer que los maestros fueran más sabios que aquel cuyo corazón lo sabía todo, y en adelante tendría que aprender, comprender sin ayuda, convertirse en hombre sin el auxilio del único hombre que lo había ayudado, crecer y educarse solo, al precio más alto.

7
Mondovi:
La colonización y el padre

[a]Ahora era un adulto... En el camino de Bône a Mondovi, el coche en que viajaba J. Cormery se cruzaba con *jeeps* que circulaban lentamente, erizados de fusiles...

—¿El señor Veillard?

—Sí.

Enmarcado por la puerta de su pequeña finca, el hombre que miraba a Jacques Cormery era bajo y rechoncho, con los hombros redondos. Su mano izquierda mantenía la puerta abierta, la derecha apretaba fuertemente el marco de modo que al tiempo que abría la entrada a su casa, la cerraba. Tendría unos cuarenta años, a juzgar por su pelo ralo y gris que le hacía una cabeza romana. Pero la piel atezada de su rostro regular de ojos claros, el cuerpo un poco espeso pero sin grasa ni vientre en el pantalón caqui, sus alpargatas y su camisa azul con bolsillos, le daban un aspecto mucho más joven. Escuchaba, inmóvil, las explicaciones de Jacques. Después:

—Entre —dijo, y se hizo a un lado.

Mientras Jacques avanzaba por el pequeño pasillo de paredes blanqueadas, amueblado solamente con un cofre marrón y un paragüero de madera torneada, oyó reír al colono.

—¡En una palabra, una peregrinación! Bueno, francamente es el momento.

—¿Por qué? —preguntó Jacques.

a. Coche de caballos, tren, barco, avión.

—Entre al comedor —respondió—. Es la habitación más fresca.

Una veranda, con los estores de paja flexible desplegados, salvo uno, formaba parte del comedor. Con excepción de la mesa y el aparador de madera clara y de estilo moderno, la habitación estaba amueblada con sillones de mimbre y tumbonas. Jacques, al volverse, vio que estaba solo. Se acercó a la veranda y, por entre el espacio libre entre los estores, vio un patio con terebintos entre los que resplandecían dos tractores de color rojo vivo. Más allá, bajo el sol todavía soportable de las once, empezaban las hileras de viñas. Instantes después entraba el colono trayendo en una bandeja una botella de anisete, vasos y agua helada.

El colono alzaba el vaso lleno de un líquido lechoso.

—De haber tardado, tal vez ya no me hubiese encontrado aquí. Y en todo caso, ni un francés para informarlo.

—El viejo doctor fue quien me dijo que en su finca nací yo.

—Sí, la finca formaba parte de la propiedad de Saint-Apôtre, pero mis padres la compraron después de la guerra.

Jacques miraba a su alrededor.

—Seguramente usted no nació aquí. Mis padres lo reconstruyeron todo.

—¿Conocieron a mi padre antes de la guerra?

—No lo creo. Se habían instalado muy cerca de la frontera tunecina, y después quisieron acercarse a la civilización. Solferino, para ellos, era la civilización.

—¿No habían oído hablar del administrador precedente?

—Usted, que es del país, sabe cómo se funciona aquí. Aquí no se conserva nada. Se demuele y se reconstruye. Se piensa en el futuro y se olvida lo demás.

—Bueno —dijo Jacques—, lo he molestado para nada.

—No —dijo el otro—, ha sido un placer.

Y le sonrió. Jacques apuró su vaso.

—¿Se quedó su familia cerca de la frontera?

—No, es la zona prohibida. Cerca del embalse. Y se ve que usted no conoce a mi padre.

Bebió también lo que le quedaba en el vaso y como si le pareciera un motivo más de diversión, lanzó una carcajada:

—Es un viejo colono. Chapado a la antigua. De esos a quienes se insulta en París, como usted sabe. Y es cierto que siempre fue muy duro. Sesenta años. Pero largo y seco como un puritano con su cara de [caballo]. Estilo patriarca, ¿comprende? Sus obreros árabes las pasaban negras, y para ser justos, sus hijos también. Por eso, el año pasado, cuando hubo que evacuar, fue un follón. La región era ya invivible. Había que dormir con el fusil preparado. Cuando atacaron la finca Rasteil, ¿se acuerda?

—No —dijo Jacques.

—Sí, el padre y los dos hijos degollados, la madre y la hija violadas hasta matarlas... En fin... El prefecto había tenido la malhadada idea de decir a los agricultores reunidos que había que reconsiderar las cuestiones [coloniales], la manera de tratar a los árabes, y que se había vuelto la página. El viejo le dijo que nadie en el mundo dictaría la ley en su casa. Después no aflojó los dientes. Por la noche se levantaba y salía. Mi madre lo observaba a través de las persianas y lo veía andar a campo traviesa por sus tierras. Cuando llegó la orden de evacuar, no dijo nada. La vendimia estaba terminada, y el vino en cubas. Las abrió, fue hasta una fuente de agua salobre que él mismo había desviado en otros tiempos, la apuntó directamente a sus tierras, y transformó un tractor en desmontadora. Durante tres días, al volante, con la cabeza descubierta, sin decir nada, arrancó las viñas en toda la superficie de la finca. Imagínese, el viejo seco zangoloteándose en su tractor, empujando la palanca para acelerar cuando el arado no acababa con una cepa más gruesa que las otras, sin detenerse siquiera para comer, mi madre le llevaba pan, queso y [sobrasada], que engullía pausadamente, como hacía todo, arrojando el último mendrugo para acelerar, y todo eso desde la salida hasta la puesta del sol, y sin una mirada al horizonte de montañas, ni siquiera a los árabes enterados de inmediato y que se mantenían a distancia observándole, sin decir nada tampoco. Y cuando un joven capitán, prevenido por alguien, llegó y le pidió explicaciones, el viejo le dijo: «Joven, si lo que hemos hecho aquí es un crimen, hay que borrarlo». Cuando todo hubo terminado, volvió a la finca y cruzó el patio empapado por el vino que se había escapado de las cubas, y empezó a preparar sus maletas. Los obreros árabes lo esperaban en el patio. (Estaba también una patrulla enviada por el capitán, no se sabía bien por qué, con un amable teniente que esperaba órdenes.) «Patrón, ¿qué vamos a hacer?» «Si yo estuviera en vuestro lugar», dijo el viejo, «me iría al maquis. Son los que van a ganar. En Francia ya no quedan hombres.» —El colono se reía—: ¡Era directo, eh!

—¿Se han quedado con usted?

—No. No quiso oír hablar más de Argelia. Vive en Marsella, en un apartamento moderno... Mi madre me escribe que da vueltas por su cuarto.

—¿Y usted?

—Oh, yo me quedo hasta el fin. Ocurra lo que ocurra, aquí me quedo. A mi familia la he mandado a Argel y aquí reventaré. En París esto no lo entienden. Salvo nosotros, ¿sabe quiénes son los únicos capaces de entender?

—Los árabes.

—Justo. Estamos hechos para entendernos. Tan estúpidos y brutos como nosotros, pero la misma sangre de hombre. Todavía vamos a matarnos un poco, a cortarnos los cojones y a torturarnos una pizca. Y después empezaremos a vivir de nuevo entre hombres. El país así lo quiere. ¿Un anisete?

—Ligero —dijo Jacques.

Poco después salieron, Jacques le preguntó si quedaba en el país alguien que hubiera podido conocer a sus padres.

No, según Veillard, aparte del viejo médico que lo había traído al mundo y que vivía retirado en Solferino, no quedaba nadie. La propiedad de Saint-Apôtre había cambiado dos veces de mano, en las dos guerras habían muerto muchos obreros árabes, habían nacido muchos otros.

—Aquí todo cambia —repetía Veillard—. La cosa va rápido, muy rápido, y uno olvida.

Pero era posible que el viejo Tamzal... Era el guardián de una de las fincas de Saint-Apôtre. En 1913 tendría unos veinte años. De todos modos, Jacques vería el lugar donde había nacido.

Salvo al norte, la región estaba rodeada a lo lejos por montañas de contornos imprecisos con el calor del mediodía, como enormes bloques de piedra y de bruma luminosa entre los cuales la llanura del Seybouse, otrora pantanosa, se extendía por el norte hasta el mar, bajo el cielo blanco de calor, sus viñedos alineados, con las hojas azuladas por el sulfato y los racimos negros ya, interrumpidos de vez en cuando por hileras de cipreses o grupos de eucaliptos a cuya sombra se cobijaban las casas. Tomaron por un camino privado y cada uno de sus pasos levantaba una polvareda roja. Delante de ellos, hasta las montañas, el espacio temblaba, el sol zumbaba. Cuando llegaron a una casita, detrás de un bosquecillo de plátanos, estaban empapados en sudor. Un perro invisible los acogió con ladridos rabiosos.

La casita, bastante destartalada, tenía una puerta de madera de morera cuidadosamente cerrada. Veillard llamó. Los ladridos redoblaron. Parecían venir de un pequeño patio cerrado, del otro lado de la casa. Pero nadie se movió.

—Reina la confianza —dijo el colono—. Están, pero esperan. ¡Tamzal! —gritó—, soy Veillard. Hace seis meses vinieron a buscar a su yerno, querían saber si abastecía a los maquis. No se ha vuelto a saber nada de él. Hace un mes, le dijeron a Tamzal que probablemente había querido evadirse y que lo habían matado.

—Ah —dijo Jacques—. ¿Y abastecía a los maquis?

—Puede que sí, puede que no. Qué quiere usted, es la guerra. Pero eso explica que en el país de la hospitalidad las puertas tarden en abrirse.

Justamente, en ese momento la puerta se abría. Tamzal, un hombre bajo, el pelo [ ],[1] con un sombrero de paja de alas anchas y un mono azul remendado, sonreía a Veillard, miraba a Jacques.

—Es un amigo. Nació aquí.

—Entra —dijo Tamzal—, tomaremos el té.

Tamzal no se acordaba de nada. Sí, tal vez. Había oído a uno de sus tíos hablar de un administrador que se quedó unos meses, fue después de la guerra.

—Antes —dijo Jacques.

O antes, es posible, él era muy joven en aquel momento, ¿y qué había sido de su padre? Muerto en la guerra.

—*Mektoub*[2] —dijo Tamzal—. Pero la guerra es una desgracia.

—Siempre hay guerra —dijo Veillard—. Pero uno se acostumbra en seguida a la paz. Y termina por creer que es normal. No, lo normal es la guerra.

—Los hombres están locos —dijo Tamzal mientras recibía una bandeja de té de manos de una mujer que, en la otra habitación, volvía la cabeza.[a]

Bebieron el té hirviendo, dieron las gracias y regresaron al camino recalentado que atravesaba las viñas.

—Me vuelvo a Solferino en taxi —dijo Jacques—. El doctor me ha invitado a almorzar.

—A mí también me ha invitado. Espere. Voy a buscar provisiones.

Más tarde, en el avión que lo llevaba de vuelta a Argel, Jacques trataba de ordenar las informaciones que había recogido. A decir verdad, eran pocas, y ninguna se refería di-

a. desarrollar.
1. Dos palabras ilegibles.
2. En árabe: «Estaba escrito» (en el destino).

rectamente a su padre. La noche, curiosamente, parecía subir de la tierra con una rapidez casi mensurable para atrapar por fin al avión que corría recto, sin un movimiento, como un tornillo hundiéndose directamente en el espesor de la noche. Pero la oscuridad acentuaba el malestar de Jacques, que se sentía dos veces enclaustrado, por el avión y por las tinieblas, y respiraba mal. Volvía a ver el libro de familia y el nombre de los dos testigos, nombres bien franceses como [se] ven en los letreros parisienses, y el viejo médico, después de contarle la llegada de su padre y su propio nacimiento, le dijo que eran dos comerciantes de Solferino, los primeros que aparecieron, los que habían aceptado hacerle ese favor a su padre, y tenían nombres de gentes de los suburbios de París, sí, pero qué tenía de raro si Solferino había sido fundado por rebeldes del 48.

—Ah, sí —dijo Veillard—, mis bisabuelos lo eran. Por eso había en el viejo una simiente de revolucionario.

Y había precisado que los primeros abuelos eran, él un carpintero del Faubourg Saint-Denis, ella una lavandera fina. Había mucho desempleo en París, había inquietud y la Constituyente había votado enviar cincuenta millones a una colonia.[a] Le prometían a cada uno una casa y entre dos y diez hectáreas.

—Imagínese si habría candidatos. Más de mil. Y todos soñaban con la tierra prometida. Sobre todo los hombres. Las mujeres tenían miedo a lo desconocido. ¡Pero ellos! Por algo habían hecho la revolución. Eran de los que creían en papá Noel. Y papá Noel para ellos usaba albornoz. Partieron en el 49 y la primera casa se construyó en el 54. Entretanto...

Ahora Jacques respiraba mejor. La primera oscuridad se había decantado, refluía como una marea dejando tras de sí una nube de estrellas, el cielo se cubría de estrellas. Sólo el ruido ensordecedor de los motores lo obsesionaba to-

a. 48 [cifra encuadrada por el autor, *N. de la E.*].

davía. Trataba de volver a ver al viejo vendedor de algarrobas y forraje que, sí, había conocido a su padre, se acordaba vagamente de él y repetía sin cesar: «Poca charla, era de poca charla». Pero el ruido lo atontaba, lo sumía en una especie de torpor maligno en el que inútilmente trataba de ver, de imaginar a su padre, que desaparecía detrás de ese país inmenso y hostil, se fundía en la historia anónima de esa aldea y esa llanura. Detalles de su conversación con el doctor le volvían con el mismo movimiento con que las pinazas, según el mismo doctor, habían llevado a Solferino a los colonos parisienses. Con el mismo movimiento, y no había tren en aquella época, no, no, sí, pero no llegaba hasta Lyon. De modo que seis pinazas arrastradas por caballos de sirga, con *La Marsellesa* y el *Chant du départ*, desde luego, a cargo de la banda municipal, y bendición del clero a orillas del Sena, bandera con el nombre bordado de la aldea todavía inexistente, pero que los pasajeros iban a crear por ensalmo. La pinaza empezaba a alejarse de la orilla, París se deslizaba, se volvía fluido, iba a desaparecer, que Dios bendiga vuestra empresa, y hasta los espíritus escépticos, los duros de las barricadas callaban, con el alma en un puño, sus mujeres asustadas apoyadas en la fuerza de ellos, y en la cala había que dormir sobre esteras con su ruido sedoso y el agua sucia a la altura de la cabeza, pero primero las mujeres se desnudaban detrás de las sábanas que entre ellas mismas sostenían. En todo esto, ¿dónde estaba su padre? En ninguna parte, y, sin embargo, esas pinazas remolcadas cien años antes por los canales del final del otoño, derivando durante un mes por ríos y afluentes cubiertos por las últimas hojas secas, acogidos en las ciudades por las fanfarrias oficiales y relanzados con su cargamento de nuevos gitanos hacia un país desconocido, le decían más sobre el joven muerto de Saint-Brieuc que los recuerdos [seniles] y desordenados que había ido a buscar. Ahora los motores cambiaban de régimen. Abajo, esas masas sombrías, esos fragmentos de noche dislocados y filosos, eran la Cabilia, la parte salvaje y sangrienta de ese país, durante mucho tiempo salvaje y sangriento, hacia el cual cien años atrás los obreros del 48, amontonados en una fragata con ruedas, «*Le Labrador*», decía el viejo doctor, «así se llamaba, imagínese, *Le Labrador*, para ir hacia los mosquitos y el sol», *Le Labrador* en todo caso se afanaba con todas sus palas, removiendo el agua helada que el mistral agitaba como una tempestad, los puentes barridos durante cinco días y cinco noches por un viento polar, y los conquistadores en el fondo de las calas, sintiéndose mal hasta reventar, vomitando unos sobre otros, deseando morir, hasta entrar en el puerto de Bône, con toda su población aguardando en los muelles para recibir con música a los aventureros verdosos que venían de tan lejos, que habían abandonado la capital de Europa con mujeres, niños y muebles para aterrizar tambaleándose, al cabo de cinco semanas de errancia, en esa tierra de lejanías azuladas, cuyo olor extraño, hecho de estiércol, especias y [ ][1] descubrían con inquietud.

Jacques se revolvió en su asiento; estaba semidormido. Veía a su padre, a quien nunca había conocido, del que no sabía siquiera la estatura, lo veía en aquel muelle de Bône entre los emigrantes, mientras las poleas bajaban los pobres muebles que habían sobrevivido al viaje, y las peleas estallaban por los que se habían perdido. Allí estaba, decidido, sombrío, apretando los dientes, y después de todo, ¿no era el mismo camino que había tomado de Bône a Solferino, unos cuarenta años atrás, a bordo de la carreta, bajo el mismo cielo de otoño? Pero la carretera no existía para los emigrantes, las mujeres y los niños amontonados en los vehículos del ejército, los hombres a pie, cortando camino a ojo a través de la llanura pantanosa o los matorrales espinosos, bajo la mirada hostil de los grupos ocasionales de árabes, siempre a distancia, acompañados casi continua-

1. Una palabra ilegible.

mente por los aullidos de las jaurías de perros cabileños, hasta llegar, al final del día, al mismo país al que había llegado su padre cuarenta años antes, chato, rodeado de montañas lejanas, sin una casa, sin un palmo de tierra cultivada, con un puñado apenas de tiendas militares del color del polvo, un espacio desnudo y desierto sin más, lo que era para ellos el confín del mundo entre el cielo desierto y la tierra peligrosa,* y por la noche las mujeres lloraban de fatiga, de miedo y desengaño.

La misma llegada de noche a un lugar miserable y hostil, los mismos hombres y después, después... ¡Oh! Jacques, de lo que pasó con su padre nada sabía, pero para los otros, hubo que despabilarse frente a los soldados que se reían, e instalarse en las tiendas. Las casas vendrían más tarde, las construirían y después distribuirían las tierras, el trabajo, el trabajo sacrosanto lo salvaría todo. «Trabajo no hubo en seguida...», había dicho Veillard. La lluvia, la lluvia argelina, enorme, brutal, inagotable, cayó durante ocho días, el río Seybouse se desbordó. Las ciénagas llegaban al borde de las tiendas y no podían salir, hermanos enemigos en la sucia promiscuidad de las enormes tiendas que resonaban bajo el chaparrón interminablemente, y para huir del hedor cortaron unas cañas huecas que les permitían orinar afuera sin salir, y en cuanto la lluvia terminó, a trabajar, en efecto, bajo la dirección del carpintero para levantar unos barracones ligeros.

—¡Ah, pobres gentes! —decía Veillard riendo—. Terminaron sus cuchitriles en primavera, y después le llegó el turno al cólera. Si he de creer al viejo, el abuelo carpintero perdió a su mujer y a su hija, que tenían toda la razón cuando dudaban ante el viaje.

—Pues sí —decía el médico, andando de una punta a la otra, siempre erguido y orgulloso con sus polainas, incapaz de estarse sentado—, se morían unos diez por día. El calor

* desconocida.

había llegado prematuramente, la gente se asaba en los barracones. Y en cuanto a la higiene... En fin, que se morían unos diez por día.

Sus colegas, militares, eran impotentes. Curiosos colegas, además. Habían agotado todos los remedios. Entonces tuvieron una idea. Había que bailar para calentarse la sangre. Y todas las noches, después del trabajo, los colonos bailaban entre dos entierros, al son del violín. No estuvo tan mal pensado, en efecto. Con el calor las pobres gentes transpiraban a chorros y la epidemia se detuvo. «Fue una idea que merece reflexión.» Sí, había sido una buena idea. En la noche caliente y húmeda, entre los barracones donde dormían los enfermos, el rascatripas sentado en un cajón, con una linterna al lado, alrededor de la cual zumbaban los mosquitos y los insectos, los conquistadores, ellas de vestido largo y ellos con traje de paño, bailaban, traspiraban gravemente en torno a un gran fuego de malezas, mientras en los cuatro rincones del campamento la guardia velaba por los sitiados para defenderlos de los leones de negras crines, los ladrones de ganado, las bandas árabes y a veces también las *razzias* de otras colonias francesas necesitadas de distracción o de provisiones. Por fin, más tarde, les dieron tierras, unas parcelas dispersas lejos de la aldea de barracas. Después, se construyeron murallas de adobe alrededor de la aldea. Pero dos tercios de los emigrantes habían muerto, allí como en toda Argelia, sin haber tocado el pico y el arado. En los campos los otros seguían siendo parisienses que trabajaban con chistera, el fusil al hombro, la pipa entre los dientes, y sólo la pipa con tapadera estaba autorizada, jamás los cigarrillos, debido a los incendios, la quinina en el bolsillo, quinina que se vendía en los cafés de Bône y en la cantina de Mondovi como un producto de consumo corriente, ¡a su salud!, acompañados de sus mujeres vestidas de seda. Pero siempre el fusil y los soldados alrededor, y aun para lavar la ropa en el Seybouse necesitaban una escolta aquellas que antes, en el lavadero de la

Rue des Archives, trabajaban como en un salón apacible, y la aldea misma era frecuentemente atacada de noche, como en el 51, durante una de las insurrecciones en que cientos de jinetes con albornoz, caracoleando alrededor de las murallas, terminaron por escapar al ver los tubos de chimenea que blandían los sitiados simulando cañones, edificando y trabajando en un país enemigo que rechazaba la ocupación y se vengaba en todo lo que encontraba, ¿y por qué pensaba Jacques en su madre ahora, mientras el avión subía y bajaba? Al evocar el carro empantanado en el camino de Bône, donde los colonos habían dejado una mujer embarazada para ir en busca de ayuda y a la vuelta la encontraron con el vientre abierto y los senos cortados.

—Era la guerra —decía Veillard.

—Seamos justos —añadía el viejo médico—, los habían encerrado en grutas con toda la *smalah*, sí, sí, y ellos habían cortado los cojones a los primeros berberiscos, que a su vez... y así uno se remonta al primer criminal, ¿sabe?, se llamaba Caín y desde entonces viene la guerra, los hombres son atroces, especialmente bajo un sol feroz.

Y después del almuerzo cruzaron el pueblo, semejante a otros cientos de pueblos en toda la superficie del país, unos cientos de casitas del estilo burgués de fines del siglo XIX, distribuidas en varias calles cortadas en ángulo recto con grandes edificios como la cooperativa, la caja agrícola y la sala de fiestas, y todo ello convergiendo en el quiosco de música de estructura metálica, que parecía un tiovivo o una gran entrada de metro, y donde, durante años, el orfeón municipal o la fanfarria militar habían ofrecido conciertos los días de fiesta, mientras las parejas endomingadas daban vueltas alrededor, en el calor y el polvo, descascarando cacahuetes. También hoy era domingo, pero los servicios psicológicos del ejército habían instalado altavoces en el quiosco, la multitud era en su mayoría árabe, pero no daba vueltas alrededor de la plaza, estaba inmóvil y escuchaba la música árabe que alternaba con los discursos, y los franceses perdidos en la multitud se parecían todos, tenían el mismo aire sombrío y volcado hacia el futuro, como los que antaño habían llegado a *Le Labrador*, o los que habían aterrizado en otros lugares en las mismas condiciones, con los mismos sufrimientos, huyendo de la miseria o de la persecución, para encontrar el dolor y la piedra. Como los españoles de Mahón, de los que descendía la madre de Jacques, o aquellos alsacianos que en el 71 rechazaron el dominio alemán y optaron por Francia, y recibieron las tierras de los insurrectos del 71, muertos o prisioneros, refractarios que ocupaban el lugar todavía caliente de los rebeldes, perseguidos-perseguidores que habían engendrado a su padre, y cuarenta años más tarde, llegaba a esos lugares con el mismo aire sombrío y obstinado, enteramente vuelto hacia el futuro, como los que no aman su pasado y reniegan de él, emigrante también como todos los que vivían y habían vivido en aquellas tierras sin dejar huellas, salvo en las lápidas gastadas y verdosas de los pequeños cementerios coloniales semejantes al que, tras la partida de Veillard, Jacques había visitado con el viejo médico. De un lado, las construcciones nuevas y feas de la última moda funeraria, esa con abalorios abastecida en los mercadillos del rastro, en que ha ido a parar hoy el culto de los muertos. Del otro, entre los viejos cipreses, en los senderos cubiertos de agujas de pino y piñas de ciprés, o bien cerca de los muros húmedos, al pie de los cuales crecían las oxalídeas con sus flores amarillas, unas viejas losas que se confundían casi con la tierra y eran casi ilegibles.

Multitudes enteras habían llegado allí durante más de un siglo, habían labrado la tierra, abierto surcos cada vez más profundos en ciertos lugares, en otros cada vez más irregulares, hasta que una tierra ligera los recubría y la región volvía a la vegetación salvaje, y procreaban y desaparecían. Y así sus hijos. Y los hijos y los nietos de aquéllos se encontraron en esa tierra como se encontraba él, sin pasado, sin moral, sin lección, sin religión, pero contento de estar y de estar en la luz, angustiados frente a la noche y a la muerte. Todas aquellas generaciones, todos aquellos hombres venidos de tantos países diferentes, bajo ese cielo admirable donde subía ya el anuncio del crepúsculo, habían desaparecido sin dejar huellas, encerrados en sí mismos. Un inmenso olvido se extendía sobre ellos, y en verdad, eso era lo que dispensaba esa tierra, eso que bajaba del cielo junto con la noche sobre tres hombres que regresaban a la aldea con el alma acongojada por la cercanía de la oscuridad, llenos de esa angustia* que se apodera de todos los hombres de Africa cuando la noche cae rápida sobre el mar, las montañas atormentadas y las altas mesetas, la misma angustia sagrada que en los flancos de Delfos, donde la noche produce el mismo efecto y hace surgir templos y altares. Sin embargo, en la tierra de Africa los templos son destruidos y no queda más que ese peso insoportable y dulce en el corazón. ¡Sí, qué muertos estaban! ¡Cómo seguían muriendo! Silenciosos y apartados de todo, como muriera su padre en una incomprensible tragedia, lejos de su patria carnal, después de una vida enteramente involuntaria, desde el orfanato hasta el hospital, pasando por el casamiento inevitable, una vida que se había construido a su alrededor, a pesar suyo, hasta que la guerra lo mató y lo enterró, en adelante y para siempre desconocido para su familia y para su hijo, devuelto él también al vasto olvido que era la patria definitiva de los hombres de su raza, el lugar final de una vida que había empezado sin raíces, y tantos informes en las bibliotecas de la época sobre la manera de emplear en la colonización de ese país a los niños abandonados, sí, aquí todos eran niños abandonados y perdidos que edificaban ciudades fugaces para morir definitivamente en sí mismos y en los demás. Como si la historia de los hombres, esa historia que había avanzado constantemente en una de sus tierras más viejas dejando en ella tan

* ansiedad.

pocas huellas, se evaporase bajo el sol incesante junto con el recuerdo de los que la habían hecho, limitada a crisis de violencia y asesinatos, llamaradas de odio, torrentes de sangre que rápidamente crecían, rápidamente se secaban como los *oueds*[1] del país. Ahora la noche subía del suelo mismo y empezaba a anegarlo todo, muertos y vivos, bajo el maravilloso cielo siempre presente. No, nunca conocería a su padre, que seguiría durmiendo allá, el rostro perdido para siempre en la ceniza. Había un misterio en ese hombre, un misterio que él siempre había querido penetrar. Pero al fin el único misterio era el de la pobreza, que hace de los hombres seres sin nombre y sin pasado, que los devuelve al inmenso tropel de los muertos anónimos que han construido el mundo, desapareciendo para siempre. Porque eso era lo que su padre tenía en común con los hombres del *Labrador.* Los mahoneses del Sahel, los alsacianos de las altas mesetas, con esa isla inmensa entre la arena y el mar, que ahora empezaba a cubrir un enorme silencio, es decir, el anonimato, al nivel de la sangre, del coraje, del trabajo, del instinto, a la vez cruel y compasivo. Y él, que había querido escapar del país sin nombre, de la multitud y de una familia sin nombre, pero en quien alguien, obstinadamente, reclamaba sin cesar la oscuridad y el anonimato, formaba parte también de la tribu, marchaba ciegamente en la noche junto al viejo médico que respiraba a su derecha, escuchando la música que llegaba a oleadas de la plaza, viendo otra vez el semblante duro e impenetrable de los árabes alrededor de los quioscos, la risa y la cara voluntariosa de Veillard, volvía a ver también con una dulzura y una pena que le encogían el corazón el rostro agónico de su madre cuando la explosión, caminando en la noche de los años por la tierra del olvido, en la que cada uno era el primer hombre, donde él mismo había tenido que criarse solo, sin padre, sin haber conocido nunca esos momentos

1. Riachos. *(N. de la T.)*

en que el padre llama al hijo cuando éste ha llegado a la edad de escuchar, para confiarle el secreto de la familia, o una antigua pena, o la experiencia de su vida, esos momentos en que incluso el ridículo y odioso Polonio se agranda de pronto al hablar a Laertes, y él llegó a los dieciséis años, después a los veinte y nadie le habló y hubo de aprender solo, crecer solo, en fuerza, en potencia, encontrar solo su moral y su verdad, nacer por fin como hombre para después nacer otra vez en un nacimiento más duro, el que consiste en nacer para los otros, para las mujeres, como todos los hombres de ese país donde, uno por uno, trataban de aprender a vivir sin raíces y sin fe y donde todos juntos hoy, arriesgando el anonimato definitivo y la pérdida de las únicas huellas sagradas de su paso por esa tierra: las lápidas ilegibles que la noche cubría ya en el cementerio, debían enseñar a los otros a nacer, al inmenso tropel de los conquistadores ya eliminados que los habían precedido en aquella tierra y cuya fraternidad de raza y de destino habían de reconocer ahora.

El avión bajaba hacia Argel. Jacques pensaba en el pequeño cementerio de Saint-Brieuc, donde las tumbas de los soldados estaban mejor conservadas que las de Mondovi.* El Mediterráneo separaba en mí dos universos, el de los espacios mesurados, donde se conservaban los recuerdos y los nombres, y el de los vastos espacios, donde el viento de arena borraba las huellas de los hombres. Había tratado de escapar al anonimato, a la vida pobre, ignorante, obstinada, incapaz de vivir al nivel de esa paciencia ciega, sin frases, sin otro proyecto que lo inmediato. Había andado por el mundo, edificando, creando, quemando otros seres, sus días habían estado llenos hasta rebosar. Y, sin embargo, ahora sabía en el fondo de su alma que Saint-Brieuc y lo que representaba nunca había sido nada para él, y pensaba en las tumbas desgastadas y verdosas que acababa de aban-

* Argelia.

donar, aceptando con una especie de extraña alegría que la muerte lo devolviera a su verdadera patria y cubriese a su vez con su vasto olvido el recuerdo del hombre monstruoso y [trivial] que había crecido y se había formado sin ayuda y sin auxilio, en la pobreza, en una orilla feliz y bajo la luz de las primeras mañanas del mundo, para abordar después, solo, sin memoria y sin fe, el mundo de los hombres de su tiempo, y su espantosa y exaltante historia.

Segunda parte
El hijo o el primer hombre

1
Liceo

[a]El primero de octubre de ese año, cuando Jacques Cormery,[b] inseguro en sus zapatones nuevos, envarado en una camisa todavía rígida de apresto, acorazado en una cartera que olía a hule y a cuero, vio al wattman, a cuyo lado se instalaban Pierre y él en la delantera de la automotora, que ponía la palanca en la primera velocidad y el pesado vehículo partía de la parada de Belcourt, y se volvió para tratar de distinguir a unos metros de distancia a su madre y su abuela, todavía asomadas a la ventana para acompañarlo un poco más en esa primera partida hacia el misterioso liceo, pero no pudo verlas porque su vecino leía las páginas interiores de *La Dépêche Algérienne.* Entonces miró delante de él los rieles de acero que la automotora tragaba regularmente y, sobre ellos, los cables eléctricos vibrando en la mañana fresca, volviendo la espalda, con el alma embargada, a la casa, al viejo barrio del que nunca se había apartado realmente salvo en raras expediciones (se decía «ir a Argel» cuando se iba al centro), rodando cada vez a mayor velocidad y a pesar del hombro fraterno de Pierre pegado al suyo, con un sentimiento de soledad inquieta inspirado por un mundo desconocido donde no sabía cómo tendría que comportarse.

A decir verdad, nadie podía aconsejarles. El y Pierre

a. Empezar o bien por la partida hacia el liceo y la continuación en su orden, o bien por una presentación del adulto monstruo y volver después al momento de la salida hacia el liceo hasta enfermedad.
b. descripción física del niño.

comprendieron en seguida que estaban solos. El mismo señor Bernard, a quien por lo demás no se atrevían a molestar, no podía decirles nada de ese liceo que no conocía. En sus propias casas, la ignorancia era todavía mayor. Para la familia de Jacques, el latín por ejemplo era una palabra que no tenía estrictamente sentido alguno. Que hubiese habido (fuera de los tiempos de la bestialidad, que por el contrario eran capaces de imaginar) un tiempo en que nadie hablaba francés, que se hubieran sucedido civilizaciones (y la palabra misma no significaba nada para ellos) cuyas costumbres y lengua fueran hasta tal punto diferentes, eran verdades que no les habían llegado. Ni la imagen, ni la cosa escrita, ni la información oral, ni la cultura superficial que nace de la conversación trivial, los habían tocado. En esa casa, donde no se conocían diarios, ni, hasta que Jacques los llevara, libros, ni radio tampoco, donde sólo había objetos de utilidad inmediata, donde sólo se recibía a la familia, y de la que rara vez se salía salvo para visitar a miembros de la misma familia ignorante, lo que Jacques llevaba del liceo era inasimilable, y el silencio crecía entre él y los suyos. En el liceo mismo no podía hablar de su familia, de cuya singularidad era consciente sin poder expresarla, aunque hubiera triunfado sobre el pudor invencible que le cerraba la boca en lo que se refería a ese tema.

No era siquiera la diferencia de clases lo que los aislaba. En ese país de inmigración, de enriquecimientos rápidos y de ruinas espectaculares, las fronteras entre las clases estaban menos marcadas que entre las razas. De haber sido niños árabes, su sentimiento hubiera sido más doloroso y más amargo. Por otra parte, aunque en la escuela comunal tenían compañeros árabes, en el liceo éstos constituían la excepción y eran siempre hijos de notables ricos. No, lo que los separaba, y todavía más a Jacques que a Pierre, porque esa singularidad era más marcada en su casa que en la familia de su amigo, era su imposibilidad de vincularlos a valores o motivos tradicionales. A comienzos de año, cuando le interrogaron, pudo responder naturalmente que su padre había muerto en la guerra, lo cual era en definitiva una situación social, y que era huérfano de guerra, cosa que todos entendían. Pero las dificultades empezaron después. En los impresos que les entregaban, no sabía qué poner bajo el rubro «profesión de los padres». Primero escribió «ama de casa», mientras Pierre ponía «empleada de Correos». Pero Pierre le aclaró que ama de casa no era una profesión, sino que designaba a una mujer que se quedaba en casa y se ocupaba de tareas domésticas.

—No —dijo Jacques—, se ocupa de las casas de los otros y sobre todo de la del mercado de enfrente.

—Bueno —dijo Pierre vacilando—, creo que hay que poner «criada».

A Jacques nunca se le había ocurrido esta idea por la simple razón de que esa palabra, demasiado rara, nunca se pronunciaba en su casa —debido también a que ninguno de ellos tenía la impresión de que trabajaba para los otros: trabajaba ante todo para sus hijos—. Jacques empezó a escribir la palabra, se detuvo y de golpe conoció la vergüenza y la vergüenza de haber sentido vergüenza.

Un niño no es nada por sí mismo, son sus padres quienes lo representan. Por ellos se define, por ellos es definido a los ojos del mundo. A través de ellos se siente juzgado de verdad, es decir, juzgado sin poder apelar, y ese juicio del mundo es lo que Jacques acababa de descubrir, y junto con él, su propio juicio sobre la maldad de su propio corazón. No podía saber que tiene menos mérito, al llegar a hombre, no haber conocido esos malos sentimientos. Pues uno es juzgado, bien o mal, por lo que es y no tanto por su familia, ya que incluso sucede que la familia sea juzgada a su vez por el niño cuando llega a hombre. Pero Jacques hubiera necesitado un corazón de una pureza heroica y excepcional para no sufrir por el descubrimiento que acababa de hacer, así como se hubiera necesitado una humildad imposible para no acoger con rabia y vergüenza lo que sobre su carácter le revelaba. No tenía nada de todo eso, sino un orgullo duro y malo que lo ayudó por lo menos en esa circunstancia y le hizo escribir con mano firme la palabra «criada» en el impreso, que llevó con semblante cerrado al pasante que ni siquiera le prestó atención. A pesar de todo, Jacques no deseaba cambiar de estado ni de familia, y su madre tal como era seguía siendo lo que más amaba en el mundo, aunque la amara desesperadamente. Por lo demás, ¿cómo hacer entender que un niño pobre pueda a veces sentir vergüenza sin tener nunca nada que envidiar?

En otra ocasión, como le preguntaran por su religión, respondió «católica». Le preguntaron si había que inscribirlo en los cursos de instrucción religiosa, y recordando los temores de su abuela, respondió que no.

—En una palabra —dijo el pasante, burlón pero sin reírse—, usted es católico no practicante.

Jacques no podía decir nada de lo que ocurría en su casa, ni explicar de qué manera singular encaraban los suyos la religión. Respondió, pues, firmemente «sí», cosa que provocó la risa y le ganó fama de seguro de sí mismo en el momento en que se sentía más desorientado.

Otro día el profesor de letras, que había distribuido entre los alumnos un impreso relativo a una cuestión de organización interna, les pidió que lo devolvieran firmado por sus padres. El impreso, que enumeraba todo lo que los alumnos no podían llevar al liceo, desde armas hasta revistas ilustradas pasando por juegos de naipes, estaba redactado de manera tan rebuscada que Jacques tuvo que resumirlo en términos sencillos a su madre y a su abuela. Su madre era la única capaz de trazar al pie del impreso una grosera firma.[a] Como desde la muerte de su marido debía cobrar* cada trimestre su pensión de viuda de guerra, y la Administración, en este caso el Tesoro —Catherine Cormery decía simplemente que iba al Tesoro, que era para ella

a. el aviso.
* percibir.

un nombre propio, vacío de sentido y que en los niños, por el contrario, evocaba un lugar mítico de recursos inagotables de los que su madre tenía derecho a recibir, de vez en cuando, pequeñas cantidades de dinero—, le pedía cada vez una firma, después de las primeras dificultades, un vecino (?) le había enseñado a copiar un modelo de firma Vda. Camus,[1] que trazaba más mal que bien pero que era aceptada. Sin embargo, a la mañana siguiente, Jacques advirtió que su madre, que se había marchado mucho antes que él para limpiar una tienda que abría temprano, había olvidado firmar el impreso. Su abuela no sabía firmar; hacía las cuentas aplicando un sistema de círculos que, según estuvieran cruzados una o dos veces, representaban la unidad, la decena o la centena. Jacques tuvo que llevar el impreso sin firma, dijo que su madre se había olvidado, le preguntaron si no había en su casa quién pudiera firmar, contestó que no y descubrió, por el aire de sorpresa del profesor, que el caso era menos frecuente de lo que hasta entonces creyera.

Todavía más lo desorientaban los jóvenes metropolitanos a quienes los azares de la carrera paterna habían llevado a Argelia. Quien le dio más que pensar, fue Georges Didier,[a] a quien el gusto común por las clases de francés y por la lectura había acercado a Jacques hasta llegar a una suerte de amistad muy afectuosa de la que Pierre, por otra parte, estaba celoso. Didier era hijo de un oficial católico muy practicante. Su madre era aficionada a la música, la hermana (a quien Jacques nunca llegó a ver pero con la que soñaba deliciosamente) al bordado y Didier se destinaba, según decía, al sacerdocio. De gran inteligencia, era intransigente en cuestiones de fe y moral en las que sus certezas eran tajantes. Nunca se le oía pronunciar una palabra soez, o aludir, como los otros niños, con una complacencia infatigable, a las funciones naturales o a las de la repro-

1. *Sic.*
a. encontrarlo después a su muerte.

ducción, que en sus cabezas por cierto no estaban tan claras como querían hacer creer. Lo primero que trató de conseguir de Jacques, cuando su amistad se manifestó, fue que renunciara a las palabrotas. A Jacques no le costaba renunciar cuando estaba con él. Pero con los otros volvía fácilmente a las groserías de la conversación. (Ya se dibujaba su naturaleza multiforme que le facilitaría tantas cosas y lo haría capaz de aprender todas las lenguas, adaptarse a todos los ambientes, y desempeñar todos los papeles, salvo...) Con Didier comprendió lo que era una familia francesa media. Su amigo tenía en Francia la casa familiar, a la que regresaba en las vacaciones, y de la que hablaba o escribía incesantemente a Jacques, casa donde había un desván lleno de viejos baúles en los que se conservaban las cartas de la familia, recuerdos, fotos. Conocía la historia de sus abuelos y de sus bisabuelos, también de un antepasado que había sido marino en Trafalgar, y esa larga historia, viva en su imaginación, le proporcionaba también ejemplos y preceptos para la conducta de todos los días. «Mi abuelo decía que... papá quiere que...» y justificaba así su rigor, su pureza tajante. Cuando hablaba de Francia decía «nuestra patria» y aceptaba por anticipado los sacrificios que esa patria podía pedirle («Tu padre murió por la patria», le decía a Jacques...); en cambio esta noción de patria no tenía sentido alguno para Jacques, que sabía que era francés, que eso entrañaba cierto número de deberes, para quien Francia era una ausente a la que uno apelaba y que a veces apelaba a uno, en cierto modo como lo hacía ese Dios del que había oído hablar fuera de su casa y que, al parecer, era el dispensador soberano de los bienes y los males, en quien no se podía influir pero que en cambio lo podía todo en el destino de los hombres. Y ese sentimiento suyo era también, y más aún, el de las mujeres que vivían con él.

—Mamá, ¿qué es la patria?[a] —preguntó un día.

a. descubrimiento de la patria en 1940.

Su madre pareció asustarse, como cada vez que no entendía.

—No sé —dijo—, no sé.

—Es Francia.

—¡Ah, sí! —Y pareció aliviada.

En cambio Didier sabía lo que era, la familia, a través de sus generaciones, tenía para él una existencia fuerte, y en igual medida el país donde había nacido a través de su historia, él llamaba a Juana de Arco por su nombre de pila, y para él el bien y el mal estaban tan definidos como su destino presente y futuro. Jacques, y Pierre también, aunque en menor grado, se sentía de una especie diferente, sin pasado ni casa familiar, ni desván atestado de cartas y de fotos, ciudadanos teóricos de una nación imprecisa donde la nieve cubría los tejados mientras ellos crecían bajo un sol fijo y salvaje, armados de una moral de lo más elemental que les proscribía por ejemplo el robo, que les recomendaba defender a la madre y a la mujer, pero que guardaba silencio en cantidad de cuestiones vinculadas con las mujeres, la relación con los superiores... (etcétera), niños ignorantes e ignorados de Dios, incapaces de concebir la vida futura, hasta tal punto la vida presente les parecía inagotable cada día bajo la protección de las divinidades indiferentes del sol, del mar o de la miseria. Y en realidad el que Jacques estuviera tan profundamente apegado a Didier, se debía sin duda al corazón de ese niño apasionado del absoluto, cabal en sus pasiones leales (la primera vez que Jacques oyó la palabra lealtad, que había leído cien veces, fue en boca de Didier) y capaz de una afectuosidad encantadora, pero también a su aspecto extraño, a sus ojos, a su encanto, que era para Jacques realmente exótico y lo atraía tanto como cuando, al llegar a adulto, lo atraerían irresistiblemente las mujeres extranjeras. El hijo de la familia, de la tradición y de la religión ejercía en Jacques la misma seducción que los aventureros atezados que vuelven de los trópicos, guardando un secreto extraño e incomprensible.

Pero el pastor cabileño que en su montaña pelada y roída por el sol mira pasar las cigüeñas, soñando con ese Norte de donde llegan tras un largo viaje, vuelve por la noche a la meseta de lentiscos, a la familia de largas vestiduras, y a la chabola de la miseria donde tiene hundidas sus raíces. Así Jacques podía embriagarse con los filtros extraños de la tradición burguesa (?), pero seguía apegado en realidad a quien más se le parecía, que era Pierre. Todas las mañanas a las seis y cuarto (salvo los domingos y los jueves), Jacques bajaba los escalones de su casa de cuatro en cuatro, corriendo en la humedad de la estación caliente o bien bajo la lluvia violenta del invierno que hinchaba su esclavina como una esponja; al llegar a la fuente, doblaba a la calle de Pierre y, corriendo siempre, subía los dos pisos para llamar suavemente a la puerta. La madre de Pierre, una bella mujer de formas generosas, le abría la puerta que daba directamente al comedor, pobremente amueblado. En el fondo del comedor se abría de cada lado una puerta que daba a un cuarto. Uno era el de Pierre, que compartía con su madre, el otro el de sus dos tíos, dos rudos obreros ferroviarios, taciturnos y sonrientes. Entrando al comedor, a la derecha, un cuchitril sin aire ni luz hacía de cocina y de cuarto de aseo. Pierre habitualmente iba con retraso. Sentado delante de la mesa cubierta con hule, la lámpara de petróleo encendida en invierno, un gran tazón de barro esmaltado en las manos, trataba de tragar sin quemarse el café con leche hirviendo que acababa de servirle su madre. «Sopla», decía ella. Pierre soplaba, sorbía ruidosamente, y Jacques se apoyaba en una pierna primero y después en la otra.[a] Cuando había terminado, Pierre debía pasar a la cocina, iluminada con una vela, donde lo esperaba delante del fregadero de zinc un vaso de agua con un cepillo de dientes adornado con una espesa cinta de un dentífrico especial, pues sufría de piorrea. Se ponía la esclavina y la gorra,

a. gorra de alumno del liceo.

cogía la cartera, y así enjaezado, se cepillaba vigorosa y prolongadamente los dientes antes de escupir con ruido en la pila de zinc. El olor farmacéutico del dentífrico se mezclaba al del café con leche. Jacques, levemente asqueado, se impacientaba, se lo hacía sentir, y no era raro que terminaran en uno de esos enfurruñamientos que son los cimientos de la amistad. Bajaban entonces en silencio a la calle, andaban hasta la parada del tranvía sin sonreír. Otras veces, por el contrario, se perseguían riendo o corrían pasándose una de las carteras como una pelota de rugby. En la parada esperaban, acechando la llegada del tranvía rojo, para saber con cuál de los dos o tres conductores viajarían.

Porque desdeñaban siempre las dos jardineras y trepaban con dificultad hasta la parte de delante, junto al conductor, pues el tranvía estaba atestado de trabajadores que iban al centro, y sus carteras les estorbaban los movimientos. Ahí delante aprovechaban cada descenso de un pasajero para apoyarse en el tabique de hierro y vidrio y la caja de velocidad, alta y estrecha, en lo alto de la cual una palanca con su manivela giraba en arco de círculo y una gran muesca de acero en relieve marcaba el punto muerto, otras tres las velocidades progresivas y una quinta la marcha atrás. Los conductores, que eran los únicos que tenían el derecho de manejar la palanca y a quienes, según rezaba el cartel sobre sus cabezas, estaba prohibido hablar, gozaban para los dos niños del prestigio de los semidioses. Llevaban un uniforme casi militar y una gorra con visera de cuero, salvo los conductores árabes, que usaban fez. Los dos niños los diferenciaban por su aspecto. Estaba el «muchacho bajito y simpático» con una cabeza de galán joven y hombros frágiles; el Oso pardo, un árabe alto y fuerte, de rasgos toscos, la mirada siempre fija; el amigo de los animales, un viejo italiano de rostro apagado y ojos claros, encorvado sobre su manivela y que debía su apodo al hecho de que casi había detenido el tranvía para esquivar a un perro distraído y otra vez a otro animal que sin miramientos hacía sus necesidades entre los rieles; y el Zorro, un gran papanatas que tenía la cara y el bigotito de Douglas Fairbanks.[a] El amigo de los animales era también amigo entrañable de los niños. Pero a quien admiraban locamente era al Oso pardo, que, imperturbable, plantado sobre los sólidos cimientos de sus piernas, conducía su ruidosa máquina a toda velocidad, sujetando con la mano izquierda, enorme, el puño de madera de la palanca y empujándolo apenas la circulación lo permitía hasta la tercera velocidad, la mano derecha vigilante en la gran rueda del freno, a la diestra de la caja de velocidades, pronta a dar varias vueltas vigorosas a la rueda mientras ponía la palanca en punto muerto y la motora patinaba entonces pesadamente en los rieles. Cuando conducía el Oso pardo, la larga pértiga, sujeta por un gran muelle en espiral en lo alto de la motora, en los virajes y en los cambios solía despegarse del hilo eléctrico por el que se deslizaba merced a una ruedecita de llanta hueca, y a la que volvía con gran ruido de vibraciones y escupiendo chispas. El revisor saltaba entonces del tranvía, atrapaba el largo cable que colgaba de la punta de la pértiga y que se enrollaba automáticamente en una caja de hierro situada detrás de la motora, y tirando con todas sus fuerzas para vencer la resistencia del muelle de acero, llevaba la pértiga hacia atrás y entonces, dejándola subir lentamente, trataba de meter de nuevo el hilo en la llanta hueca de la rueda, en medio de un chisporroteo de centellas. Asomados a la motora o, en invierno, aplastando la nariz contra el vidrio, los niños seguían la maniobra y cuando era coronada con éxito, lo anunciaban a su alrededor para que el conductor se enterara, sin cometer la infracción de hablarle directamente. Pero el Oso pardo permanecía impávido; esperaba a que, aplicando el reglamento, el colector le diera la señal de partir y para ello tiraba de la cuerdecita que colgaba en la parte trasera de la motora con la que se accio-

a. La cuerda y la campanilla.

naba una campanilla situada delante. Sin más precauciones, hacía arrancar el tranvía. Agrupados en la parte delantera, los niños miraban el camino metálico que corría por debajo, en la mañana lluviosa o resplandeciente, alegrándose cuando el tranvía adelantaba a toda velocidad una carreta de caballos o, por el contrario, rivalizaba en velocidad, por un momento, con un automóvil asmático. En cada parada el tranvía se vaciaba de una parte de su cargamento de obreros árabes y franceses, y cargaba una clientela mejor vestida a medida que se iba acercando al centro, volvía a arrancar al son de la campanilla y recorría así, de una punta a la otra, todo el arco que trazaba la ciudad, hasta desembocar de golpe en el puerto y el espacio inmenso del golfo, que se extendía hasta las grandes montañas azuladas en el fondo del horizonte. Tres paradas después, se llegaba a la terminal, la plaza del Gobierno, donde bajaban los niños. La plaza enmarcada en tres de sus lados por árboles y casas con soportales, se abría a la mezquita blanca y al espacio del puerto. En el centro se alzaba la estatua caracoleante del duque de Orléans, cubierta de cardenillo bajo el cielo resplandeciente, pero por cuyo bronce ennegrecido chorreaba la lluvia cuando hacía mal tiempo (y se contaba invariablemente que el escultor se había suicidado porque había olvidado la cadena del reloj), mientras que, de la cola del caballo, el agua se escurría interminablemente hasta el estrecho jardincillo protegido por la verja que rodeaba el monumento. El resto de la plaza estaba cubierto de pequeños adoquines brillantes en los cuales los niños, al saltar del tranvía, resbalaban interminablemente hacia la Rue Bab-Azoun, que en cinco minutos los llevaba al liceo.

Bab-Azoun era una calle angosta a la que las arcadas de los dos lados, apoyadas en enormes pilastras cuadradas, estrechaban aún más y dejaban el ancho justo para la línea de tranvía, explotada por otra compañía, que unía ese barrio con los más altos de la ciudad. Los días de calor, el cielo, de un azul espeso, descansaba como una tapadera ardiente sobre la calle, y la sombra era fresca bajo los soportales. Los días de lluvia, toda la calle era una profunda trinchera de piedra húmeda y reluciente. A lo largo de los soportales se sucedían las tiendas, los vendedores de telas al por mayor, con sus fachadas pintadas en tonos oscuros y las pilas de tejidos claros brillando suavemente en la sombra, colmados que olían a clavo y a café, tenderetes de árabes que vendían pasteles rezumantes de aceite y miel, cafés oscuros y profundos donde a esa hora crepitaban las cafeteras (mientras por la noche, con sus luces crudas, se llenaban de ruido y de voces, todo un pueblo de hombres pisoteando el serrín que cubría el parqué, apretándose delante del mostrador cargado de vasos llenos de líquido opalescente y de platitos con altramuces, anchoas, trocitos de apio, aceitunas, patatas fritas y cacahuetes), bazares para turistas donde se vendían los feos abalorios orientales en escaparates chatos enmarcados por torniquetes con tarjetas postales y pañuelos moriscos de colores violentos.

Uno de esos bazares, en medio de las arcadas, era el de un hombre gordo siempre sentado detrás de sus escaparates, en la sombra o bajo la luz eléctrica, enorme, blancuzco, de ojos globulosos, como uno de esos animales que aparecen al levantar las piedras o los viejos troncos, y sobre todo absolutamente calvo. Debido a esta particularidad los alumnos del liceo lo habían apodado «patinadero de moscas» y «velódromo de mosquitos», pretendiendo que esos insectos, cuando recorrían la superficie desnuda del cráneo, erraban los virajes y perdían el equilibrio. Con frecuencia, por las noches, como una bandada de estorninos, pasaban corriendo delante de la tienda para verlo, gritando los apodos del desventurado e imitando con sus *«zz-zz-zz»* los supuestos resbalones de las moscas. El gordo los increpaba; una o dos veces pretendió perseguirlos, pero tuvo que renunciar. Un día escuchó sin rechistar la andanada de gritos y burlas y durante varias noches dejó que se envalentonaran y llegaran a gritarle delante de sus mismas narices.

Y de pronto, una noche, unos muchachos árabes, pagados por el comerciante, escondidos detrás de los pilares, se lanzaron en persecución de los niños. Esa noche Jacques y Pierre escaparon al castigo gracias a la velocidad excepcional de sus piernas. Jacques recibió un primer golpe en la parte posterior de la cabeza, pero repuesto de la sorpresa, dejó atrás a su adversario. Dos o tres de sus compañeros recibieron unos buenos tortazos. Los alumnos maquinaron de inmediato el saqueo de la tienda y la destrucción física de su propietario, pero el hecho es que no pusieron en práctica sus sombríos proyectos y dejaron de perseguir a la víctima, acostumbrándose a pasar hipócritamente por la acera de enfrente.

—Nos hemos desinflado —decía Jacques con amargura.

—Después de todo —le respondió Pierre—, la falta fue nuestra.

—La falta fue nuestra y el miedo a los golpes también.

Recordaría más tarde esta historia cuando comprendió (verdaderamente) que los hombres fingen respetar el derecho y sólo se inclinan ante la fuerza.[a]

La Rue Bab-Azoun se ensanchaba a media altura perdiendo sus arcadas de un solo lado en beneficio de la iglesia Sainte-Victoire. Esta pequeña iglesia ocupaba el emplazamiento de una antigua mezquita. En su fachada encalada había en un nicho un ofertorio (?) siempre con flores. A la hora en que pasaban los niños en la calle despejada se abrían las floristerías, que ofrecían enormes mazos de iris, claveles, rosas o anémonas, según la estación, metidos en altas latas de conserva con el borde superior oxidado por el agua con que los salpicaban constantemente. Había también, en la misma acera, una pequeña buñolería árabe, que era en realidad un reducto en el que apenas cabrían tres hombres. En uno de los lados, en un fogón rodeado de cerámica blanca y azul, cantaba un enorme barreño de aceite

a. él como los demás.

hirviendo. Delante del fuego, sentado con las piernas cruzadas, un extraño personaje con pantalones árabes, el torso semidesnudo durante el día y en las horas de calor, vestido el resto del tiempo con una chaqueta europea cerrada arriba, en las solapas, por un imperdible, con su cabeza afeitada, la cara flaca y la boca desdentada, como un Gandhi sin gafas, que con una espumadera de esmalte rojo en la mano, vigilaba la cocción de los buñuelos redondos que se doraban en el aceite. Cuando un buñuelo estaba a punto, es decir, dorado por los bordes y con la masa sumamente fina en el centro, a la vez translúcida y crujiente (como una patata frita transparente), deslizaba la espumadera por debajo y lo sacaba rápidamente del aceite, lo escurría después sobre el barreño, sacudiendo tres o cuatro veces la espumadera, y lo colocaba en un escaparate protegido por un vidrio, con estantes perforados en los que se alineaban, de un lado los buñuelos de miel en forma de bastoncillos, y del otro, chatos y redondos, los buñuelos al aceite.[a] Pierre y Jacques se volvían locos por esos pasteles y cuando uno u otro, por excepción, tenían unos céntimos, se tomaban el tiempo de detenerse, de recibir el buñuelo en una hoja de papel, que el aceite volvía en seguida transparente, o el bastoncillo, que el vendedor, antes de entregarlo, bañaba en una tinaja que tenía cerca, al lado del fuego, llena de una miel oscura constelada de miguitas. Los niños recibían esas maravillas y le hincaban el diente, siempre corriendo hacia el liceo, el torso y la cabeza inclinados hacia adelante, para no mancharse la ropa.

Delante de la iglesia Sainte-Victoire tenía lugar, poco después de la reanudación de las clases, la emigración de las golondrinas. En efecto, en lo alto de la calle, que se ensanchaba en ese lugar, había una gran cantidad de cables eléctricos e incluso de alta tensión que habían servido en otros tiempos para la maniobra de los tranvías y que, caí-

a. Zlabias, Makroud.

dos en desuso, no habían sido desmontados. Con los primeros fríos, fríos relativos pues nunca helaba, y sensibles tras el peso enorme del calor durante meses, las golondrinas,[a] que volaban en general por encima de los bulevares del paseo marítimo, sobre la plaza enfrente del liceo o en el cielo de los barrios pobres, lanzándose con gritos penetrantes hacia un fruto de ficus, una basura flotando en el mar o una boñiga fresca, hacían primero unas apariciones solitarias en el corredor de la Rue Bab-Azoun, volando un poco bajo al encuentro de los tranvías, hasta elevarse de un solo golpe para desaparecer en el cielo por encima de las casas. Bruscamente, una mañana, se reunían miles en todos los cables de la placita Sainte-Victoire, en lo alto de las casas, apretadas unas contra otras, agitando la cabeza sobre el pequeño pecho de medio luto, desplazando ligeramente las patas y sacudiéndose con la cola para dejar sitio a una recién llegada, cubriendo la acera con sus pequeñas deyecciones cenicientas, todas ellas un solo piar sordo, erizado de breves cotorreos, conciliábulo incesante que desde la mañana se extendía sobre la calle, se hinchaba poco a poco hasta volverse casi ensordecedor cuando llegaba la noche y los niños corrían hacia los tranvías de regreso, y cesaba bruscamente a una orden invisible, miles de cabecitas y de colas blanquinegras se inclinaban entonces entre los pájaros dormidos. Durante dos o tres días, procedentes de todos los rincones del Sahel y a veces de más lejos, los pájaros llegaban en pequeños regimientos ligeros, trataban de acomodarse entre los primeros ocupantes y poco a poco se instalaban en las cornisas a lo largo de la calle, a cada lado del grupo principal, aumentando progresivamente por encima de los transeúntes los chasquidos de alas y el piar general que llegaba a ser ensordecedor. Y una mañana, con la misma brusquedad, la calle quedaba vacía. Durante la noche, justo antes del alba, los pájaros habían partido hacia

a. Ver los pájaros de Argelia facilitados por Grenier.

el sur. Para los niños, el invierno empezaba entonces, mucho antes de la fecha, puesto que para ellos nunca hubiera existido el verano sin los gritos penetrantes de las golondrinas en el cielo todavía cálido de la noche.

La Rue Bab-Azoun terminaba por desembocar en una gran plaza donde se levantaban frente a frente, a izquierda y a derecha, el liceo y el cuartel. El liceo volvía la espalda a la ciudad árabe, cuyas calles escarpadas y húmedas empezaban allí a trepar por la colina. El cuartel daba la espalda al mar. Más allá del liceo, empezaba el jardín Marengo; más allá del cuartel, el barrio pobre y semiespañol de Bab-el-Oued. Unos minutos antes de las siete y cuarto, Pierre y Jacques, después de subir las escaleras a toda velocidad, entraban en medio de un mar de niños por la puertecita del portero, junto al portal principal. Desembocaban en la gran escalera, a cuyos lados figuraban los cuadros de honor, y seguían trepando a toda velocidad para llegar al rellano de donde partía, a la izquierda, la escalera que llevaba a las plantas, separada del gran patio por una galería acristalada. Allí, detrás de uno de los pilares del rellano, descubrían al Rinoceronte que acechaba a los retrasados. (El Rinoceronte era un bedel general, corso, bajo y nervioso, que debía su apodo a sus bigotes retorcidos.) Empezaba otra vida.

Pierre y Jacques habían obtenido, a causa de su «situación familiar», una beca de medio pensionistas. Se pasaban el día entero en el liceo y comían en el refectorio. Las clases empezaban a las ocho o a las nueve, según los días, pero el desayuno se servía a los internos a las siete y cuarto y los medio pensionistas tenían derecho a tomarlo con ellos. Para las familias de los dos niños era inconcebible que pudiera renunciarse a un derecho, cualquiera que fuese, cuando tenían tan pocos; Jacques y Pierre figuraban, pues, entre los raros medio pensionistas que llegaban a las siete y cuarto al gran refectorio blanco y circular donde los internos, no del todo despiertos, se iban instalando delante de las largas mesas cubiertas de zinc, con grandes tazones y enormes cestos donde se amontonaban gruesas rebanadas de pan duro, mientras los camareros, casi todos árabes, envueltos en largos mandiles de tela basta, pasaban entre las filas con grandes cafeteras ahora brillantes, con un gran pico acodado para verter en los tazones un líquido hirviente donde había más achicoria que café. Después de ejercer su derecho, los niños podían entrar, un cuarto de hora más tarde, en la sala de estudio, donde bajo la vigilancia de un pasante, también interno, podían repasar sus lecciones antes de empezar la clase.

La gran diferencia con la escuela primaria era la multiplicidad de profesores. El señor Bernard sabía todo y enseñaba todo lo que sabía de la misma manera. En el liceo los maestros cambiaban según las materias, y los métodos cambiaban según los hombres.[a] La comparación era posible, es decir, que Jacques debía escoger entre los maestros a los que quería y aquellos a los que no quería. Desde ese punto de vista, un maestro de primaria está más cerca de un padre, ocupa casi todo su lugar, es, como él, inevitable y forma parte de la necesidad. De modo que no se plantea realmente la cuestión de quererlo o no quererlo. Las más de las veces uno lo quiere porque depende absolutamente de él. Pero si por azar el niño no lo quiere, o lo quiere poco, la dependencia y la necesidad permanecen, y no están lejos de parecerse al amor. En el liceo, por el contrario, los profesores eran como esos tíos entre los cuales existe el derecho de escoger. Sobre todo, uno podía no quererlos, y tenían el ejemplo de un profesor de física de aspecto sumamente elegante, autoritario y grosero en su lenguaje, que ni Jacques ni Pierre pudieron «tragar» jamás, aunque a lo largo de los años lo tuvieron dos o tres veces. El que tenía más posibilidades de ser querido era el profesor de letras, a quien los niños veían con más frecuencia

a. El señor Bernard era querido y admirado. En el mejor de los casos, en el liceo el profesor era admirado, pero uno no se atrevía a quererlo.

que a los otros y, en efecto, en casi todas las clases era el preferido de Jacques y de Pierre,[a] pero sin poder apoyarse en él, pues no los conocía y, una vez terminada la clase, se retiraba a una vida desconocida, y ellos también, de vuelta en ese país lejano donde no había ninguna posibilidad de que se instalara un profesor de liceo, tanto que nunca encontraban a nadie en el tranvía, ni a profesores ni a alumnos, al menos en los rojos, que iban a los barrios de abajo (el C.F.R.A.), mientras que para los barrios altos, considerados elegantes, había otra línea de coches verdes, los T.A. Además, los T.A. llegaban hasta el liceo, mientras que los C.F.R.A. se detenían en la plaza del Gobierno, se [ ][1] al liceo por abajo. De modo que una vez terminada la jornada, los dos niños sentían la separación en la puerta misma del liceo, o un poco más lejos, en la plaza del Gobierno, cuando, al despedirse del alegre grupo de sus compañeros, se encaminaban a los coches rojos que iban a los barrios más pobres. Y lo que sentían era, efectivamente, su separación, no su inferioridad. Eran de otro lugar, eso es todo.

Por el contrario, durante la clase, la separación quedaba suprimida. Los guardapolvos podían ser más o menos elegantes, pero se parecían. Las únicas rivalidades era la de la inteligencia durante los cursos y la de la agilidad física durante los juegos. En ambas competiciones, los dos niños no figuraban entre los últimos. La formación sólida que habían recibido en la escuela primaria les había dado una superioridad que los colocó desde el principio entre los primeros. Una ortografía imperturbable, seguridad en los cálculos, una memoria ejercitada y sobre todo el respeto [ ][2] que les había sido inculcado por los conocimientos de toda suerte fueron, sobre todo al comienzo de sus estudios, verdaderas cartas de triunfo para ellos. Si Jacques no hu-

a. ¿decir quiénes?, ¿y desarrollar?
1. Una palabra ilegible.
2. Una palabra ilegible.

biera sido tan inquieto, lo que comprometía regularmente su inscripción en el cuadro de honor, si Pierre hubiese atacado mejor el latín, el triunfo de ambos habría sido absoluto. En todo caso, alentados por sus profesores, eran respetados. En materia de juegos, el fútbol era el preferido, y Jacques descubrió, desde los primeros recreos, la que sería su pasión de tantos años. Los partidos se jugaban durante el recreo que seguía al almuerzo en el refectorio y en el de una hora, que transcurría, para los internos, los medio pensionistas y los externos que hacían sus deberes, antes de la última clase de las cuatro. En ese momento, en el recreo de una hora, merendaban y jugaban antes de la permanencia, donde durante dos horas hacían los deberes del día siguiente.[a] Para Jacques no era cuestión de merendar. Junto con los fanáticos del fútbol se precipitaba al patio de cemento, enmarcado en sus cuatro lados por soportales de grandes pilares (bajo los cuales los empollones y los juiciosos se paseaban conversando), con cuatro o cinco bancos verdes a cada lado, y grandes ficus protegidos por verjas de hierro. Dos campos se dividían el patio, los porteros se ubicaban en cada extremo entre los pilares y una gran pelota de gomaespuma se colocaba en el centro. No había árbitro y al primer puntapié empezaban los gritos y las carreras. En ese terreno era donde Jacques, que hablaba ya de igual a igual con los mejores alumnos de la clase, se hacía respetar y querer también por los peores, que a menudo, a falta de una cabeza sólida, habían recibido del cielo unas piernas vigorosas y un aliento infatigable. Allí por primera vez se separaba de Pierre, que no jugaba, aunque fuera naturalmente diestro: era más frágil, crecía más rápido que Jacques, parecía cada vez más rubio, como si el trasplante no le sentara tan bien.[b] Jacques tardaba en crecer, lo que le valía los graciosos apodos de «enano» y «culo bajo», pero no le importaba, y corriendo con la pelota entre los pies,

a. el patio menos frecuentado debido a la salida de los externos.
b. desarrollar.

para esquivar árboles y adversarios, se sentía el rey del patio y de la vida. Cuando un redoble de tambor marcaba el final del recreo y el comienzo del estudio, en una frenada brusca, caía literalmente del cielo al cemento, jadeando y sudando, furioso por la brevedad de las horas, y recobrando poco a poco conciencia de la situación se precipitaba de nuevo hacia las filas con sus compañeros, mientras se secaba con las mangas el sudor de la cara, súbitamente aterrado al pensar en el desgaste de los clavos de las suelas de sus zapatos, que examinaba con angustia al comienzo del estudio, tratando de evaluar la diferencia con la víspera y el brillo de las puntas y tranquilizado justamente por la dificultad de medir el grado de desgaste. Salvo cuando un daño irreparable, suela abierta, empeine cortado o tacón torcido, no dejaba ninguna duda sobre la acogida que recibiría al volver, tragaba saliva con el estómago apretado, durante las dos horas de estudio, tratando de compensar su falta con un trabajo más atento, pero, pese a todos sus esfuerzos, el miedo a los golpes era una distracción fatal. Esas últimas horas parecían las más largas. En primer lugar eran dos horas. Y además transcurrían de noche o al comienzo del crepúsculo. Las altas ventanas daban al jardín Marengo. En torno a Jacques y a Pierre, sentados uno junto al otro, los alumnos estaban más silenciosos que de costumbre, cansados de estudiar y de jugar, absorbidos por sus últimas tareas. Especialmente al final del año, la tarde caía sobre los grandes árboles, los arriates y los macizos de bananos del jardín. El cielo se ponía cada vez más verde y se agrandaba mientras los ruidos de la ciudad, más sordos, se iban alejando. Cuando hacía mucho calor y una de las ventanas permanecía entreabierta, se oían los gritos de las últimas golondrinas por encima del pequeño jardín, y el perfume de las siringas y de las grandes magnolias ahogaba los olores más ácidos y más amargos de la tinta y la regla. Jacques soñaba, con el alma extrañamente embargada, hasta que lo llamaba al orden el joven pasante, que preparaba a su vez sus tareas universitarias. Había que esperar el último redoble de tambor.

[a]A las siete se soltaba la riada de alumnos del liceo, la carrera en grupos ruidosos por la Rue Bab-Azoun con todas las tiendas iluminadas; las aceras atestadas bajo los soportales les obligaban a correr a veces por la calzada entre los rieles, hasta que aparecía un tranvía y les empujaba a refugiarse bajo los soportales y por fin se abría la plaza del Gobierno iluminada por los quioscos y los tenderetes de los comerciantes árabes, con sus lámparas de acetileno, cuyo olor los niños respiraban con deleite. Los tranvías rojos esperaban, cargados hasta reventar, mientras que por la mañana eran los menos frecuentados y a veces se quedaban en el estribo de las jardineras, cosa prohibida y tolerada a la vez, hasta que algunos viajeros se apeaban en una parada y los niños se hundían entonces en la masa humana, pero no podían charlar, reducidos a usar lentamente los codos y el cuerpo para llegar a una de las barandillas desde las que podía verse el puerto oscuro, donde los grandes transatlánticos punteados de luz parecían, en la noche del mar y del cielo, esqueletos de edificios incendiados en los que todavía ardieran todas las brasas. Los grandes tranvías iluminados pasaban entonces con gran ruido por el borde del mar, por lo alto, después bajaban un poco hacia el interior y desfilaban entre casas cada vez más pobres hasta el barrio de Belcourt, donde había que separarse y subir las escaleras jamás iluminadas rumbo a la luz redonda de la lámpara de petróleo que iluminaba el hule y las sillas alrededor de la mesa, dejando en la sombra el resto de la habitación donde Catherine Cormery, delante del aparador, preparaba los cubiertos, mientras la abuela recalentaba en la cocina el guiso del mediodía y el hermano mayor leía en un extremo de la mesa una novela de aventuras. A veces había que ir al colmado mzabí de la esquina a comprar la sal o el paquete

a. el ataque del pederasta.

de mantequilla que faltaba en el último momento, o a buscar al tío Ernest, que peroraba en el café de Gaby. A las ocho cenaban en silencio, o bien el tío contaba una oscura aventura que le hacía reír a carcajadas, pero en todo caso nunca se hablaba del liceo, salvo cuando la abuela preguntaba a Jacques si había tenido buenas notas, y él decía que sí y nadie volvía a mencionar el asunto, y su madre no le preguntaba nada, meneando la cabeza y mirándolo con sus ojos dulces cuando reconocía que había obtenido buenas calificaciones, pero siempre silenciosa y un poco aparte. «No se mueva», decía a su madre, «voy a buscar el queso», y nada más hasta el final, en que se levantaba para quitar la mesa. «Ayuda a tu madre», decía la abuela, porque él cogía los *Pardaillan* para leer ávidamente. La ayudaba y luego volvía bajo la lámpara, poniendo sobre el hule liso y desnudo el libro voluminoso que hablaba de duelos y de coraje, mientras su madre, sacando una silla fuera de la luz de la lámpara, se sentaba junto a la ventana en invierno, o en verano en el balcón, y miraba circular los tranvías, los coches y los transeúntes, que iban raleando poco a poco.[a] Entonces era la abuela quien decía a Jacques que debía acostarse porque a la mañana siguiente se levantaba a las cinco y media, y él la besaba primero, después al tío y para terminar a su madre, que le daba un beso afectuoso y distraído, con la mirada perdida en la calle y la corriente de vida que fluía infatigable más abajo de la orilla donde estaba ella, infatigable, mientras su hijo, infatigable, con la garganta apretada, la observaba en la sombra, mirando la espalda flaca y encorvada, lleno de una angustia oscura frente a una infelicidad que no podía comprender.

a. Lucien — 14 EPS — 16 Seguros.

El gallinero y la gallina degollada

Esa angustia frente a lo desconocido y frente a la muerte que sentía siempre al volver del liceo a su casa iba invadiendo su ánimo al final del día con la misma velocidad con que la oscuridad devoraba rápidamente la luz y la tierra, y sólo cesaba en el momento en que la abuela encendía la lámpara de petróleo, poniendo el tubo sobre el hule, empinándose un poco sobre las puntas de los pies, con los muslos apoyados en el borde de la mesa, el cuerpo inclinado hacia adelante, la cabeza torcida para ver mejor el pico de la lámpara por debajo de la pantalla, una mano en la ruedecilla de cobre que regulaba la mecha, raspándola con la otra por medio de un fósforo encendido hasta que dejara de carbonizarse y diera una buena llama clara, y la abuela volvía a poner el tubo que chirriaba un poco contra las muescas recortadas del aro de cobre donde se encajaba, volvía a regular la mecha hasta que la luz amarilla, cálida, trazaba sobre la mesa un gran círculo perfecto, iluminando con una luz más suave, como reflejada por el hule, el rostro de la mujer y el del niño, que desde el otro lado de la mesa asistía a la ceremonia, y su corazón se dilataba lentamente a medida que subía la luz.

Era la misma angustia que a veces trataba de vencer, por orgullo o vanidad, en ciertas circunstancias, cuando su abuela le ordenaba que fuera a buscar una gallina al corral. Sucedía siempre de noche, en vísperas de una fiesta importante, Pascua o Navidad, o de la visita de parientes más afortunados a los que deseaban agasajar disimulando al mismo tiempo, por decencia, la situación real de la familia. En efecto, en los primeros años del liceo la abuela había pedido al tío Joséphin que le trajera unos pollos árabes de sus excursiones comerciales del domingo, y había movilizado al tío Ernest para que construyera en el fondo del patio, directamente sobre el suelo pegajoso de humedad, un precario gallinero donde criaba cinco o seis volátiles que le daban huevos y en ocasiones sangre. La primera vez que la abuela decidió proceder a una ejecución, con la familia sentada en torno a la mesa, pidió al mayor de los niños que fuera a buscar a la víctima. Pero Louis se negó,[1] declarando francamente que tenía miedo. La abuela se burló y fustigó a esos hijos de ricos que no eran como los de otros tiempos, allá en su pueblo, que no tenían miedo de nada.

—Jacques es más valiente, lo sé. Ve tú.

A decir verdad, Jacques no se sentía nada valiente. Pero puesto que así lo juzgaban, no podía retroceder, y allí fue esa primera noche. Había que bajar la escalera a tientas, en la oscuridad, después doblar a la izquierda en el corredor siempre oscuro, encontrar la puerta del patio y abrirla. La noche era menos oscura que el pasillo. Se adivinaban los cuatro peldaños resbaladizos y verdes de moho que bajaban al patio. A la derecha, las persianas del pequeño pabellón, donde vivía la familia del peluquero y la familia árabe, dejaban pasar una luz avara. Enfrente se distinguían las manchas blanquecinas[a] de los animales dormidos en tierra o encaramados en los palos cubiertos de excrementos. Al llegar al gallinero, que se tambaleaba apenas lo tocaban, en cuclillas y con los dedos metidos en las gruesas mallas de la alambrada, por encima de su cabeza empezaba a oírse un cacareo sordo y a percibirse el olor tibio y repugnante de las deyecciones. Jacques abría la puertecita al ras del suelo, se agachaba para deslizar por ella la mano y el brazo, tocaba con asco la tierra o un palo sucio y retiraba rápi-

a. deformadas.
1. El hermano de Jacques se llama unas veces Henri, otras Louis.

damente la mano, lleno de miedo apenas estallaba la algarabía de alas y de patas de los animales, que revoloteaban o corrían por todas partes. Pero había que decidirse, puesto que lo consideraban el más valiente. Sin embargo, aquella agitación de las aves en la oscuridad, en el rincón de sombra y suciedad, lo colmaba de una angustia que le revolvía el estómago. Esperaba, miraba la noche límpida por encima de su cabeza, el cielo lleno de estrellas nítidas y tranquilas y se echaba hacia adelante, atrapaba la primera pata al alcance de su mano, arrastraba al animal lleno de gritos y de miedo hasta la puertecita, atrapaba la segunda pata con la otra mano y lo sacaba con violencia, arrancándole ya una parte de las plumas contra las jambas de la puerta, mientras todo el gallinero se llenaba de cacareos agudos y enloquecidos y el viejo árabe aparecía, vigilante, en un rectángulo de luz que súbitamente se recortaba en la oscuridad.

—Soy yo, señor Tahar —decía el niño con voz blanca—. He cogido una gallina para mi abuela.

—Ah, eres tú. Bueno, creía que había ladrones —y se retiraba sumiendo de nuevo el patio en la oscuridad.

Entonces Jacques corría, mientras la gallina se debatía enloquecida, golpeándose contra las paredes del pasillo o los barrotes de la escalera, enfermo de asco y de miedo, sintiendo contra la palma de la mano la piel espesa, fría, escamosa, de las patas, corriendo todavía más rápido por el rellano y el pasillo de la casa, y apareciendo por fin en el comedor como un vencedor. El vencedor se recortaba en la entrada, despeinado, las rodillas verdes de moho del patio, con la gallina lo más separada posible de su cuerpo y la cara pálida de miedo.

—Ves —decía la abuela al mayor—, es más pequeño que tú, debería darte vergüenza.

Jacques esperaba para hincharse de justo orgullo a que la abuela cogiera con mano firme las patas de la gallina, repentinamente en calma, como si hubiera entendido que ya estaba en manos inexorables. Su hermano comía el postre sin mirarlo, salvo para hacerle una mueca de desprecio que aumentaba la satisfacción de Jacques. Pero esa satisfacción duraba poco. La abuela, feliz de tener un nieto viril, para recompensarlo lo invitaba a presenciar en la cocina el degüello de la gallina. Enfundada en un grueso mandil azul y sujetando siempre con una mano las patas del ave, colocaba en el suelo un gran plato hondo de loza blanca, así como el gran cuchillo de cocina que el tío Ernest afilaba regularmente en una piedra larga y negra, de manera que la hoja, que con el uso se había vuelto muy estrecha y filosa, no era más que un hilo brillante.

—Ponte ahí.

Jacques se ponía en el lugar indicado, en el fondo de la cocina, mientras la abuela se situaba en la entrada, obstruyendo la salida tanto a la gallina como al niño. Apoyado en el fregadero, el hombro [izquierdo] contra la pared, miraba horrorizado los gestos precisos del sacrificador. La abuela empujaba el plato justo bajo la luz de la pequeña lámpara de petróleo apoyada en una mesa de madera, a la izquierda de la puerta. Tendía al animal en el suelo y, apoyando en él la rodilla derecha, le sujetaba las patas para atrapar después la cabeza con la mano izquierda, estirándola por encima del plato. Con el cuchillo afilado como una navaja, clavado donde en el hombre se encuentra la nuez, lo degollaba retorciendo la cabeza para abrir la herida al mismo tiempo que el cuchillo entraba más profundamente en los cartílagos con un ruido terrible, y manteniendo inmóvil a la gallina, que daba tremendas sacudidas, mientras la sangre bermeja goteaba en el plato blanco, y Jacques miraba con las piernas flojas como si se sintiera vaciado de su propia sangre.

—Coge el plato —decía la abuela al cabo de un momento interminable.

La gallina había dejado de sangrar. Con precaución, Jacques depositaba sobre la mesa el plato con la sangre ya oscurecida. La abuela arrojaba junto al plato a la gallina con sus plumas ahora opacas, el ojo vidrioso sobre el que bajaba el párpado redondo y plegado. Jacques miraba el cuerpo inmóvil, los dedos de las patas juntos, la cresta apagada y fláccida, la muerte, en fin, y se volvía al comedor.[a]

—Yo no puedo ver eso —le había dicho su hermano con furor contenido—. Es repugnante.

—No, qué va —decía Jacques con voz insegura.

Louis lo miraba con un aire a la vez hostil e inquisitivo. Y Jacques se irguió. Se encerraba en la angustia, en ese miedo pánico que lo había invadido frente a la noche y a la muerte espantosa, encontrando en el orgullo, y sólo en él, una voluntad de coraje que terminó por hacer las veces de coraje.

—Tienes miedo, eso es todo —terminó por decir.

—Sí —dijo la abuela entrando en el comedor—, en adelante será Jacques quien vaya al gallinero.

—Está bien —comentaba el tío Ernest encantado—, tiene coraje.

Petrificado, Jacques veía a su madre, un poco apartada, zurciendo calcetines con un gran huevo de madera. Ella lo miró.

—Sí —dijo—, está bien, eres valiente.

Y se volvía hacia la calle, y Jacques no tenía ojos bastantes para mirarla, y sentía de nuevo que la desdicha se instalaba en su corazón encogido.

—Ve a acostarte —decía la abuela.

Sin encender la lamparita de petróleo, Jacques se desvestía en la habitación a la luz que llegaba del comedor. Se tendía en el borde de la cama de dos plazas para no tocar a su hermano ni molestarlo. Se dormía en seguida, muerto de cansancio y de sensaciones, despertando a veces cuando su hermano pasaba por encima de él para dormir pegado a la pared, pues se levantaba más tarde que Jacques, o cuando su madre tropezaba contra el armario mientras se desvestía

a. Al día siguiente, el olor del pollo crudo, pasado por las llamas.

en la oscuridad, subía levemente a su cama y dormía con un sueño tan ligero que podía creerse despierta, y Jacques a veces lo pensaba, tenía ganas de llamarla y se decía que de todos modos no lo oiría, trataba entonces de quedarse despierto al mismo tiempo que ella, con la misma levedad, inmóvil, sin hacer ningún ruido, hasta que el sueño lo vencía, como había vencido a su madre después de una dura jornada de lavado o de tareas domésticas.

Jueves y vacaciones

Sólo los jueves y domingos volvían Jacques y Pierre a su universo (salvo ciertos jueves en que Jacques estaba castigado y –como lo indicaba un billete del jefe de bedeles que Jacques hacía firmar a su madre después de resumírselo con la palabra «castigo»– debía pasar dos horas, de ocho a diez, y a veces, en los casos graves, cuatro, en el liceo, cumpliendo en una sala especial, en medio de otros culpables, bajo la vigilancia de un pasante, en general furioso porque tenía que movilizarse ese día, un castigo particularmente estéril.[a] En ocho años de liceo, Pierre nunca había sido castigado sin salir. Pero Jacques, demasiado inquieto, demasiado vanidoso también, haciéndose el imbécil por el gusto de lucirse, coleccionaba esos castigos. Infructuosamente explicaba a su abuela que no tenían que ver con su comportamiento; ella era incapaz de distinguir entre la estupidez y la mala conducta. Para la abuela un buen alumno era forzosamente virtuoso y juicioso; de la misma manera, la virtud llevaba directamente a la ciencia. De modo que a los castigos del jueves se sumaban, los primeros años por lo menos, las correcciones del miércoles).

La mañana de los jueves sin castigo y los domingos se dedicaba a los recados y a los trabajos de la casa. Y por la tarde, Pierre y Jean[1] podían salir juntos. Cuando el tiempo era bueno, iban a la playa de Sablettes o al campo de maniobras, un gran terreno baldío que comprendía una can-

a. En el liceo no la «agarrada» sino el castañazo.
1. Se trata de Jacques.

cha de fútbol de rudimentario trazado y numerosos recorridos para los jugadores de bolos. Se podía jugar al fútbol, casi siempre con una pelota de trapo y equipos de chicos, árabes y franceses, que se formaban espontáneamente. Pero el resto del año, los dos niños iban a la Casa de los Inválidos de Kouba,[a] donde la madre de Pierre, que había dejado Correos, se encargaba de la ropa blanca. Kouba era el nombre de una colina, al este de Argel, en la terminal de una línea de tranvías.[b] En realidad allí se detenía la ciudad y empezaba la suave campiña del Sahel, con sus colinas armoniosas, agua relativamente abundante, prados casi feraces y campos de tierra roja y esponjosa, cortados de vez en cuando por setos de altos cipreses o de cañas. Las viñas, los árboles frutales, el maíz, crecían en abundancia y sin mayor esfuerzo. Para el que venía de la ciudad y de sus barrios húmedos y calientes, el aire era, de añadidura, vivo y pasaba por benéfico. Para los argelinos que en cuanto tenían algunos medios o rentas escapaban en verano de Argel hacia el clima más moderado de Francia, bastaba que el aire que se respiraba en un lugar fuera un poco más fresco para que lo bautizaran como «aire de Francia». Así es como en Kouba se respiraba el aire de Francia. La Casa de los Inválidos, creada poco después de la guerra para los pensionistas mutilados, se hallaba a cinco minutos de la terminal del tranvía. Era un antiguo convento amplio, de una arquitectura complicada y distribuida en varias alas, con gruesos muros encalados, galerías cubiertas y grandes salas abovedadas y frescas donde se habían instalado los refectorios y los servicios. La lencería, dirigida por la señora Marlon, la madre de Pierre, estaba en una de esas grandes salas. Allí recibía a los niños, entre el olor de las planchas calientes y de la ropa húmeda, con dos empleadas, una árabe, la otra francesa, que estaban bajo sus órdenes. Les daba a cada uno

a. ¿Es el nombre?
b. el incendio.

un trozo de pan y otro de chocolate y, arremangando sus hermosos brazos frescos y fuertes:

—Guardadlo en el bolsillo para las cuatro, y al jardín, que tengo que hacer —decía.

Los niños vagabundeaban primero por las galerías y los patios interiores, y la mayoría de las veces comían la merienda en seguida, para librarse del estorbo del pan y del chocolate, que se derretía entre los dedos. Se cruzaban con inválidos a quienes les faltaba un brazo o una pierna, o que circulaban en cochecitos con ruedas de bicicleta. No había caras mutiladas ni ciegos, sólo lisiados correctamente vestidos, a menudo con una condecoración, la manga de la camisa o de la chaqueta, o la pierna del pantalón cuidadosamente recogidas y sujetas por un imperdible en torno al muñón invisible, y no era horrible, eran muchos. Los niños, pasada la sorpresa del primer día, los veían como veían cualquier novedad que descubrieran y que incorporaban de inmediato al orden del mundo. La señora Marlon les había explicado que esos hombres habían perdido un brazo o una pierna en la guerra, y la guerra justamente formaba parte de su universo, era de lo único de lo que oían hablar, había influido en tantas cosas a su alrededor que no les costaba comprender que se pudiera perder en ella un brazo o una pierna y que incluso se la pudiera definir como una época de la vida en que se perdían los brazos y las piernas. Por eso ese universo de lisiados no era nada triste para los niños. Algunos eran taciturnos y sombríos, es cierto, pero la mayoría eran jóvenes, sonrientes y tomaban a broma incluso su invalidez.

—Tengo una sola pierna —decía uno de ellos, rubio, de fuerte rostro cuadrado, lleno de salud, a quien se veía rondar muchas veces por la lencería—, pero todavía puedo darte un puntapié en el trasero.

Y apoyado con la mano derecha en el bastón y con la izquierda en el parapeto de la galería, se incorporaba y lanzaba su único pie en dirección a los niños. Estos reían con él y escapaban al trote. Les parecía normal ser los únicos que podían correr o utilizar los dos brazos. Sólo una vez Jacques, que se había hecho un esguince jugando al fútbol y que durante unos días anduvo arrastrando una pierna, pensó que los inválidos de los jueves estaban de por vida incapacitados como él para correr y subir a un tranvía en marcha, y dar un puntapié a una pelota. De golpe comprendió lo que tenía de milagroso la mecánica humana, y al mismo tiempo sintió una angustia ciega ante la idea de que él también podría ser un mutilado; después lo olvidó.

Bordeaban* los refectorios con las persianas a medio echar, las mesas revestidas de zinc reluciendo débilmente en la sombra, después las cocinas con enormes recipientes, calderos y cacerolas, de donde se escapaba un olor tenaz de grasa quemada. En el ala final veían los cuartos con dos o tres camas cubiertas de mantas grises, y armarios de madera sin pintar. Al fin bajaban al jardín por una escalera exterior.

La Casa de los Inválidos estaba rodeada de un gran parque casi enteramente abandonado. Algunos inválidos se habían propuesto cultivar alrededor de la casa unos macizos de rosales y arriates de flores, además de un pequeño huerto rodeado de altas empalizadas de cañas secas. Pero más allá, el parque, que había sido magnífico, estaba abandonado. Inmensos eucaliptos, palmas reales, cocoteros, cauchos[a] de tronco enorme, cuyas ramas bajas echaban raíces más lejos formando un laberinto vegetal lleno de sombra y de secreto, cipreses espesos, sólidos, vigorosos naranjos, bosquecillos de laureles de una altura extraordinaria, rosados y blancos, dominaban las avenidas desdibujadas donde la arcilla se había tragado los guijarros, roídas por un revoltijo oloroso de terebintos, jazmines, clemátides, pasifloras, madreselvas y al pie un lozano tapiz de trébol, oxalídeas y hierbas silvestres. Pasearse por esa selva perfumada, arrastrarse por ella, meter la nariz en la hierba, desbrozar a cu-

* los niños.
a. los otros grandes árboles.

chillo los pasajes enmarañados y salir con las piernas rasguñadas y la cara llena de agua era embriagador.

Pero la fabricación de aterradores venenos ocupaba también gran parte de la tarde. Debajo de un banco de piedra adosado a un pedazo de pared cubierto de una parra silvestre, los niños habían acumulado todo un arsenal de tubos de aspirina, frascos de medicamentos o viejos tinteros, fragmentos de vajilla y tazas desportilladas que constituían su laboratorio. Allí, perdidos en lo más espeso del parque, al abrigo de las miradas, preparaban sus filtros misteriosos. La base era el laurel rosa, simplemente porque a menudo habían oído decir que su sombra era maléfica y que el imprudente que se dormía bajo el laurel no se despertaba nunca más. Las hojas y la flor del laurel, cuando llegaba la época, se machacaban largo rato entre dos piedras hasta formar una papilla malsana cuyo solo aspecto prometía una muerte terrible. Esa papilla expuesta al aire libre se cubría de inmediato de unas irisaciones particularmente espantosas. Entretanto, uno de los niños corría a llenar de agua una vieja botella. Llegado el momento se desmenuzaban las piñas de ciprés. Los niños estaban seguros de su malignidad por la razón incierta de que el ciprés es el árbol de los cementerios. Pero los frutos se recogían en el árbol, no en tierra, donde el resecamiento les daba un fastidioso aspecto de salud enjuta y dura.[a] A continuación se mezclaban las dos papillas en un viejo tazón, se diluían en agua y después se filtraban a través de un pañuelo sucio. El jugo así obtenido, de un verde inquietante, era manejado con todas las precauciones que se adoptan con un veneno fulminante. Lo transvasaban a tubos de aspirina o a frascos farmacéuticos que tapaban evitando tocar el líquido. Lo que quedaba se mezclaba con diferentes papillas, hechas con todas las bayas que podían recoger, para constituir series de venenos cada vez más potentes, cuidadosamente numera-

a. restablecer el orden cronológico.

dos y ordenados debajo del banco de piedra hasta la semana siguiente, a fin de que la fermentación volviera los elixires particularmente funestos. Una vez terminado ese tenebroso trabajo, J. y P. contemplaban en éxtasis la colección de frascos espantosos y husmeaban con deleite el olor amargo y ácido que subía de la piedra manchada de papilla verde. Por lo demás, esos venenos no estaban destinados a nadie. Los químicos calculaban el número de hombres que podían matar y en su optimismo llegaban a suponer que habían fabricado una cantidad suficiente para despoblar la ciudad. Sin embargo, nunca habían pensado que esas drogas mágicas pudieran librarlos de un compañero o de un profesor detestados. Pero es que en realidad no detestaban a nadie, lo cual llegaría a incomodarles mucho en la edad adulta y en la sociedad en que habrían de vivir.

Pero los días mejores eran los de viento. Uno de los lados de la casa que daba al parque terminaba en lo que había sido en otro tiempo una terraza, cuya balaustrada de piedra yacía sobre la hierba al pie del amplio zócalo de cemento cubierto de baldosas rojas. Desde la terraza abierta por los tres lados se dominaba el parque y, más allá del parque, un barranco separaba la colina de Kouba de una de las mesetas del Sahel. Dada la orientación de la terraza los días en que se levantaba el viento del este, siempre violento en Argel, el viento la atacaba de frente. Esos días los niños corrían hacia las primeras palmeras, al pie de las cuales había siempre largas palmas secas. Raspaban la base para suprimir las púas y poder sujetarlas con las dos manos. Después, arrastrando las palmas, corrían hacia la terraza; el viento soplaba con rabia, silbando en los grandes eucaliptos, que agitaban enloquecidos sus ramas más altas, despeinando las palmeras, rozando con ruido de papel las anchas hojas barnizadas de los cauchos. Había que subir a la terraza, izar las palmas y dar la espalda al viento. Los niños asían entonces las palmas secas y crujientes con las dos manos, protegiéndolas en parte con sus cuerpos, y se volvían bruscamente. De un solo golpe la palma se adhería a ellos, respiraban su olor de polvo y de paja. El juego consistía entonces en avanzar contra el viento, levantando la palma cada vez más. El vencedor era el que podía llegar primero al extremo de la terraza sin que el viento le arrancase la palma de las manos, permanecer de pie enarbolándola en la punta de los brazos, con todo el peso apoyado en una pierna adelantada, y luchar victoriosamente y durante el mayor tiempo posible contra la fuerza rabiosa del viento. Allí, erguido, dominando aquel parque y aquella meseta bullente de árboles, bajo el cielo surcado a toda velocidad por enormes nubes, Jacques sentía que el viento venido de los confines del país bajaba a lo largo de la palma y de sus brazos para llenarlo de una fuerza y una exultación que le hacía lanzar largos gritos, sin parar, hasta que, con los brazos y los hombros rotos por el esfuerzo, abandonaba por fin la palma que la tempestad se llevaba de golpe junto con sus gritos. Y por la noche, en su cama, deshecho de cansancio, en el silencio del cuarto donde su madre dormía con un sueño ligero, seguía oyendo aullar el tumulto y el furor del viento, que amaría toda su vida.

El jueves[a] era también el día en que Jacques y Pierre iban a la biblioteca municipal. Jacques siempre había devorado los libros que caían en sus manos y los tragaba con la misma avidez que ponía en vivir, en jugar o en soñar. Pero la lectura le permitía escapar a un universo inocente cuya riqueza y pobreza eran igualmente interesantes por ser perfectamente irreales. *L'Intrépide,* los gruesos álbumes de revistas ilustradas que él y sus compañeros se pasaban unos a otros hasta que la cubierta de cartoné se ponía gris y áspera y las páginas rotas y con las puntas dobladas, primero lo transportaron a un universo cómico o heroico que satisfacía en él una doble sed esencial, la sed de la alegría y la del coraje. El gusto por lo heroico y lo gallardo era sin

a. separarlos de su medio.

duda muy fuerte en los dos muchachos, a juzgar por el consumo increíble de novelas de capa y espada, y la facilidad con que mezclaban los personajes de *Pardaillan* con su vida de todos los días. Su gran autor era, en efecto, Michel Zévaco, y el Renacimiento, sobre todo el italiano, con los colores de la daga y el veneno, en medio de los palacios romanos y florentinos y de los fastos reales o pontificios, era el reino preferido de aquellos dos aristócratas que a veces, en la calle amarilla y polvorienta donde vivía Pierre, se lanzaban desafíos desenvainando largas reglas barnizadas de [ ],[1] sostenían entre los cubos de basuras fogosos duelos cuyas huellas llevaban durante mucho tiempo en los dedos.[a] En aquel momento no podían encontrar otros libros, por la sencilla razón de que eran pocas las personas que leían en aquel barrio y ellos mismos no podían comprar, más que de vez en cuando, los libros populares que dormían en la librería.

Pero aproximadamente por la época en que ingresaban en el liceo, se instaló en el barrio una biblioteca municipal, a medio camino entre la calle donde vivía Jacques y la parte alta donde empezaban los barrios más distinguidos, con villas rodeadas de pequeños jardines llenos de plantas perfumadas que crecían vigorosamente en las cuestas húmedas y cálidas de Argelia. Las villas rodeaban el gran parque del internado Sainte-Odile, escuela religiosa sólo para niñas. En ese barrio, tan cerca y tan lejos del de ellos, fue donde Jacques y Pierre conocieron sus emociones más profundas (de las que no es el momento de hablar, pero ya se hablará de ellas, etcétera). La frontera entre los dos universos (uno polvoriento y sin árboles, donde todo el espacio estaba reservado a los habitantes y a las piedras que los cobijaban; el otro donde las flores y los árboles constituían el verdadero lujo de ese mundo) estaba representada por un bule-

a. Se peleaban en realidad por ser D'Artagnan o Passepoil. Nadie quería ser Aramis, Athos y, si acaso, Porthos.

1. Una palabra ilegible.

var bastante ancho con soberbios plátanos en las dos aceras. En efecto, una de sus orillas estaba bordeada de villas, y la otra de pequeñas construcciones baratas. La biblioteca municipal se instaló en esa zona.

La biblioteca se abría tres veces por semana por la noche, después de las horas de trabajo, y el jueves durante toda la mañana. Una maestra joven, de físico más bien ingrato, que dedicaba gratuitamente unas horas de su tiempo a la biblioteca, sentada detrás de una mesa bastante ancha de madera sin pintar, se ocupaba del préstamo de libros. La habitación era cuadrada, las paredes enteramente cubiertas de anaqueles de madera desnuda y de libros encuadernados en tela negra. Había también una mesita con unas sillas para los que querían consultar rápidamente un diccionario, pues la biblioteca era sólo de préstamo, y un fichero alfabético que ni Jacques ni Pierre usaban nunca, pues su método consistía en pasearse delante de los anaqueles, elegir un libro por el título, y menos frecuentemente por su autor, anotar el número e inscribirlo en la ficha azul en la que se lo solicitaba. Para tener derecho al préstamo, bastaba con llevar un recibo de alquiler y pagar un derecho mínimo. El interesado recibía entonces una tarjeta plegable donde los libros prestados quedaban consignados al mismo tiempo que en el registro de la joven maestra.

La biblioteca contenía sobre todo novelas, pero muchas estaban prohibidas para los menores de quince años y ordenadas aparte. Y el método puramente intuitivo de los dos niños no constituía una verdadera elección entre los libros permitidos. Pero el azar no es lo peor para las cosas de la cultura y, devorando todo mezclado, los dos glotones engullían lo bueno al mismo tiempo que lo malo, sin preocuparse de retener nada, y en efecto, sin retener casi nada salvo una extraña y poderosa emoción que, a través de las semanas, los meses y los años, engendraba y hacía crecer en ellos todo un universo de imágenes y de recuerdos irreductibles a la realidad de todos los días, pero sin duda no menos presentes para esos niños ardorosos que vivían sus sueños con la misma violencia que sus vidas.[ab]

Lo que contuvieran esos libros, en el fondo poco importaba. Lo que importaba era lo que sentían ante todo al entrar en la biblioteca, donde no veían las paredes de libros negros sino un espacio y unos horizontes múltiples que, no bien pasada la puerta, los arrancaban de la vida estrecha del barrio. Después venía el momento en que, provistos de los dos volúmenes a los que cada uno tenía derecho, los apretaban con el codo contra el costado, se deslizaban en el bulevar oscuro a esa hora, aplastando con los pies las bayas de los grandes plátanos y calculando las delicias que podrían extraer de sus libros, comparándolos con los de la semana precedente, hasta que, al llegar a la calle principal, empezaban a abrirlos bajo la luz incierta del primer reverbero para sacar alguna frase (por ej. «era de un vigor poco común») que los fortaleciera en su alegre y ávida esperanza. Se separaban rápidamente y corrían hacia el comedor para abrir el libro sobre el hule, bajo la luz de la lámpara de petróleo. Un fuerte olor de cola subía de la grosera encuadernación que raspaba los dedos.

La forma en que el libro estaba impreso informaba ya al lector del placer que le proporcionaría. A P. y a J. no les gustaba la composición ancha, con grandes márgenes, en que se complacen los autores y los lectores refinados, sino las páginas llenas de caracteres pequeños, alineados en renglones poco separados, llenas hasta el borde de palabras y de frases, como esos enormes platos rústicos donde pueden comer varios a la vez y durante largo rato sin agotarlos jamás, y que son los únicos capaces de calmar ciertos apetitos enormes. De nada les serviría el refinamiento, no conocían nada y querían saberlo todo. Poco importaba que el libro estuviera mal escrito y groseramente compuesto, con tal de que la escritura fuera clara y llena de vida vio-

a. Páginas del diccionario Quillet, olor de las ilustraciones.
b. Señorita, ¿Jack London es bueno?

lenta; esos libros y sólo ésos les daban el alimento de sueños que les permitirían dormir después profundamente.

Cada libro, además, tenía un olor particular según el papel en que estaba impreso, olor fino, secreto en cada caso, pero tan singular que J. hubiera podido distinguir a ojos cerrados un volumen de la colección Nelson de las ediciones corrientes que publicaba entonces Fasquelle. Y cada uno de esos olores, aun antes de que empezara la lectura, arrebataba a Jacques a otro universo lleno de promesas ya [cumplidas] que empezaba a oscurecer la habitación donde se encontraba, a suprimir el barrio mismo y sus ruidos, la ciudad y el mundo entero, que desaparecería totalmente no bien empezada la lectura con una avidez loca, exaltada, que terminaba por sumirlo en una embriaguez total de la que no conseguían sacarlo ni siquiera las órdenes repetidas.[a]

—Jacques, por tercera vez, pon la mesa.

Al fin ponía la mesa, la mirada vacía y descolorida, un poco extraviado, como intoxicado por la lectura, volvía al libro como si nunca lo hubiera abandonado.

—Jacques, come.

Comía por fin un alimento que a pesar de su densidad, le parecía menos real y menos sólido que el que encontraba en los libros, después terminaba con él y reanudaba la lectura. A veces su madre se acercaba antes de ir a sentarse en su rincón.

—Es la biblioteca —decía. Pronunciaba mal esa palabra que oía de boca de su hijo y que no le decía nada, pero reconocía la cubierta de los libros.[b]

—Sí —decía Jacques sin levantar la cabeza.

Catherine Cormery se inclinaba por encima de su hombro. Miraba el doble rectángulo bajo la luz, la ordenación regular de las líneas; también ella respiraba el olor y a veces pasaba por la página sus dedos entumecidos y arrugados por el agua del lavado como si tratara de conocer mejor lo

a. desarrollar.
b. Le habían hecho (el tío Ernest) un pequeño escritorio de madera desnuda.

que era un libro, de acercarse un poco más a esos signos misteriosos, incomprensibles para ella, pero en los que su hijo encontraba, con tanta frecuencia y durante horas, una vida que le era desconocida y de la que volvía con una mirada que posaba en ella como si fuera una extranjera. La mano deformada acariciaba suavemente la cabeza del chico, que no reaccionaba, Catherine Cormery suspiraba e iba a sentarse, lejos de él.

—Jacques, ve a acostarte.

La abuela repetía la orden.

—Mañana llegarás tarde.

Jacques se levantaba, preparaba su cartera para las clases del día siguiente, sin soltar el libro que sujetaba bajo el brazo, y como un borracho, se dormía pesadamente, después de deslizar el libro debajo de la almohada.

Así, durante años, la vida de Jacques estuvo dividida desigualmente entre dos vidas que no era capaz de vincular entre sí. Durante doce horas, al redoble del tambor, en una sociedad de niños y de maestros, entre los juegos y el estudio. Durante dos o tres horas de vida diurna, en la casa del viejo barrio, junto a su madre, con la que se encontraba de verdad en el sueño de los pobres. Aunque su vida pasada fuese en realidad ese barrio, su vida presente y más aún su futuro estaban en el liceo. De modo que el barrio, en cierto modo, se confundía a la larga con la noche, con el dormir y con el sueño. Por lo demás, ¿existía ese barrio y no era acaso ese desierto en que se convirtió una noche para el niño que quedó inconsciente? Caída sobre el cemento... En todo caso, a nadie en el liceo podía hablarle de su madre y de su familia. A nadie en su familia podía hablarle del liceo. Ningún compañero, ningún profesor, durante todos los años que lo separaban del bachillerato, fue jamás a su casa. Y en cuanto a su madre y a su abuela, nunca iban al liceo, salvo una vez por año, para la distribución de premios, a comienzos de julio. Ese día, es cierto, entraban por la puerta principal, en medio de una multitud de parientes y de alumnos endomingados. La abuela se ponía el vestido y el pañuelo negro de las grandes salidas, Catherine Cormery un sombrero adornado con un tul castaño, uvas negras de cera y un vestido de verano también de color castaño, con los únicos zapatos de tacones medianos que tenía. Jacques llevaba una camisa blanca de cuello levantado y mangas cortas, un pantalón primero corto y después largo, pero siempre cuidadosamente planchado la víspera por su madre, y andando entre las dos mujeres, las llevaba al tranvía rojo, hacia la una de la tarde, las instalaba en una banqueta del primer coche y esperaba de pie, delante, mirando a través de los vidrios a su madre, que le sonreía de vez en cuando, y que verificaba durante todo el trayecto si el sombrero calzaba bien o si sus medias estaban derechas, o el lugar de la medallita de oro con la Virgen que llevaba colgada de una delgada cadena. En la plaza del Gobierno empezaba el camino cotidiano que el niño hacía una sola vez por año con las dos mujeres, a lo largo de toda la Rue Bab-Azoun. Jacques husmeaba la loción [Lampero] que su madre se había puesto generosamente para la ocasión, la abuela caminaba erguida y orgullosa, regañando a su hija, que se quejaba de los pies («Así aprenderás a no usar zapatos demasiado pequeños para tu edad»), mientras Jacques les mostraba incansablemente las tiendas y los comerciantes que habían ocupado un lugar tan importante en su vida. En el liceo, la puerta de honor estaba abierta, los tiestos con plantas adornaban de arriba abajo los dos lados de la escalera monumental que los primeros padres y los alumnos empezaban a subir, los Cormery, naturalmente, habían llegado con mucho adelanto, como siempre ocurre con los pobres, que tienen pocas obligaciones sociales y placeres, y que temen no ser puntuales.[a] Llegaban al patio de los mayores, lleno de sillas

a. y los que no han sido favorecidos por el destino no pueden dejar, en cierto modo, de creerse responsables y sienten que no se debe contribuir con pequeñas faltas a esa culpabilidad general...

en hilera, alquiladas a una empresa de bailes y conciertos, y en el fondo, bajo el gran reloj, un estrado cortaba el patio a todo lo ancho, cubierto de sillones y sillas, adornado también con profusión de plantas verdes. El patio se iba llenando de los vestidos claros de las mujeres, que eran mayoría. Los primeros que llegaban escogían los lugares protegidos del sol, bajo los árboles. Los otros se abanicaban con pantallas árabes, de fina paja trenzada, orladas con pompones de lana roja. Por encima de los presentes, el azul del cielo, cada vez más intenso, se coagulaba cocinado por el calor.

A las dos una banda militar, invisible en la galería superior, atacaba *La Marsellesa,* todos los asistentes se ponían de pie y entraban los profesores, con sus bonetes cuadrados y sus largas togas de una etamina que cambiaba de color según la especialidad, y el director y el personaje oficial (generalmente un alto funcionario del Gobierno general) a quien correspondía aquel año la faena. Una nueva marcha marcial acompañaba la entrada de los profesores, e inmediatamente después el personaje oficial tomaba la palabra y daba su punto de vista sobre Francia en general y la instrucción en particular. Catherine Cormery escuchaba sin oír, pero sin manifestar jamás ni impaciencia ni hastío. La abuela oía sin entender demasiado. «Habla bien», decía a su hija, que la aprobaba con aire convencido, lo que animaba a la abuela a mirar a su vecino o vecina de la izquierda y a sonreírle, asintiendo con la cabeza el juicio que acababa de expresar. El primer año Jacques observó que su abuela era la única que llevaba el pañuelo negro de las viejas españolas, y se sintió incómodo. Nunca perdió, a decir verdad, esa falsa vergüenza; decidió sencillamente que no podía hacer nada cuando intentó tímidamente mencionar un sombrero a su abuela y ella le respondió que no tenía dinero para gastar y que, por lo demás, el pañuelo le abrigaba las orejas. Pero cuando su abuela se dirigía a sus vecinos durante la entrega de premios, sentía que se rubori-

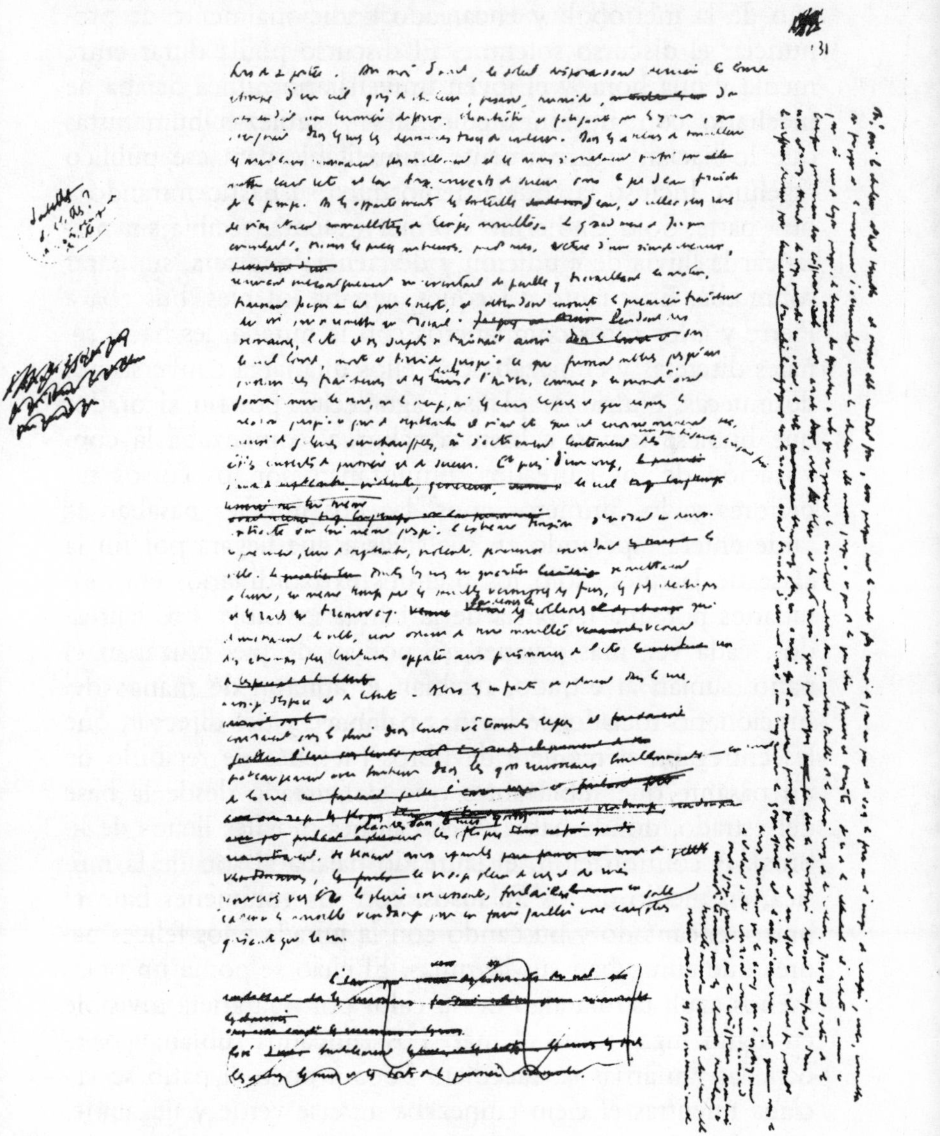

zaba penosamente. Después del personaje oficial, se ponía de pie el profesor más joven, por lo general llegado ese año de la metrópoli y encargado tradicionalmente de pronunciar el discurso solemne. El discurso podía durar entre media y una hora, y el joven universitario nunca dejaba de mecharlo con alusiones culturales y sutilezas humanistas que lo hacían rigurosamente ininteligible para ese público argelino. Incluso la abuela demostraba su hastío mirando a otra parte. Sólo Catherine Cormery, atenta, recibía sin pestañear la lluvia de erudición y de ciencia que caía* sin parar sobre ella. En cuanto a Jacques, agitaba los pies, buscaba a Pierre y a los otros compañeros con la mirada, les hacía señales discretas y empezaba con ellos una larga conversación de muecas. Nutridos aplausos agradecían por fin al orador que hubiese tenido a bien concluir, y comenzaba la convocación de los laureados. Empezaban por los cursos superiores y, los primeros años, las dos mujeres pasaban la tarde entera esperando en sus sillas a que llegara por fin la clase de Jacques. Sólo los premios extraordinarios eran saludados por una fanfarria de la banda invisible. Los laureados, cada vez más jóvenes, se ponían de pie, cruzaban el patio, subían al estrado, recibían el apretón de manos del funcionario rociado de buenas palabras, y del director, que les entregaba el paquete de libros (después de recibirlo de un pasante que subía antes que el laureado desde la base del estrado, donde había unos cajones móviles llenos de libros). A continuación, el laureado bajaba al son de la música, en medio de los aplausos, con sus volúmenes bajo el brazo, encantado y buscando con la mirada a los felices padres que enjugaban sus lágrimas. El cielo se ponía un poco menos azul, perdía algo de su calor por una grieta invisible en algún lugar sobre el mar. Los laureados subían y bajaban, las fanfarrias se sucedían. Poco a poco el patio se vaciaba mientras el cielo empezaba a verse verde y llegaba el

* se deslizaba.

turno de la clase de Jacques. En cuanto ésta se anunciaba, cesaban sus chiquilladas y se ponía grave. Al oír su nombre, se levantaba, le zumbaba la cabeza. A sus espaldas, escuchaba apenas a su madre, que no había oído, decir a la abuela:

—¿Ha dicho Cormery?

—Sí —decía la abuela ruborizada de emoción.

Venía el camino de cemento, el estrado, el chaleco del funcionario con la cadena del reloj, la sonrisa bondadosa del director, a veces la mirada amistosa de uno de sus profesores perdido en la multitud del estrado, después el regreso con música hacia las dos mujeres ya de pie, su madre mirándolo con una especie de alegría asombrada, y él le entregaba la nutrida lista de premios para que la guardara, su abuela tomaba a los vecinos por testigos, todo transcurría demasiado rápido después de la tarde interminable, y Jacques tenía prisa por volver a la casa y mirar los libros que le habían dado.[a]

Regresaban por lo general con Pierre y su madre,[b] la abuela comparaba en silencio la altura de las dos pilas de volúmenes. En casa Jacques cogía primero la lista de premios y, a petición de su abuela, doblaba las puntas de las páginas donde figuraba su nombre, para que pudiera mostrarlas a los vecinos y a la familia. Después hacía el inventario de sus tesoros. Y no había terminado cuando veía volver a su madre ya desvestida, en pantuflas, abrochándose la bata de algodón y arrastrando su silla hacia la ventana. Ella le sonreía:

—Has estudiado mucho —le decía, y sacudía la cabeza mirándolo.

El también la miraba, esperando no sabía qué y ella se volvía hacia la calle, en la actitud que le era familiar, lejos ahora del liceo, que no volvería a ver antes de un año,

a. *Los trabajadores del mar.*
b. Ella no había visto el liceo ni nada de su vida cotidiana. Había asistido a una representación organizada para los padres. El liceo no era eso, era...

mientras las sombras invadían la habitación y las primeras farolas se encendían en lo alto de la calle,* donde sólo circulaban paseantes sin rostro.

Pero si la madre dejaba entonces para siempre ese liceo apenas entrevisto, Jacques recuperaba sin transición la familia y el barrio del que ya no salía.

Las vacaciones también devolvían a Jacques a su familia, por lo menos los primeros años. Ninguno de ellos tenía asueto, los hombres trabajaban sin tregua a lo largo de todo el año. Sólo un accidente de trabajo, cuando eran empleados por empresas que los aseguraban contra ese tipo de riesgos, les daba derecho al ocio, y sus vacaciones pasaban por el hospital o el médico. El tío Ernest, por ejemplo, en un momento en que se sintió agotado, «se puso», como él mismo decía, «en el seguro», sacándose voluntariamente con la garlopa una espesa viruta de carne de la palma de la mano. En cuanto a las mujeres, incluida Catherine Cormery, trabajaban sin descanso por la sencilla razón de que el descanso significaba para todos ellos comidas más frugales. El desempleo, para el que no había seguro, era el mal más temido. Ello explicaba que esos obreros, tanto en casa de Pierre como en la de Jacques, que en la vida cotidiana eran siempre los más tolerantes de los hombres, fuesen siempre xenófobos en cuestiones de trabajo, acusando sucesivamente a los italianos, los españoles, los judíos, los árabes y finalmente la tierra entera, de robarles su empleo —actitud sin duda desconcertante para los intelectuales que escriben sobre la teoría del proletariado, y sin embargo muy humana y muy excusable—. Lo que esos nacionalistas inesperados disputaban a las otras nacionalidades no eran el dominio del mundo o los privilegios del dinero y del ocio, sino el privilegio de la servidumbre. El trabajo en aquel barrio no era una virtud, sino una necesidad que, para asegurar la vida, conducía a la muerte.

* las aceras.

En todo caso, y por duro que fuera el verano de Argelia, cuando los barcos sobrecargados se llevaban a funcionarios y gentes pudientes (que volvían con fabulosas e increíbles descripciones de prados feraces donde el agua corría en pleno mes de agosto) a recuperarse a los buenos «aires de Francia», la vida en los barrios pobres no cambiaba absolutamente nada y, lejos de vaciarse a medias como los del centro, parecían, al contrario, aumentar su población por los innumerables niños que se volcaban en las calles.[a]

Para Pierre y Jacques, que erraban por las calles secas, con sus alpargatas agujereadas, un pobre pantalón y una camiseta de algodón de escote redondo, las vacaciones eran ante todo calor. Las últimas lluvias databan, como mínimo, de abril o mayo. Durante semanas y meses, el sol, cada vez más fijo, cada vez más caliente, secaba, resecaba y calcinaba las paredes, trituraba los revoques, las piedras y las tejas, reduciéndolos a un polvo fino que, llevado por el viento, cubría las calles, los escaparates y las hojas de todos los árboles. En julio el barrio entero se convertía en una especie de laberinto gris y amarillo,[b] desierto de día, con todas las persianas de todas las casas herméticamente cerradas, y en lo alto el sol reinaba ferozmente, abatiendo a los perros y los gatos en los umbrales de las casas, obligando a los seres vivientes a caminar pegados a las paredes para librarse de él. En agosto el sol desaparecía bajo la pesada estopa de un cielo gris de calor, pesado, húmedo, del que bajaba una luz difuminada, blanquecina y agotadora para los ojos, que apagaba en las calles las últimas huellas del color. En las fábricas de toneles los martillos resonaban con más blandura y los obreros se interrumpían a veces para poner la cabeza y el torso cubiertos de sudor bajo el chorro de agua fresca de la bomba.[c] En los apartamentos, las botellas de agua y las de vino, más raras, se envolvían en trapos mo-

a. más arriba juguetes el carrusel los regalos útiles.
b. leonado.
c. ¿Sablettes? y otras ocupaciones del verano.

jados. La abuela de Jacques trabajaba por la mañana y circulaba descalza por las habitaciones en penumbra, vestida con una simple camisa, agitando mecánicamente el abanico de paja, arrastrando a Jacques a la cama a la hora de la siesta y esperando el primer fresco de la noche para volver a sus tareas. Durante semanas el verano y sus súbditos se arrastraban bajo el cielo pesado, húmedo y tórrido, hasta olvidar incluso el recuerdo de la frescura y el agua del invierno,* como si el mundo nunca hubiera conocido ni el viento, ni la nieve, ni el agua ligera, y como si desde la creación hasta ese día de septiembre no hubiera sido más que ese enorme mineral seco y perforado de galerías recalentadas donde se movían lentamente, un poco extraviados, la mirada fija, unos seres cubiertos de polvo y de sudor. Y de pronto el cielo, contraído sobre sí mismo hasta la máxima tensión, se partía en dos. La primera lluvia de septiembre, violenta, generosa, inundaba la ciudad. Todas las calles del barrio empezaban a brillar, así como las hojas barnizadas de los ficus o los rieles del tranvía. Pasando por encima de las colinas que dominaban la ciudad llegaba de los campos lejanos un olor de tierra mojada que traía a los prisioneros del verano un mensaje de espacio y de libertad. Entonces los niños se arrojaban a la calle, corrían bajo la lluvia con sus ropas ligeras y chapaleaban dichosos en el agua que fluía a borbotones por la cuneta, formaban corros en los grandes charcos, cogiéndose de los hombros, las caras llenas de gritos y de risas, recibiendo la lluvia incesante, chapoteando rítmicamente en el agua sucia de la nueva vendimia, más embriagadora que el vino.

Ah, sí, el calor era terrible y a menudo volvía locos a casi todos, cada día más nerviosos y sin fuerzas ni energías para reaccionar, gritar, insultar o golpear, y el nerviosismo se acumulaba como el calor, hasta estallar aquí o allá en el barrio, leonado y triste, como aquel día en que, en la Rue

* lluvias.

de Lyon —casi en el borde del barrio árabe llamado el Marabout, alrededor del cementerio tallado en la greda roja de la colina—, Jacques vio salir del local polvoriento del peluquero moro a un árabe vestido de azul, con la cabeza rasurada, que dio unos pasos en la acera delante del niño, en una extraña actitud, el cuerpo inclinado hacia adelante, la cabeza mucho más echada hacia atrás de lo que parecía posible, y en efecto, no lo era. El peluquero, que había enloquecido mientras lo afeitaba, había abierto de un solo navajazo la garganta ofrecida, y el otro no sintió, bajo el suave filo, sino la sangre que lo asfixiaba, y salió corriendo, como un pato semidegollado, mientras el peluquero, dominado inmediatamente por los clientes, lanzaba unos gritos terribles, terribles como el calor durante esos días interminables.

El agua caía de las cataratas del cielo, lavaba brutalmente los árboles, los tejados, las paredes y las calles polvorientas del verano. Barrosa, llenaba rápidamente las cunetas, gorgoteaba ferozmente en los sumideros, reventaba casi todos los años el alcantarillado y cubría las calzadas, se abría frente a los coches y los tranvías en dos alas amarillas bien perfiladas. En la playa y en el puerto el mar mismo se volvía barroso. Después el primer sol hacía humear las casas y las calles, la ciudad entera. El calor podía volver, pero ya no era el rey, el cielo estaba más abierto, la respiración era más dilatada y detrás del espesor de los soles, una palpitación de aire, una promesa de agua anunciaban el otoño y la reanudación de las clases.[a]

—El verano es demasiado largo —decía la abuela, que acogía con el mismo suspiro de alivio la lluvia de otoño y la partida de Jacques, cuyo deambular aburrido a lo largo de los días tórridos, en las habitaciones de persianas cerradas, contribuía a su irritación.

a. en el liceo — el abono — *trámite mensual* — la embriaguez de responder: «abonado» y la verificación victoriosa.

Además la abuela no comprendía que hubiera un periodo del año especialmente destinado a no hacer nada.

—Yo nunca he tenido vacaciones —decía, y era cierto, no había conocido ni la escuela ni el ocio, trabajaba desde niña y trabajaba sin descanso.

Admitía que, con vistas a un beneficio mayor, durante algunos años su nieto no llevara dinero a casa. Pero desde el primer día empezó a dar vueltas al asunto de esos tres meses perdidos, y cuando Jacques entró en tercero, consideró que había llegado el momento de buscarle un empleo para las vacaciones.

—Este verano trabajarás —le dijo al final del año escolar—, para traer un poco de dinero a casa. No puedes quedarte así sin hacer nada.[a]

En realidad, Jacques pensaba que tenía mucho que hacer entre los baños en el mar, las expediciones a Kouba, el deporte, el vagabundeo por las calles de Belcourt y las lecturas de las revistas ilustradas, de las novelas populares, del almanaque Vermot y del inagotable catálogo de la Manufactura de Armas de Saint-Étienne.[b] Sin contar los recados y los trabajitos que le encomendaba su abuela. Pero para ella todo eso era precisamente no hacer nada, puesto que el niño no ganaba dinero y tampoco estudiaba como durante el año escolar, y esa situación gratuita brillaba para ella con todos los fulgores del infierno. Lo más sencillo era, pues, buscarle un trabajo.

De hecho, no era tan sencillo. Sin duda había en los avisos de la prensa ofertas de empleo como dependiente o recadero. Y la señora Bertaut, la lechera, cuya tienda olorosa a mantequilla (olor insólito para narices y paladares acostumbrados al aceite) estaba junto al local del peluquero, se los leía a la abuela. Pero los empleadores pedían siempre que los candidatos tuvieran quince años por lo menos, y era difícil mentir sin descaro sobre la edad de Jac-

a. intervención de la madre — Se fatigará.
b. ¿Las lecturas antes?, ¿los barrios altos?

ques, que no era muy alto para sus trece años. Por otra parte, los anunciadores soñaban siempre con empleados que hicieran carrera en sus establecimientos. Los primeros a quienes la abuela (ataviada como siempre para las grandes ocasiones, incluido el famoso pañuelo) se presentó con Jacques, lo encontraron demasiado joven o bien se negaron categóricamente a tomar un empleado por menos de dos meses.

—Basta con decir que te quedas —dijo la abuela.

—Pero no es cierto.

—No importa. Te creerán.

No era eso lo que Jacques quería decir, y en realidad no le preocupaba saber si le creerían o no. Pero le parecía que ese tipo de mentira se le atragantaría. Desde luego, en su casa mentía con frecuencia para evitar un castigo, para guardarse una moneda de dos francos y, con mucha mayor frecuencia, por el gusto de hablar bien de sí mismo o de jactarse. Pero si la mentira con su familia le parecía venial, con los extraños le parecía mortal. Oscuramente sentía que no miente uno en lo esencial a los que ama, por la sencilla razón de que sin la mentira no se podría vivir con ellos ni amarlos. Los empleadores no podían saber de él más que lo que se les decía, y por lo tanto no lo conocerían, la mentira sería total.

—Vamos —dijo la abuela anudándose el pañuelo un día en que la señora Bertaut le indicó que una gran ferretería del Agha necesitaba un joven dependiente que se encargara de clasificar.

La ferretería estaba en una de las rampas que suben hacia los barrios del centro; el sol de mediados de julio que la calcinaba exaltaba los olores de orina y alquitrán que subían de la calzada. En la planta baja había un almacén angosto pero muy profundo, dividido longitudinalmente por un mostrador cubierto de muestrarios de útiles de hierro y de candados, y la mayor parte de las paredes estaba provista de cajones con rótulos misteriosos. A la derecha de la entrada, coronaba el muestrario una reja de hierro forjado donde se había instalado la caja. La señora soñadora y amarillenta encargada de la caja invitó a la abuela a subir a las oficinas del primer piso. Una escalera de madera, en el fondo del almacén, llevaba en efecto a una gran oficina dispuesta y orientada como el almacén y en la cual había cinco o seis empleados, hombres y mujeres, sentados alrededor de una gran mesa central. En uno de los lados una puerta daba al despacho de la dirección.

El patrón estaba en mangas de camisa y con el cuello abierto en su despacho recalentado.[a] A sus espaldas, una ventanita daba a un patio al que no llegaba el sol, aunque fueran las dos de la tarde. El hombre era bajito y gordo, tenía los pulgares metidos en unos anchos tirantes celestes y respiraba corto. No se veía bien la cara de la que salía la voz grave y ahogada que invitaba a la abuela a sentarse. Jacques respiraba el olor a hierro que reinaba en la casa. La inmovilidad del patrón le parecía dictada por la desconfianza, y sintió que le temblaban las piernas al pensar en las mentiras que habría que decir a ese hombre poderoso y temible. La abuela, en cambio, no temblaba. Jacques iba a cumplir quince años, tenía que ir abriéndose camino y empezar sin tardanza. Según el patrón, no parecía de quince años, pero si era inteligente... y a propósito, ¿tenía su diploma de estudios primarios? No, tenía una beca. ¿Qué beca? Para ir al liceo. ¿Así que iba al liceo? ¿En qué curso estaba? Segundo. ¿Y dejaba el liceo? La inmovilidad del patrón era todavía mayor, ahora se le veía mejor la cara y sus ojos redondos y lechosos iban de la abuela al niño. Jacques temblaba bajo esa mirada.

–Sí –dijo la abuela–. Somos demasiado pobres.

El patrón se aflojó imperceptiblemente.

–Qué lástima, siendo inteligente. Pero uno puede llegar también a tener un buen empleo en el comercio.

a. un botón de cuello, cuello postizo.

El buen empleo empezaba modestamente, es cierto. Jacques ganaría ciento cincuenta francos al mes por ocho horas de presencia cotidiana. Podía empezar al día siguiente.

—Ya ves —dijo la abuela—. Nos ha creído.

—Pero cuando me vaya, ¿cómo explicárselo?

—Déjame hacer.

—Bueno —dijo el niño, resignado.

Miraba el cielo por encima de sus cabezas y pensaba en el olor a hierro, en la oficina llena de sombras, en que tendría que levantarse temprano y en las vacaciones, que, apenas empezadas, habían terminado.

Durante dos años Jacques trabajó todo el verano. En la quincallería primero, después en una agencia marítima. Cada vez veía llegar con temor el 15 de septiembre, fecha en la que debía anunciar que dejaba el empleo.[1]

Sí, se había terminado, aunque el verano fuese el mismo de antes, con su calor, su tedio. Pero había perdido lo que antes lo transfiguraba: el cielo, los espacios, las voces. Jacques ya no pasaba el día en el barrio leonado de la miseria, sino en el del centro, donde el revoque del pobre era sustituido por el cemento de los ricos, que daba a las casas un color gris más distinguido y más triste. A las ocho, en el momento en que Jacques entraba en el almacén, que olía a hierro y a sombra, en su interior se apagaba una luz, el cielo desaparecía. Saludaba a la cajera y subía a la gran oficina mal iluminada del primer piso. En la mesa central no había lugar para él. El viejo contable, con sus bigotes amarillentos por los cigarrillos que liaba a mano y pitaba a lo largo del día, su auxiliar, un hombre de unos treinta años semicalvo, de torso y semblante taurinos, dos empleados más jóvenes, uno delgado, moreno, musculoso, con un bello perfil recto, que llegaba siempre con la camisa mojada y pegada, despidiendo un buen olor marino porque iba todas las mañanas a bañarse en la escollera, antes de enterrar-

1. El autor rodeó con un trazo el pasaje.

se en la oficina el día entero, el otro gordo y risueño, incapaz de contener su vitalidad jovial, y por último la señora Raslin, la secretaria de dirección, un poco caballuna pero bastante agradable de ver, con sus vestidos de algodón o de dril siempre rosados, pero que paseaba por el mundo entero una mirada severa, bastaban para ocupar toda la mesa con sus expedientes, sus libros de cuentas y sus máquinas. Jacques ocupaba una silla a la derecha de la puerta del director, a la espera de que le dieran trabajo, que, las más de las veces, consistía en clasificar facturas o correo comercial en el fichero que enmarcaba la ventana, y al principio le gustaba sacar los clasificadores con sus cordones, manejarlos y respirarlos, hasta que el olor de papel y de cola, exquisito al comienzo, terminó por ser para él el olor mismo del tedio, o bien le pedían que verificara una vez más una larga suma y lo hacía sobre sus rodillas, sentado en su silla, o el auxiliar del contable lo invitaba a «repasar» con él una serie de cifras, y siempre de pie, marcaba aplicadamente las cifras que el otro enumeraba con voz apagada y sorda, para no molestar a sus colegas. Por la ventana se podía ver la calle y los edificios de enfrente, pero jamás el cielo. A veces, aunque no era frecuente, enviaban a Jacques a la carrera, en busca de material de oficina, a la papelería que estaba cerca del almacén, o a Correos a despachar un giro urgente. La oficina de Correos quedaba a doscientos metros de distancia, en un ancho paseo que subía desde el puerto hasta lo alto de las colinas, donde estaba construida la ciudad. En ese paseo Jacques reencontraba el espacio y la luz. Correos mismo, instalado en el interior de una inmensa rotonda, estaba iluminado por tres grandes puertas y una vasta cúpula de la que chorreaba la luz.[a] Pero casi siempre, desgraciadamente, Jacques debía despachar la correspondencia al final del día, al salir de la oficina, y entonces era una faena más, pues había que

a. ¿operaciones postales?

correr, a la hora en que la luz empezaba a palidecer, hacia oficinas invadidas por una multitud de clientes, hacer la cola delante de las ventanillas, y la espera alargaba aún más su horario de trabajo. Prácticamente, el largo verano se diluía para Jacques en días sombríos y sin brillo, y en ocupaciones insignificantes.

—No se puede estar sin hacer nada —decía la abuela.

Justamente, en esa oficina era donde Jacques tenía la impresión de no hacer nada. No rechazaba el trabajo, aunque para él nada pudiera sustituir el mar o los juegos de Kouba. Pero el verdadero trabajo para él era el de la tonelería, por ejemplo, un largo esfuerzo muscular, una serie de gestos diestros y precisos, manos duras y ligeras, y el resultado de los esfuerzos se veían: un barril nuevo, bien terminado, sin una fisura, y que el obrero podía contemplar.

En cambio, ese trabajo de oficina no venía de ninguna parte y no terminaba en nada. Vender y comprar, todo giraba en torno a esos actos mediocres e inapreciables. Aunque hasta entonces Jacques hubiera vivido en la pobreza, en la oficina descubría la vulgaridad y lloraba por la luz perdida. Sus colegas no eran responsables de esa sensación sofocante. Eran buenos con él, no le pedían nada con brusquedad e incluso la severa señora Raslin a veces le sonreía. Hablaban poco entre ellos, con esa mezcla de cordialidad jovial y de indiferencia propia de los argelinos. Cuando llegaba el patrón, un cuarto de hora después que ellos o cuando salía de su despacho para dar una orden o verificar una factura (para los asuntos serios, convocaba al viejo contable o al empleado interesado), los caracteres resultaban más comprensibles, como si aquellos hombres y aquellas mujeres sólo pudieran definirse en sus relaciones con el poder: el viejo contador descortés e independiente, la señora Raslin perdida en su sueño severo, y el auxiliar de contabilidad, por el contrario, de un perfecto servilismo. Pero durante el resto del día, volvían a meterse en su caparazón, y Jacques esperaba en su silla la orden que le diera la oportunidad de desplegar esa agitación irrisoria que su abuela llamaba el trabajo.[a]

Cuando no aguantaba más, hirviendo literalmente en su silla, bajaba al patio detrás del almacén y se aislaba en los retretes a la turca, con sus paredes de cemento, apenas iluminados y donde reinaba el olor amargo de las meadas. En ese lugar oscuro cerraba los ojos y respirando el olor familiar, soñaba. Algo oscuro, ciego, se agitaba al nivel de su sangre y de la especie. Pensaba a veces en las piernas de la señora Raslin el día en que, arrodillado para recoger los alfileres que habían caído de una caja, al alzar la cabeza vio las rodillas separadas y los muslos entre el encaje de la ropa interior. Hasta ese momento nunca había visto lo que una mujer llevaba debajo de las faldas, y esa brusca visión le secó la boca y lo llenó de un temblor casi loco. Se le revelaba un misterio que, a pesar de sus experiencias incesantes, nunca agotaría.

Dos veces por día, a las doce y a las seis, Jacques salía precipitadamente, bajaba corriendo la calle en pendiente y saltaba a los tranvías atestados, con racimos de viajeros colgados en todos los pescantes, que llevaban a los trabajadores de vuelta a sus barrios. Apretados unos contra otros en aquel calor pesado, mudos, los adultos y el niño, pensando en la casa que los esperaba, transpirando en calma, resignados a esa vida dividida entre un trabajo sin alma, las largas idas y vueltas en tranvías incómodos y, para terminar, un sueño súbito. A Jacques, ciertas noches, se le acongojaba el corazón mirándolos. Hasta ese momento sólo había conocido las riquezas y las alegrías de la pobreza. Pero el calor, el hastío, la fatiga le revelaban su maldición, la del trabajo estúpido que daba ganas de llorar, cuya monotonía interminable consigue hacer que los días sean demasiado largos y la vida demasiado corta.

En la agencia marítima el verano fue más agradable por-

a. En verano las lecciones después del bachillerato – delante de él la cabeza atontada.

que las oficinas daban al bulevar costanero y, sobre todo, porque una parte del trabajo se hacía en el puerto. Jacques debía subir a bordo de los barcos de todas nacionalidades que hacían escala en Argel y que el agente, un anciano rosado y guapo, de pelo rizado, representaba ante las diversas administraciones. Jacques llevaba los papeles de a bordo a la oficina, donde eran traducidos, y al cabo de una semana, él mismo se encargaba de traducir las listas de provisiones y ciertos conocimientos, cuando estaban redactados en inglés y dirigidos a las autoridades aduaneras o a las grandes casas importantes que acusaban recibo de las mercancías. Jacques debía ir regularmente al puerto mercante del Agha a buscar esos papeles. El calor asolaba las calles que bajaban al puerto. Las pesadas barandillas de hierro que las bordeaban ardían y no podía apoyarse en ellas la mano. En los vastos muelles, el sol hacía el vacío, salvo alrededor de los barcos que acababan de atracar, con el flanco apoyado en el muelle, donde se agitaban los dockers, vestidos con un pantalón azul arremangado hasta la pantorrilla, el rostro desnudo y bronceado, y en la cabeza un saco que cubría los hombros hasta los riñones y, así protegidos, cargaban las bolsas de cemento, de carbón o los fardos de borde afilado. Iban y venían por la pasarela que bajaba del puente al muelle, o bien entraban directamente en el vientre del carguero por la puerta de la cala abierta de par en par, cruzando rápidamente por un tablón el espacio entre la cala y el muelle. Detrás del olor a sol y polvo que subía de los muelles o de las cubiertas recalentadas donde se fundía la pez y ardían todos los herrajes, Jacques reconocía el olor particular de cada carguero. Los de Noruega olían a madera, los que venían de Dakar o los brasileños traían consigo un perfume de café y especias, los alemanes olían a aceite, los ingleses a hierro. J. trepaba por la pasarela, mostraba a un marinero, que no entendía, la tarjeta del agente. Después lo llevaban, a lo largo de las crujías, donde la sombra misma era caliente, a la cabina de un oficial o a veces del comandante.[a] Al pasar, miraba con codicia los pequeños camarotes estrechos y desnudos donde se concentraba lo esencial de una vida de hombre, y entonces empezó a preferirlos a las habitaciones más lujosas. Lo recibían con amabilidad, porque él también sonreía amablemente y porque le gustaban esos rostros de hombres rudos, esa mirada que cierta vida solitaria les daba a todos y que era perceptible. A veces uno de ellos hablaba un poco de francés y lo interrogaba. Después Jacques se marchaba, contento, hacia el muelle inflamado, los pasamanos ardientes y el trabajo de oficina. Esos trámites, con el calor, lo cansaban, dormía pesadamente y llegaba al mes de septiembre delgado y nervioso.

Con alivio veía venir las jornadas de doce horas del liceo, al mismo tiempo que aumentaba su incomodidad sabiendo que debería declarar en la oficina que dejaba su empleo. Lo peor fue la ferretería. Hubiera preferido, cobardemente, no volver a la oficina y que la abuela diese cualquier explicación. Pero a ella le parecía muy sencillo suprimir todas las formalidades: no tenía más que recibir su paga y no volver más, sin mayores explicaciones. Jacques, que encontraba muy natural que su abuela apechugara con las furias del patrón, y en cierto modo ella era la responsable de la situación y de la mentira consiguiente, se indignaba, pero sin poder explicar por qué, ante esta manera de esquivar el bulto; además, había encontrado el argumento convincente:

—Pero el patrón enviará alguien aquí.

—Es cierto —dijo la abuela—. Bueno, pues no tienes más que decirle que te has puesto a trabajar con tu tío.

Jacques ya se iba como aplastado por una maldición, cuando la abuela le advirtió:

—Y sobre todo, coge primero tu paga. Después se lo dices.

a. ¿Accidente del docker? Ver diario.

Al caer la noche el patrón convocaba en su cueva a cada uno de sus empleados para entregarles el sueldo.

—Toma, pequeño —dijo a Jacques tendiéndole el sobre.

Jacques extendía ya su mano vacilante cuando el otro le sonrió.

—Has trabajado muy bien, ¿sabes? Puedes decirlo a tus padres.

Jacques habló y explicó que no volvería. El patrón lo miraba estupefacto, tendiéndole todavía el sobre.

—¿Por qué?

Había que mentir y la mentira no le salía. Jacques se quedó mudo y con un aire tan afligido que el patrón comprendió.

—¿Vuelves al liceo?

—Sí —dijo Jacques, y en medio de su miedo y su aflicción, un repentino alivio le llenó los ojos de lágrimas.

Furioso, el patrón se puso de pie.

—Y tú lo sabías cuando viniste. Y tu abuela también lo sabía.

Jacques sólo pudo asentir con la cabeza. Los estallidos de la voz del patrón llenaban la habitación; habían sido deshonestos y él, el patrón, detestaba la deshonestidad. ¿No sabía que tenía el derecho de no pagarle? Y sería un estúpido si lo hiciera, no, no le pagaría, que viniera su abuela, sería bien recibida; si le hubiesen dicho la verdad, tal vez lo habría empleado, pero esa mentira, ¡ah!, «No puede seguir yendo al liceo, somos demasiado pobres», y se dejó tomar el pelo.

—Es por eso —dijo de pronto Jacques como perdido.

—¿Qué?, ¿por eso?

—Porque somos pobres. —Después se calló y fue el otro quien, mirándolo, añadió lentamente:

—... hicisteis esto, ¿por eso me contasteis esa historia?

Jacques, con los dientes apretados, se miraba los pies. Hubo un silencio interminable. Después el patrón cogió el sobre y se lo tendió:

—Toma tu dinero. Vete —dijo brutalmente.

—No —dijo Jacques.

El patrón le metió el sobre en el bolsillo:

—Vete.

Ya en la calle, Jacques corrió llorando, sujetando con las manos el cuello de su chaqueta para no tocar el dinero que le quemaba el bolsillo.

Mentir para tener el derecho de no tomarse vacaciones, trabajar lejos del cielo, del verano y del mar, que amaba tanto, y mentir otra vez para tener el derecho de volver al liceo, esta injusticia le atenazaba el corazón hasta matarlo. Pero lo peor no eran esas mentiras, que en definitiva era incapaz de decir, siempre dispuesto a mentir por gusto e incapaz de someterse a mentir por necesidad, lo peor eran esas alegrías perdidas, ese descanso de la estación y de la luz que le era arrebatado, y así el año se reducía a levantarse precipitadamente y a unos días descoloridos y apresurados. Lo que tenía de magnífico su vida de pobre, las riquezas insustituibles de que gozaba tan generosa y ávidamente, había que perderlo para ganar un poco de dinero que no bastaría para comprar la milésima parte de esos tesoros. Y, sin embargo, comprendía que era preciso hacerlo y además algo en él, en el momento de la mayor rebeldía, se enorgullecía de haberlo hecho. Pues la única compensación para esos seres sacrificados a la miseria de la mentira la había encontrado el día de su primera paga, cuando, al entrar en el comedor donde estaban su abuela mondando patatas que iba arrojando en un barreño con agua, el tío Ernest, sentado, con el paciente *Brillant* sujeto entre las piernas y espulgándolo, y su madre, que acababa de llegar y deshacía en una punta del aparador un pequeño lío de ropa sucia que le habían dado para lavar, Jacques se acercó a la mesa y depositó, sin decir nada, el billete de cien francos y las monedas que había llevado en la mano durante todo el trayecto. Sin una palabra, la abuela apartó una moneda de veinte francos para Jacques y recogió el resto. Con la mano tocó a Catherine Cormery para llamarle la atención y le mostró el dinero:

—Es tu hijo.

—Sí —dijo ella, y sus ojos tristes acariciaron por un segundo al niño.

El tío movía la cabeza conteniendo a *Brillant,* que creía terminado su suplicio.

—Bien, bien —decía—. Tú, un hombre.

Sí, era un hombre, pagaba un poco de lo que debía, y la idea de haber disminuido en algo la miseria de aquella casa lo llenaba de ese orgullo casi maligno que se adueña de los hombres cuando empiezan a sentirse libres y no sometidos a nada. Y, en efecto, al nuevo inicio de las clases, cuando entró en el patio de quinto, ya no era el niño desorientado que, cuatro años antes, había salido de Belcourt por la mañana temprano, inseguro en sus zapatos claveteados, con el alma en un hilo ante la idea del mundo desconocido que lo aguardaba, y los ojos con que miraba a sus compañeros habían perdido algo de su inocencia. Por lo demás, muchas cosas empezaban a separarlo del niño que había sido. Y si un día él, que hasta entonces había aceptado pacientemente que su abuela le pegara, como si eso formase parte de las obligaciones inevitables de la infancia, le arrancó el vergajo de las manos, súbitamente enloquecido de violencia y de rabia y decidido a golpear la cabeza blanca cuyos ojos claros y fríos lo ponían fuera de sí, y la abuela comprendió, retrocedió y fue a encerrarse en su cuarto, quejándose de la desgracia de haber criado a niños desnaturalizados, pero convencida de que nunca más castigaría a Jacques, a quien nunca más en efecto volvió a castigar, fue porque el niño había muerto en aquel adolescente flaco y musculoso, de pelo revuelto y mirada exaltada, que había trabajado todo el verano para llevar un sueldo a casa, acababa de ser designado portero titular del equipo del liceo y, tres días antes, había gustado por primera vez, desfalleciente, la boca de una muchacha.

2
Oscuro para sí mismo

Oh, sí, era así, la vida de aquel niño había sido así, la vida había sido así en la isla pobre del barrio, unida por la pura necesidad, en medio de una familia inválida e ignorante, con su sangre joven y fragorosa, un apetito de vida devorador, una inteligencia arisca y ávida, y siempre un delirio jubiloso cortado por las bruscas frenadas que le infligía un mundo desconocido, dejándolo desconcertado pero rápidamente repuesto, tratando de comprender, de saber, de asimilar ese mundo que no conocía, y asimilándolo, sí, porque lo abordaba ávidamente, sin tratar de escurrirse en él, con buena voluntad pero sin bajeza y sin perder jamás una certeza tranquila, una seguridad, sí, puesto que era la seguridad de que conseguiría todo lo que quería y que nada, jamás, de este mundo y sólo de este mundo, le sería imposible, preparándose (y preparado también por la desnudez de su infancia) a encontrar su lugar en todas partes, porque no deseaba ningún lugar, sino sólo la alegría, los seres libres, la fuerza y todo lo que de bueno, de misterioso tiene la vida, y que no se compra ni se comprará jamás. Preparándose incluso, a fuerza de pobreza, a ser capaz un día de recibir dinero sin haberlo pedido nunca y sin someterse nunca a él, tal como era Jacques, ahora, a los cuarenta años, reinando sobre tantas cosas y al mismo tiempo seguro de ser menos que el más humilde, y nada, comparado con su madre. Sí, había vivido así entre los juegos del mar, del viento, de la calle, bajo el peso del verano y las lluvias intensas del breve invierno, sin padre, sin tradición transmitida, pero habiendo hallado durante un año, justo en el momento preciso, un padre, y avanzando a través de los seres y las cosas [ ],[1] en el conocimiento que iba adquiriendo para fabricar algo que se parecía a una conducta (suficiente en ese momento, dadas las circunstancias que se le presentaban, insuficiente más tarde frente al cáncer del mundo) y para crearse su propia tradición.

¿Pero era aquello todo, aquellos gestos, aquellos juegos, aquella audacia, aquel ardor, la familia, la lámpara de petróleo y la escalera negra, las palmas al viento, el nacimiento y el bautismo en el mar, y para terminar, esos veranos oscuros y laboriosos? Había eso, oh, sí, era así, pero había también la parte oscura del ser, lo que durante todos esos años se había agitado sordamente en él como esas aguas profundas que debajo de la tierra, en el fondo de los laberintos rocosos, nunca han visto la luz del sol y, sin embargo, reflejan un resplandor sordo que no se sabe de dónde viene, aspirado tal vez por el centro enrojecido de la tierra, a través de capilares pedregosos, hacia el aire negro de esos antros ocultos y de los que unos vegetales pegajosos y [comprimidos] siguen extrayendo su alimento para vivir allí donde toda vida parecía imposible. Y ese movimiento ciego que nunca había cesado, que experimentaba aún ahora, fuego negro enterrado en él como uno de esos fuegos apagados en la superficie pero que en el interior siguen ardiendo, desplazando las fisuras y las torpes agitaciones vegetales, de suerte que la superficie fangosa tiene los mismos movimientos que la turba de los pantanos, y de esas ondulaciones espesas e insensibles seguían naciendo en él, día tras día, los más violentos y terribles de sus deseos, así como sus angustias desérticas, sus nostalgias más fecundas, sus bruscas exigencias de desnudez y sobriedad, su aspiración a no ser nada, sí, ese movimiento oscuro a lo largo de todos estos años estaba de acuerdo con aquel inmenso

1. Una palabra ilegible.

país que lo rodeaba, cuyo peso, siendo niño, había sentido, con el inmenso mar delante, y detrás ese espacio interminable de montañas, mesetas y desierto que llamaban el interior, y, entre ambos, el peligro permanente del que nadie hablaba porque parecía natural, pero que Jacques percibía cuando, en la pequeña finca de Birmandreis, con sus habitaciones abovedadas y sus paredes encaladas, la tía recorría los cuartos en el momento de acostarse para ver si estaban bien corridos los cerrojos de los postigos de gruesa madera maciza, país donde se sentía como si allí lo hubieran arrojado, como si fuera el primer habitante o el primer conquistador, desembarcando allí donde todavía reinaba la ley de la fuerza y la justicia estaba hecha para castigar implacablemente lo que las costumbres no habían podido evitar, y alrededor aquellos hombres atrayentes e inquietantes, cercanos y alejados, con los que uno se codeaba a lo largo del día, y a veces nacía la amistad o la camaradería, pero al caer la noche se retiraban a sus casas desconocidas, donde no se entraba nunca, parapetados con sus mujeres, a las que jamás se veía, o si se las veía en la calle, no se sabía quiénes eran, con el velo cubriendo la mitad del rostro y los hermosos ojos sensuales y dulces por encima de la tela blanca, y eran tan numerosos en los barrios donde estaban concentrados, tan numerosos, que simplemente por su cantidad, aunque resignados y cansados, hacían planear una amenaza invisible que se husmeaba en el aire de las calles ciertas noches en que estallaba una pelea entre un francés y un árabe, de la misma manera que hubiera estallado entre dos franceses o entre dos árabes, pero no era recibida de la misma manera, y los árabes del barrio, con sus monos de un azul desteñido o sus chilabas miserables, se acercaban lentamente, desde todas partes, con un movimiento continuo, hasta que la masa poco a poco aglutinada expulsaba de su espesor, sin violencia, por el movimiento mismo que lo reunía, a los pocos franceses atraídos por algunos testigos de la pelea, y el francés que luchaba, retrocediendo, se encontraba de pronto frente a su adversario y a una multitud de rostros sombríos y cerrados que le hubieran despojado de todo su coraje si justamente no se hubiese criado en ese país y no supiera que sólo el coraje permitía vivir en él, y entonces hacía frente a esa multitud amenazadora y que, no obstante, no amenazaba a nadie salvo con su presencia, y el movimiento que no podía evitar, y la mayor parte del tiempo eran ellos los que sujetaban al árabe que luchaba con furia y embriaguez, para que se marchase antes de que llegaran los guardias, que se presentaban al poco de llamarlos, y se llevaban sin discusión a los adversarios, que pasaban maltrechos bajo las ventanas de Jacques, rumbo a la comisaría. «Pobres», decía su madre viendo a los dos hombres sólidamente sujetos y empujados por los hombros, y después por la calle rondaban la amenaza, la violencia, el miedo para el niño, secándole la garganta con una angustia desconocida. Aquella noche en él, sí, aquellas raíces oscuras y enmarañadas que lo ataban a esa tierra espléndida y aterradora, a sus días ardientes y a sus noches rápidas que embargaban el alma, y que había sido como una segunda vida, más verdadera quizá bajo las apariencias cotidianas de la primera y cuya historia estaba hecha de una serie de deseos oscuros y de sensaciones poderosas e indescriptibles, el olor de las escuelas, de las caballerizas del barrio, de la lejía en las manos de su madre, de los jazmines y la madreselva en los barrios altos, de las páginas del diccionario y de los libros devorados, y el olor agrio de los retretes de su casa o de la quincallería, el de las grandes aulas frías, donde a veces entraba solo, antes o después de las clases, el calor de sus compañeros preferidos, el olor a lana caliente y a deyecciones que arrastraba Didier, o el del agua de colonia con que la madre de Marconi, el alto, lo rociaba abundantemente y que le daba ganas, en el banco de su clase, de acercarse todavía más a su amigo, el perfume del lápiz de labios que Pierre había robado a una de sus tías y que olían entre ellos, perturbados e inquietos como los perros que entran en una casa donde ha pasado una hembra perseguida, imaginando que la mujer era ese bloque de perfume dulzón de bergamota y crema que, en el mundo brutal de gritos, transpiración y polvo, les traía la revelación de un universo refinado[a] y delicado, con su indecible seducción, del que ni siquiera las groserías que lanzaban a propósito del lápiz de labios llegaba a defenderlos, y el amor de los cuerpos desde su más tierna infancia, de su belleza, que le hacía reír de felicidad en las playas, de su tibieza, que lo atraía constantemente, sin idea precisa, animalmente, no para poseerlos, cosa que no sabía hacer, sino simplemente para entrar en su irradiación, apoyar su hombro contra el hombro del compañero y casi desfallecer cuando la mano de una mujer en un tranvía atestado tocaba durante un momento la suya, el deseo, sí, de vivir, de vivir aún más, de mezclarse a lo que de más cálido tenía la tierra, lo que sin saberlo esperaba de su madre y que no obtenía o tal vez no se atrevía a obtener y que encontraba en el perro *Brillant* cuando se tendía junto a él al sol y respiraba su fuerte olor a pelos, o en los olores más fuertes o más animales en los que el calor terrible de la vida se conservaba, pese a todo, para él, y del que no podía prescindir.

De esa oscuridad que había en Jacques, nacía ese ardor hambriento, esa locura de vivir que siempre lo había habitado y que aún hoy conservaba su ser intacto, haciendo simplemente más amargo —en medio de su familia recuperada y frente a las imágenes de su infancia— el sentimiento de pronto terrible de que el tiempo de la juventud huía, como aquella mujer a la que había querido, oh sí, la había querido con un gran amor de todo corazón y también del cuerpo, sí, el deseo era imperial con ella, y el mundo, cuando se retiraba de ella con un gran grito mudo, en el momento del goce, recuperaba su orden ardiente, y

a. ampliar la lista.

la había querido a causa de su belleza y su locura de vivir, generosa y desesperada, que le hacía negar, negar que el tiempo pasara, aunque supiese que estaba pasando en ese mismo momento, por no querer que se dijera de ella un día que aún era joven, sino al contrario, seguir siendo joven, y que estalló en sollozos cuando él le dijo riendo que la juventud pasaba y que los días declinaban: «Oh no, no», decía ella bañada en lágrimas, «amo tanto el amor», e inteligente y superior en tantos sentidos, tal vez justamente porque era realmente inteligente y superior, rechazaba el mundo tal como el mundo era. Como aquellos días en que, al volver ella de una breve estancia en el país donde había nacido, y de esas visitas fúnebres a las tías, de quienes le decían: «Es la última vez que las ves», y en efecto, veía sus caras, sus cuerpos, sus ruinas, y quería irse gritando, o a las cenas de familia en torno a un mantel bordado por una bisabuela muerta desde hacía mucho tiempo y en la que nadie pensaba, salvo ella, que pensaba en su bisabuela joven, en sus placeres, en sus ganas de vivir, como ella, maravillosamente bella en el esplendor de su juventud, y todo el mundo le hacía cumplidos en aquella mesa alrededor de la cual se desplegaban en las paredes los retratos de mujeres jóvenes y bellas, las mismas que le hacían cumplidos, ahora decrépitas y cansadas. Entonces, con la sangre inflamada, quería huir, huir a un país donde nadie envejeciera ni muriera, donde la belleza fuese imperecedera, la vida siempre salvaje y resplandeciente, y ese país no existía; al regresar lloraba con amargura en sus brazos y él la amaba desesperadamente.

Y Jacques también, quizá más que ella, porque había nacido en una tierra sin abuelos y sin memoria, donde la aniquilación de los que lo habían precedido era aún más absoluta y la vejez no encontraba ninguno de los auxilios de la melancolía que recibe en los países de civilización [ ],[1] él,

1. Una palabra ilegible.

como el filo de una navaja solitaria y siempre vibrante, destinada a quebrarse de un golpe y para siempre, la pura pasión de vivir enfrentada con la muerte total, él sentía hoy que la vida, la juventud, los seres se le escapaban, sin poder salvar nada de ellos, abandonado a la única esperanza ciega de que esa fuerza oscura que durante tantos años lo había alzado por encima de los días, alimentado sin medida, igual que las circunstancias más duras, le diese también, y con la misma generosidad infatigable con que le diera sus razones para vivir, razones para envejecer y morir sin rebeldía.

Apéndices

Hojas sueltas

4) En el barco. Siesta con niño + guerra del 14.

*

5) En casa de la madre – atentado.

*

6) Viaje a Mondovi – siesta – la colonización.

*

7) En casa de la madre. Continuación de la infancia – encuentra la infancia y no al padre. Comprende que es el primer hombre. La señora Leca.

*

«Cuando, después de besarlo con todas sus fuerzas dos o tres veces, estrechándolo contra su cuerpo, lo soltaba, lo miraba y volvía a besarlo una vez más como si, habiendo alcanzado el "pleno" de la ternura (que acababa de lograr), decidiera que todavía le faltaba una medida y.[1] E inmediatamente después, apartándose, era como si ya no pensara

1. La frase se interrumpe ahí.

en él ni en nada, e incluso lo miraba a veces con una expresión extraña, como si en ese momento él estuviera de más, perturbando el universo vacío, cerrado, restringido, en que ella se movía.»

Hoja II

Un colono escribía en 1869 a un abogado: «Para que Argelia resista a los tratamientos de sus médicos, tiene que tener siete vidas como los gatos».

*

Aldeas rodeadas de fosos o de fortificaciones (con torrecillas en los cuatro ángulos).

*

De seiscientos colonos enviados en 1831, ciento cincuenta mueren en las tiendas de campaña. De ahí la gran cantidad de orfanatos que hay en Argelia.

*

En Boufarik aran con el fusil al hombro y la quinina en el bolsillo. «Tiene una traza de Boufarik.» Diecinueve por ciento de muertos en 1839. La quinina se sirve en los cafés como un producto más.

*

Bugeaud casa a sus colonos soldados en Toulon, después de escribir al alcalde que escogiese veinte novias vigorosas. Fueron «las bodas al son del tambor». Pero sobre la marcha, las novias son intercambiadas como mejor convenga. Así nace *Fouka.*

*

Al principio el trabajo en común. Son los koljozes militares.

*

Colonización «regional». Cheragas fue colonizada por sesenta y seis familias de horticultores de *Grasse.*

*

Los ayuntamientos de Argelia casi nunca *tienen archivos.*

*

Los mahoneses que desembarcan en pequeños grupos con el baúl y los niños. Su palabra equivale a un contrato. Nunca contrates a un español. Ellos hicieron la riqueza del litoral argelino.

Birmandreis y la casa de Bernarda.

La historia del [Dr. Tonnac], el primer colono de la Mitidja.

Cf. de Bandicorn, *Histoire de la colonisation de l'Algérie,* pág. 21.

Historia de Pirette, *íd.*, págs. 50 y 51.

Hoja III

10 - Saint-Brieuc.[1]

*

14 - Malan.
20 - Los juegos de la infancia.
30 - Argel. El padre y su muerte (+ atentado).
42 - La familia.
69 - El señor Germain y la escuela.
91 - Mondovi — La colonización y el padre.

*

II

101 - Liceo.
140 - Oscuro para sí mismo.
145 - El adolescente.[2]

1. Los números corresponden a las páginas del manuscrito.
2. El manuscrito se interrumpe en la página 144.

Hoja IV

Importante también el tema de la comedia. Lo que nos salva de nuestros peores males es sentirnos abandonados y solos, pero no lo bastante solos como para que «los demás» no tengan «consideración» de nuestra desventura. En ese sentido nuestros minutos de felicidad son a veces aquellos en los que el sentimiento de estar abandonados nos colma y los eleva a una tristeza sin fin. También en ese sentido la felicidad no es a menudo sino el enternecimiento ante nuestra desdicha.

Al llamar a la puerta de los pobres – Dios puso la complacencia junto a la desesperación como el remedio junto al mal.[a]

*

De joven, yo pedía a las personas más de lo que podían dar: una amistad continua, una emoción permanente.

Hoy sé pedirles menos de lo que pueden dar: una compañía sin frases. Y sus emociones, su amistad, sus gestos nobles conservan para mí su valor cabal de milagro: un efecto cabal de la gracia.

Marie Viton: avión

a. muerte de la abuela.

Hoja V

Había sido el rey de la vida, coronado de dones deslumbrantes, de deseos, de fuerza, de alegría, y por todo ello iba a pedirle perdón a ella, que había sido la esclava sumisa de los días y la vida, que no sabía nada, no había deseado nada ni osado desear y que sin embargo había conservado intacta una verdad que él había perdido y que era la única justificación de vivir.

Los jueves en Kouba
Entrenamiento, el deporte
Tío
Bachillerato
enfermedad
Oh madre, oh tierna, querida niña, más grande que mi tiempo, más grande que la historia que te sometía a ella, más verdadera que todo lo que he amado en este mundo, oh madre, perdona a tu hijo que huyó de la noche de tu verdad.

La abuela, tirana, pero servía la mesa de pie.

El hijo que hace respetar a su madre y golpea a su tío.

El primer hombre
(Notas y proyectos)

No hay nada que pueda contra la vida humilde, ignorante, obstinada...

Claudel, *L'Échange*

O si no.

Conversación sobre el terrorismo.

Objetivamente ella es responsable (solidaria).

Cambia el adverbio o te pego.

¿Qué?

No tomes de Occidente lo más estúpido que tiene. No diga más «objetivamente» o te pego.

¿Por qué?

¿Tu madre se tendió delante del tren Argel-Orán? (el trolebús).

No entiendo.

El tren saltó, murieron cuatro niños. Tu madre no se movió. Si de todos modos es objetivamente responsable,* entonces apruebas el fusilamiento de los rehenes.

Ella no sabía.

Aquélla tampoco. No digas nunca más «objetivamente».

Reconoce que hay inocentes o te mato a ti también.

Sabes que podría hacerlo.

Sí, te he visto.

*

[a]Jean es el primer hombre.

Utilizar a Pierre como punto de referencia y atribuirle

* solidaria.

a. Cf. *Histoire de la colonisation.*

un pasado, un país, una familia, una moral (?) – ¿Pierre – Didier?

*

Amores adolescentes en la playa – y el atardecer que cae sobre el mar – y las noches estrelladas.

*

Encuentro con el árabe en Saint-Étienne. Y esa fraternidad de los dos exiliados en Francia.

*

Movilización. Cuando lo convocaron, mi padre nunca había visto Francia. La vio y lo mataron.

(Lo que una humilde familia como la mía dio a Francia.)

*

Ultima conversación con Saddok cuando J. ya está en contra del terrorismo. Pero recibe a S., pues el derecho de asilo es sagrado. En casa de su madre. La conversación tiene lugar delante de ella. Al terminar, «Mira», dice J. señalando a su madre. Saddok se pone de pie, con la mano en el pecho se acerca a ella, para besarla inclinándose a la manera árabe. J. nunca le ha visto hacer ese gesto, porque se había afrancesado. «Es mi madre», dice. «La mía ha muerto. La quiero y la respeto como si fuera mi madre.»

(Ella se ha caído debido a un atentado. Está mal.)

*

O si no:

Sí, os detesto. El honor del mundo está para mí vivo

entre los oprimidos, no entre los poderosos. Y sólo en eso reside el deshonor. Cuando, por una vez en la historia, un oprimido sepa... entonces...

Adiós, dice Saddok.

Quédate, te apresarán.

Mejor. A ellos puedo odiarlos, y los alcanzo en el odio. Tú eres mi hermano y estamos separados.

...

Esa noche J. está en el balcón... Se oyen a lo lejos dos disparos y alguien que corre...

—¿Qué pasa? —dice la madre.

—No es nada.

—¡Ah! Temía por ti.

La estrecha contra sí...

Detenido después por haber acogido a un terrorista.

Llevaban la fuente al horno. Los dos francos en el agujero.

La abuela, su autoridad, su energía.

Robaba el cambio.

*

El sentido del honor en los argelinos.

*

Aprender la justicia y la moral es juzgar lo bueno y lo malo de una pasión por sus efectos. J. puede dejarse arrastrar por las mujeres — pero si le ocupan todo el tiempo...

*

«Estoy harto de vivir, de obrar, de sentir para desmentir a éste y dar la razón a aquél. Estoy harto de vivir según la imagen que otros me dan de mí. Yo decido la autonomía, reclamo la independencia en la interdependencia.»

*

¿Pierre sería el artista?

*

¿El padre de Jean, carretero?

*

Después enfermedad Marie, P. sufre una crisis tipo Clamence (nada me gusta...), J. (o Grenier) es el que responde entonces con su actitud a la caída.

*

Oponer a la madre el universo (el avión, los países más alejados todos juntos).

*

Pierre abogado. Y abogado de Yveton.[1]

*

«Siendo como somos, valientes y orgullosos y fuertes... si hubiéramos tenido una fe, un Dios, nada habría podido hacernos mella. Pero no teníamos nada, hubo que aprenderlo todo y vivir sólo en función del honor que tiene sus flaquezas...»

1. Militante comunista que había puesto una carga de explosivos en una fábrica. Guillotinado durante la guerra de Argelia.

*

Debería ser *al mismo tiempo* la historia del final de un mundo – atravesado por la nostalgia de esos años de luz...

*

Philippe Coulombel y la gran finca de Tipasa. La amistad con Jean. Su muerte en el avión sobrevolando la finca. Lo encuentran con el palo de la escoba al costado, la cara aplastada sobre el tablero de mando. Una papilla sangrienta salpicada de astillas de vidrio.

*

Título: Los Nómadas. Empieza con una mudanza y termina con la evacuación de las tierras argelinas.

*

Dos exaltaciones: la mujer pobre y el mundo del paganismo (inteligencia y felicidad).

*

Pierre es querido por todo el mundo. Los éxitos y el orgullo de J. provocan antipatías.

*

Escena de linchamiento: cuatro árabes arrojados al pie del Kassour.

*

Su madre *es* Cristo.

*

Hacer hablar de J., traerlo, hacer que los otros lo presenten a través del retrato contradictorio que entre todos ellos tracen.

Culto, deportista, libertino, solitario y el mejor de los amigos, malo, de una lealtad sin resquicios, etc., etc.

«No quiere a nadie», «no hay corazón más generoso», «frío y distante», «cálido y entusiasta», todos lo encuentran enérgico, salvo él mismo, siempre acostado.

Hacer así que el personaje *crezca.*

Cuando habla: «Empecé a creer en mi inocencia. Yo era zar. Reinaba sobre todo y sobre todos, a mi satisfacción (etc.). Después supe que no tenía corazón suficiente para amar de verdad y creí morir de desprecio hacia mí mismo. Después reconocí que los otros tampoco amaban de verdad y que había que aceptar que uno es más o menos como todo el mundo.

»Después decidí que no y que debía reprocharme a mí solamente la falta de grandeza suficiente y dar rienda suelta a mi desesperación esperando que se me presentase la ocasión de llegar a tenerla.

»En otras palabras, espero el momento de ser zar y de no disfrutarlo».

*

Y también:

No se puede vivir con la verdad —«sabiendo»—, el que lo hace se separa de los otros hombres, ya no puede participar de la ilusión de ellos. Es un monstruo — y es lo que soy.

*

Maxime Rasteil: El calvario de los colonos de 1848. Mondovi -

¿Intercalar historia de Mondovi?

Ej. 1) la tumba el regreso y la [ ][1] a Mondovi

1 *bis)* Mondovi en 1848 → 1913.

*

Su lado español	sobriedad y sensualidad energía y nada

*

J.: «Nadie puede imaginar lo que he sufrido... Se honra a los hombres que han hecho grandes cosas. Pero debería hacerse aún más por algunos que, pese a ser quienes eran, supieron abstenerse de cometer los mayores crímenes. Sí, honradme».

*

Conversación con el teniente de paracaidistas:

—Hablas demasiado bien. Vamos ahí al lado a ver si conservas esa labia. Vamos.

—Bien, pero quiero ante todo hacerle una advertencia, porque seguramente usted no se ha encontrado nunca con hombres. Escúcheme bien. Lo considero responsable de lo que vaya a ocurrir ahí al lado, como usted dice. Si no cedo, no pasará nada. Sencillamente le escupiré a la cara en público el día que sea posible. Pero si cedo y salgo del paso, sea dentro de un año o de veinte, lo mataré a usted personalmente.

—Cuidado con él —dijo el teniente—, se pasa de listo.[a]

a. (Lo encuentra desarmado [provoca] el duelo.)
1. Palabra ilegible.

*

El amigo de J. se mata «para que Europa sea posible». Para *hacer* a Europa, se precisa una víctima voluntaria.

*

J. tiene cuatro mujeres a la vez y lleva una vida *vacía.*

*

C.S.: cuando le cae al alma un sufrimiento demasiado grande, le acomete un apetito de desdicha que...

*

Cf. Historia del movimiento Combat.

*

Chatté que muere en el hospital mientras la radio de su vecino desgrana tonterías.

—Enfermedad del corazón. Muerte ambulante. «Si me suicidara, por lo menos la iniciativa sería mía.»

*

«Sólo tú sabrás que me he matado. Tú conoces mis principios. Yo odiaba a los suicidas. Por lo que hacen a *los demás.* Si uno persiste, debe maquillar la cosa. Por generosidad. ¿Por qué te lo digo? Porque tú amas la desdicha. Te hago este regalo. ¡Que aproveche!»

*

J.: La vida que rebota, renovada, la multiplicidad de los seres y las experiencias, el poder de renovación y de [pulsión] (Lope) –

*

Fin. Ella le tendió las manos de articulaciones nudosas y le acarició la cara. «Tú eres el más grande.» Había tanto amor y adoración en sus ojos obscuros (en la arcada superciliar un poco gastada) que alguien en él –el que sabía– se rebeló... Instantes después la cogía entre sus brazos puesto que ella, la más clarividente, lo amaba, debía aceptarlo y para reconocer ese amor debía amarse un poco a sí mismo...

*

Tema de Musil: la búsqueda de la salvación del espíritu en el mundo moderno – D: [Frecuentación] y separación en *Los demonios*.

*

Tortura. Verdugo por solidaridad. Nunca pude acercarme a ningún hombre – ahora estamos codo con codo.

*

El estado cristiano: la sensación pura.

*

El libro *debe quedar* inconcluso. Ej.: «Y en el barco que lo devolvía a Francia...».

*

Celoso, finge no serlo y se las da de hombre mundano. Y entonces deja de ser celoso.

*

A los cuarenta años reconoce que necesita alguien que le señale el camino y lo repruebe o lo elogie: un padre. La autoridad y no el poder.

*

X ve a un terrorista que dispara contra... Lo oye correr a sus espaldas, por una calle negra, no se mueve, se vuelve bruscamente, le hace una zancadilla, el revólver cae. Coge el arma y le apunta, después piensa que no puede entregarlo, lo lleva hasta una calle alejada, le ordena correr y dispara.

*

La actriz joven en el campo: la brizna de hierba, la primera hierba en mitad de la turba y ese sentimiento agudo de felicidad. Miserable y alegre. Después se enamora de Jean — porque es *puro*. ¿Yo? Pero [no merezco] que me quieras. Justamente. Los que [inspiran] amor, aun desposeídos, son los reyes y los justificadores del mundo.

*

28 nov. 1885: nacimiento de C. Lucien en Ouled-Fayet: hijo de C. Baptiste (43 años) y de Cormery Marie (33 años). Casado en 1909 *(13 nov.)* con la señorita Sintès Catherine (nacida el *5 nov.* 1882). Muerto en Saint-Brieuc el 11 oct. 1914.

*

A los cuarenta y cinco años, comparando las fechas, descubre que su hermano nació dos meses después del casamiento. Y el tío que acaba de describirle la ceremonia habla de un vestido largo, estrecho.

*

Un médico es quien la asiste en el nacimiento de su segundo hijo en la nueva casa, donde han amontonado los muebles.

*

Ella parte en *julio del 14* con el niño hinchado por las picaduras de los mosquitos del Seybouze. Agosto, movilización. El marido se incorpora a su [regimiento] directamente en Argel. Una noche se escapa para besar a sus dos hijos. No sabrán de él hasta el anuncio de su muerte.

*

Un colono que, expulsado, destruye las viñas, deja correr el agua salobre... «Si lo que hemos hecho aquí es un crimen, hay que borrarlo...»

*

Mamá (a propósito del N.): el día que te «licenciaste» — «cuando te dieron la prima».

*

Cviklinski y el amor ascético.

*

Le asombra que Marcelle, que acaba de convertirse en su amante, no se interese por la desventura del país. «Ven», le dice ella. Abre una puerta: su hijo de nueve años —nacido con fórceps, los nervios motores destruidos—, paralítico, no habla, el lado izquierdo de la cara más *alto* que el derecho, hay que darle de comer, lavarlo, etc. El cierra la puerta.

*

Sabe que tiene cáncer, pero no dice que lo sabe. Los demás creen que disimulan.

*

1.ª parte: Argel, Mondovi. Y encuentra a un árabe que le habla de su padre. Sus relaciones con los obreros árabes.

*

J. Douai: L'Écluse.[1]

*

Muerte de Béral en la guerra.

*

F., que grita bañada en lágrimas cuando se entera de su relación con Y.: «Yo también soy bella». Y el grito de Y.: «Ah, que venga alguien y me lleve».

1. Cantante que actuaba en el cabaret L'Écluse. *(N. de la T.)*

*

Después, mucho después del drama, F. y M. se encuentran.

*

Cristo no aterrizó en Argelia.

*

La primera carta que recibe de ella y lo que siente frente a su propio nombre escrito por esa mano.

*

Lo ideal, que el libro estuviera escrito para la madre, de una punta a la otra —y sólo al final se supiera que no sabe leer—, sí, sería así.[a]

*

Y lo que más deseaba en el mundo, que su madre leyese todo lo que había sido su vida y su carne, eso era imposible. Su amor, su único amor sería mudo para siempre.

*

A esa familia pobre arrancarla al destino de los pobres, que es desaparecer de la historia sin dejar huellas. Los Mudos.

Eran y son más grandes que yo.

*

a. T.I. subrayado.

Empezar por la noche del nacimiento. Cap. I, después cap. II: 35 años más tarde, un hombre bajaría del tren en Saint-Brieuc.

*

Gr,[1] a quien he reconocido como padre, nació allí donde mi padre murió y está enterrado.

*

Pierre con Marie. Al principio no puede acostarse con ella: *por esa razón* empieza a quererla. En cambio, con Jessica, felicidad inmediata. Por esa razón tarda en quererla verdaderamente — su cuerpo la oculta.

*

El coche fúnebre en las altas mesetas [Figari].

*

La historia del oficial alemán y del niño: no hay ninguna razón para morir por él.

*

La página del diccionario *Quillet*: su olor, las láminas.

*

Los olores de la fábrica de toneles: la viruta y su olor más [ ][2] que el del serrín.

1. Grenier.
2. Una palabra ilegible.

*

Jean, su insatisfacción permanente.

*

Adolescente, abandona la casa para *dormir solo*.

*

Descubrimiento de la religión en Italia: a través del arte.

*

Final del cap. I: entretanto, Europa acordaba sus cañones. Seis meses después estallaron. La madre llega a Argel, trae de la mano a un niño de cuatro años, el otro en brazos, éste hinchado por las picaduras de los mosquitos del Seybouze. Se presentan en el apartamento de la abuela, tres habitaciones en un barrio pobre. «Madre, le agradezco que nos acoja.» La abuela erguida, los ojos claros y duros, mirándola: «Hija mía, habrá que trabajar».

*

Mamá: como un Mushkin ignorante. No conoce la vida de Cristo, salvo en la cruz. Sin embargo, ¿quién está más cerca de él?

*

De mañana, en el patio de un hotel de provincia, esperando a M. Ese sentimiento de felicidad que nunca había podido experimentar, salvo en lo provisional, lo ilícito —que por el hecho de ser ilícito impedía que esa felicidad alguna vez durase–, llegaba a envenenarlo la mayor parte del tiempo, menos las raras veces en que se imponía, como ahora, en estado puro, en la luz leve de la mañana, entre las dalias todavía brillantes de rocío...

*

Historia de XX.

Llega, fuerza la situación, «soy libre», etc., se da aires de liberada. Después se echa desnuda en la cama, hace todo para... finalmente un mal [ ].[1] Desdichado.

Deja a su marido – desesperado, etc. El marido escribe al otro: «Usted es el responsable. Siga viéndola o se matará». En realidad, fracaso seguro: en la pasión por lo absoluto, uno trata de cultivar lo imposible – de modo que se mata. Viene el marido. «Usted sabe por qué vengo. – Sí. Bueno, escoja, o yo lo mato o usted me mata a mí. – No, usted es el que debe elegir. – Mate.» En realidad, ese tipo de acorralamiento en que la víctima no es verdaderamente responsable. Pero [sin duda] ella era responsable de algo diferente por lo cual nunca pagó. Majadería.

*

XX. Lleva en ella el espíritu de destrucción y de muerte. Está [consagrada] a Dios.

*

Un naturista: en estado de desconfianza perpetua frente a los alimentos, el aire, etc.

*

1. Una palabra ilegible.

En Alemania ocupada:
Buenas noches, Herr offizer.
Buenas noches, dice J. cerrando la puerta. El tono de su voz lo sorprende. Y comprende que si muchos conquistadores emplean ese tono es porque les da apuro conquistar y ocupar.

*

J. quiere no ser. Lo que hace, pierde su nombre, etc.

*

Personaje: Nicole Ladmiral.

*

La «tristeza africana» del padre.

*

Final. Lleva a su hijo a Saint-Brieuc. En la plaza pequeña, plantados uno frente al otro. ¿Cómo vives?, dice el hijo. ¿Qué? Sí, quién eres, etc. (Feliz) sintió que a su alrededor se espesaba la sombra de la muerte.

*

Nosotros los hombres y las mujeres de esta época, de esta ciudad, en este país, nos hemos abrazado, rechazado, vuelto a abrazar, por fin nos separamos. Pero durante todo ese tiempo no dejamos de ayudarnos a vivir, con esa maravillosa complicidad de los que tienen que luchar y sufrir juntos. ¡Ah! Eso es el amor – el amor a todos.

*

A los cuarenta años, después de pedir durante toda su vida la carne muy jugosa en los restaurantes, se dio cuenta de que en realidad le gustaba cocida y nada jugosa.

*

Liberarse de toda preocupación por el arte y por la forma. Recuperar el contacto directo, sin intermediario, la inocencia en fin. Olvidar aquí el arte, es *olvidarse*. Renunciar a uno mismo no por virtud. Al contrario, aceptar el propio infierno. El que quiere ser mejor se prefiere, el que quiere gozar se prefiere. Sólo el que renuncia a lo que es, a su yo, acepta *lo que venga*, junto con sus consecuencias. Ese está en contacto directo.

Recuperar la grandeza de los griegos o de los grandes rusos mediante ese renunciamiento de 2.° grado. No temer. No temer nada... ¡Pero quién vendrá en mi auxilio!

*

Aquella tarde, en la carretera de Grasse a Cannes, cuando, en un estado de exaltación increíble, descubre de pronto, y después de una relación de años, que ama a Jessica, que por fin ama, y el resto del mundo se vuelve como una sombra comparado con ella.

*

Yo no estaba en nada de lo que dije ni escribí. No fui yo el que se casó, ni yo el que fue padre, el que... etc.

*

Informes numerosos para enviar a los *niños expósitos* a la colonización de Argelia. Sí. Todos nosotros aquí.

*

El tranvía de la mañana, de Belcourt a la plaza del Gobierno. En la parte de delante, el conductor y sus palancas.

*

Voy a contar la historia de un monstruo.

La historia que voy a contar...

*

Mamá y la historia: le anuncian el sputnik: «¡Oh, no me gustaría estar allá arriba!».

*

Capítulo *a reculones*. Rehenes aldea cabileña. Soldado emasculado – operación de limpieza, etc., poco a poco, hasta el primer disparo de la colonización. Pero ¿por qué detenerse ahí? Caín mató a Abel. Problema técnico: ¿un solo capítulo o en contracanto?

*

Rasteil: un colono de bigote espeso, patillas canosas.

Su padre: un carpintero de obra del Faubourg Saint-Denis; su madre: lavandera fina.

Por lo demás, todos los colonos parisienses (y muchos de los del 48). Muchos desempleados en París. La Constituyente había votado 50 millones para enviar a una «colonia»:

Para cada colono:
una vivienda
de dos a diez hectáreas

semillas, cultivos, etc.

raciones de víveres

Sin ferrocarril (sólo llegaba a Lyon). De ahí canales – *en pinazas* arrastradas por caballos de sirga. *Marsellesa, Chant du départ*, bendición del clero, entrega de bandera para *Mondovi.*

Seis pinazas de 100 a 150 m cada una. Amontonados sobre jergones. Para cambiarse la ropa, las mujeres se desvestían detrás de sábanas que iban sosteniendo sucesivamente.

Casi un mes de viaje.

*

En Marsella, en el gran Lazareto (1.500 personas) durante una semana. Embarcados a continuación en una vieja fragata de ruedas: *Le Labrador.* Partida con mistral. Cinco días y cinco noches – todos descompuestos.

Bône – con toda la población en el muelle para acoger a los colonos.

Los objetos amontonados en la cala, que desaparecen.

De Bône a Mondovi (en los vehículos del ejército, y los hombres a pie para dejar espacio y aire a las mujeres y los niños) *no hay carretera.* A la vista, en la llanura pantanosa o en el monte, bajo la mirada hostil de los árabes, acompañados por los aullidos de la jauría de perros cabileños. – El 8 XII 48.[1] Mondovi no existía, tiendas de campaña. Por la noche, las mujeres lloraban – Ocho días de lluvia argelina metidos en las tiendas, y los *oueds* se desbordan. Los niños hacían sus necesidades dentro de las tiendas. El carpintero levanta cobertizos endebles cubiertos de sábanas para proteger los muebles. Las cañas huecas cortadas a orillas del Seybouze para que los niños puedan orinar fuera, sin salir.

1. Rodeado de un trazo por el autor.

Cuatro meses en las tiendas, después barracas de madera provisionales; cada barraca doble debía alojar a seis familias.

En la primavera del 49: calores prematuros. En las barracas la gente se asa. Paludismo y después cólera. Ocho a diez muertos diarios. La hija del carpintero, Augustine, muere, a continuación su mujer. El cuñado también. (Los entierran en un banco de toba.)

Receta de los médicos: *bailar* para calentar la sangre.

Y bailan todas las noches entre dos entierros al son de un rascatripas.

Hasta 1851 no se distribuirían las concesiones. El padre muere. Rosine y Eugène se quedan solos.

Para ir a lavar la ropa en el afluente del Seybouze, hacía falta una escolta de soldados.

Fortificaciones + fosos construidos por el ejército. Casitas y jardines, las construyen con sus manos.

Cinco o seis leones rugen alrededor de la aldea. (León de Numidia, de crines negras.) Chacales. Jabalíes. Hiena. Pantera.

Ataques contra las aldeas. Robo de rebaños. Entre Bône y Mondovi, un carro se empantana. Los viajeros, salvo una mujer encinta, van a buscar refuerzos. A la vuelta la encuentran desventrada, los senos cortados.

La primera iglesia, cuatro paredes de adobe, ni una silla, algunos bancos.

La primera escuela: una chabola de palos y ramas. Tres monjas.

Las tierras: parcelas dispersas, los hombres trabajan con el fusil al hombro. A la noche regresan a la aldea.

Por la noche una columna de tres mil soldados franceses de paso hacen una *razzia* en la aldea.

Junio del 51: insurrección. Cientos de jinetes con albornoz alrededor de la aldea. En las pequeñas fortificaciones, hacen pasar por cañones unos tubos de chimenea.

*

En realidad, los parisienses en el campo: muchos con sombrero de copa y sus mujeres vestidas de seda.

*

Prohibido fumar cigarrillos. Sólo estaba permitida la pipa con tapadera. (Debido a los incendios.)

*

Las casas edificadas en el *54*.

*

En el departamento de Constantine, los dos tercios de los colonos murieron casi sin haber tocado el pico o el arado.

Viejo cementerio de los colonos, el inmenso olvido.[1]

*

Mamá. La verdad es que pese a todo mi amor, yo no pude vivir con esa paciencia ciega, sin frases, sin proyectos. No pude vivir su vida ignorante. Y anduve por el mundo, construí, creé, quemé a los seres. Mis días estuvieron llenos hasta desbordar – pero nada me colmó el corazón como...

*

El sabía que se marcharía otra vez, volvería a equivocarse, olvidaría lo que sabía. Pero lo que sabía, justamente, es que la verdad de su vida estaba allí, en esa habitación...

1. «El inmenso olvido», rodeado con un trazo por el autor.

Seguramente huiría de ella. ¿Quién puede vivir con su verdad? Pero basta saber que está ahí, basta conocerla y que alimente en uno mismo un [fervor] secreto y silencioso, frente a la muerte.

*

Cristianismo de mamá al final de su vida. A la mujer pobre, desdichada, ignorante [ ][1] ¿mostrarle el sputnik? ¡Que la cruz la sostenga!

*

En el 72, se instala la rama paterna después de:
–la Comuna,
–la insurrección árabe del 71 (el primer muerto en la Mitidja fue un maestro).
Los alsacianos ocupan las tierras de los *insurrectos*.

*

Dimensiones de la época.

*

La ignorancia de la madre como contracanto de todos los [ ][1] de la historia y del mundo.
Bir Hakeim: «es lejos» o «allá».
Su religión es visual. Sabe lo que ha visto sin poder interpretarlo. Jesús es el sufrimiento, la tumba, etc.

*

Combatiente.

1. Una palabra ilegible.

*

Escribir el propio [ ][1] para encontrar verdad.

*

1.ª parte
Los Nómadas

1) Nacimiento durante la mudanza. 6 meses más tarde la guerra.[a] El niño. Argel, el padre, con traje de zuavo y sombrero de paja, partía al ataque.

2) 40 años más tarde. El hijo delante del padre en el cementerio de Saint-Brieuc. Regresa a Argelia.

3) Llegada a Argelia para «los acontecimientos». Búsqueda.

Viaje a Mondovi. Encuentra la infancia y no el padre.

Se entera de que él es el primer hombre.[b]

2.ª parte
El primer hombre

La adolescencia:	El puñetazo
	Deporte y moral
El hombre:	(Acción política (Argelia), la Resistencia)

3.ª parte
La Madre

Los Amores

El reino: el viejo compañero de deportes, el viejo ami-

a. Mondovi en el 48.
b. Los mahoneses en 1850 – Los alsacianos en 72-73 – 14.
1. Dos palabras ilegibles.

go, Pierre, el viejo maestro y la historia de sus dos compromisos.

La madre.[1]

En la última parte, Jacques explica a su madre la cuestión árabe, la civilización *créole*, el destino de Occidente. «Sí», dice ella, «sí.» Después confesión completa y fin.

*

Había un misterio en aquel hombre, y un misterio que él quería aclarar.

Pero a fin de cuentas el único misterio es el de la pobreza, que hace que las gentes no tengan nombre ni pasado.

*

Juventud en la playa. Después de días colmados de gritos, de sol, de esfuerzos violentos, de deseo sordo y evidente. Cae la tarde sobre el mar. Arriba, en el cielo, grita un vencejo. Y la angustia le oprime el corazón.

*

Al final toma como modelo a Empédocles. El filósofo [ ][2] que vive solo.

*

Quiero escribir aquí la historia de una pareja unida por la misma sangre y todas las diferencias. Ella semejante a lo mejor que hay en la tierra, y él tranquilamente monstruoso. El, lanzado a todas las locuras de nuestra historia; ella, atravesando la misma historia como si fuera la de todos los

1. Todo este pasaje está rodeado por un trazo del autor.
2. Una palabra ilegible.

tiempos. Ella, casi siempre silenciosa y con unas pocas palabras a su disposición para expresarse; él, hablando sin cesar e incapaz de encontrar a través de miles de palabras lo que ella podía decir con uno solo de sus silencios... La madre y el hijo.

*

Libertad para adoptar cualquier tono.

*

Jacques, que hasta ese momento se había sentido solidario con todas las víctimas, reconoce ahora que también es solidario con los verdugos. Su tristeza. Definición.

*

Habría que vivir como espectador de la propia vida. Para añadirle el sueño que le diera conclusión. Pero uno vive, y los otros sueñan tu vida.

*

El la miraba. Todo se había detenido y el tiempo transcurría crepitando. Como en esas funciones de cine en que, desaparecida la imagen a causa de un desperfecto, en la noche de la sala sólo se oye funcionar el mecanismo... delante de la pantalla vacía.

*

Los collares de jazmines que venden los árabes. El rosario de flores perfumadas, amarillas y blancas [ ].[1] Los co-

1. Seis palabras ilegibles.

llares se marchitan en seguida [ ][1] las flores amarillean [ ][2] pero el olor prolongado, en la habitación pobre.

*

Días de mayo en París en que el estuche blanco de las flores de castaño flota en todo el aire.

*

Había amado a su madre y a su hijo, todo aquello cuya elección no dependía de él. Y por último, él, que había impugnado todo, puesto todo en tela de juicio, sólo había amado la necesidad. Los seres que el destino le había impuesto, el mundo tal como se le presentaba, todo lo que en su vida no había podido evitar, la enfermedad, la vocación, la gloria o la pobreza, en fin, su estrella. En cuanto a lo demás, a todo lo que había tenido que elegir, se había esforzado por amarlo, lo que no es lo mismo. Había conocido sin duda la admiración, la pasión e incluso momentos de ternura. Pero cada instante lo había lanzado hacia otros instantes, cada ser hacia otros seres, a fin de cuentas no había amado nada de lo que eligiera, salvo lo que poco a poco se le había impuesto a través de las circunstancias, había durado por azar tanto como por voluntad, para convertirse finalmente en necesidad: Jessica. El amor verdadero no es una elección ni una libertad. El corazón, sobre todo el corazón, no es libre. Es lo inevitable y el reconocimiento de lo inevitable. Y él, de verdad, nunca había amado con todo el alma sino lo inevitable. Ahora sólo le quedaba amar su propia muerte.

*

1. Dos palabras ilegibles.
2. Dos palabras ilegibles.

[a]Mañana seiscientos millones de amarillos, miles de millones de amarillos, negros, morenos, desembocarían en tropel en Europa... y en el mejor de los casos [la convertirían]. Y todo lo que les enseñaron, a él y a los que se le parecían, todo lo que habían aprendido, desde entonces, los hombres de su raza, todos los valores por los cuales había vivido, morirían de inutilidad. ¿Qué es lo que seguiría valiendo?... El silencio de su madre. *Deponía sus armas delante de ella.*

*

M. tiene diecinueve años. El tenía entonces treinta, y eran desconocidos el uno para el otro. El comprende que no se puede remontar el tiempo, impedir que el ser amado haya sido, y hecho y experimentado, no se posee nada de lo que se elige. Pues habría que escoger con el primer grito del nacimiento, y nacemos separados – salvo de la madre. Sólo se posee lo necesario y es preciso volver a él (ver nota precedente) y someterse. ¡Pero qué nostalgia y qué pesar!

Hay que renunciar. No, aprender a amar lo impuro.

*

Para terminar, pide perdón a su madre – ¿Por qué?, has sido un buen hijo – Pero en cuanto lo demás, ella no puede adivinar ni imaginar siquiera [ ][1] que es la única que puede perdonarlo (?).

*

Puesto que he invertido la dirección, mostrar a Jessica mayor antes de mostrarla joven.

a. Lo sueña durante la siesta:
1. Una palabra ilegible.

*

Se casa con M. porque ella nunca había conocido a un hombre, y eso lo fascina. Se casa con ella debido, en suma, a sus propios defectos. Aprenderá después a amar a las mujeres que han servido –e.d.– a amar la necesidad atroz de la vida.

*

Un capítulo sobre la guerra del 14. Incubadora de nuestra época. ¿Visto por la madre? Que no conoce ni Francia, ni Europa, ni el mundo. Que cree que las esquirlas de obús son autónomas, etc.

*

Capítulos alternados que dieran una voz a la madre. El comentario de los mismos hechos, pero con su vocabulario de cuatrocientas palabras.

*

En resumen, voy a hablar de aquellos a los que quise. Y sólo de eso. Alegría profunda.

*

[a]Saddok:

1) –¿Pero por qué casarte así, Saddok?

–¿He de casarme a la francesa?

–¡A la francesa o como sea! ¿Por qué someterte a una tradición que consideras estúpida y cruel?[b]

a. Todo eso en un estilo [no vivido] lírico no precisamente realista.

b. Los franceses tienen razón, pero su razón nos oprime. Y por eso escojo la locura árabe, la locura de los oprimidos.

—Porque mi gente está identificada con esta tradición, porque no tiene otra cosa, porque se ha inmovilizado en ella, y porque separarse de esa tradición es separarse de sí mismo. Por eso entraré mañana en esa habitación, y desnudaré a una desconocida, y la violaré entre el estrépito de los fusiles.

—Está bien. Entretanto, vamos a nadar.

2) —¿Entonces?

—Dicen que por el momento hay que consolidar el frente antifascista, que Francia y Rusia deben defenderse juntas.

—¿No pueden defenderse haciendo justicia en su propia casa?

—Dicen que será para más adelante, que hay que esperar.

—Aquí la justicia no esperará y tú lo sabes.

—Dicen que si no esperáis, estaréis sirviendo objetivamente al fascismo.

—Y por eso la cárcel está bien para vuestros antiguos camaradas.

—Dicen que es lamentable, pero que no se puede hacer otra cosa.

—Dicen, dicen. Y tú te callas.

—Yo me callo.

Lo miraba. El calor empezaba a apretar.

—¿Así que me traicionas?

No había dicho: «nos traicionas» y tenía razón, pues la traición concierne a la carne, al individuo solo, etc...

—No. Hoy abandono el partido...

3) —Acuérdate de 1936.

—No soy terrorista para los comunistas. Lo soy contra los franceses.

—Yo soy francés. Ella también lo es.

—Ya lo sé. Lo siento por vosotros.

—Entonces me traicionas.
Los ojos de Saddok brillaban como con fiebre.

*

Si finalmente elijo el orden cronológico, la señora Jacques o el médico serán descendientes de los primeros colonos de Mondovi.

No nos quejemos, dice el doctor, imagine simplemente nuestros primeros familiares, aquí..., etc.

*

4) —Y el padre de Jacques, muerto en el Marne. ¿Qué queda de esa vida oscura? Nada, un recuerdo impalpable, la ceniza leve de un ala de mariposa quemada en el incendio del bosque.

*

Los *dos* nacionalismos argelinos. Argelia entre el 39 y el 54 (rebelión). En qué se convierten los valores franceses en una conciencia argelina, la del primer hombre. La crónica de las dos generaciones explica el drama actual.

*

La colonia de vacaciones en Miliana, las trompetas del cuartel por la mañana y por la noche.

*

Amores: hubiera querido que todas fueran vírgenes de pasado y de hombres. Y al único ser que había encontrado y que en efecto lo era, le había consagrado su vida, pero él mismo nunca había podido serle fiel. Quería, pues, que las mujeres fuesen lo que él mismo no era. Y lo que él era lo devolvía a las mujeres que se le asemejaban y que amaba y poseía entonces con rabia y furor.

*

Adolescencia. Su fuerza de vida, su fe en la vida. Pero escupe sangre. Así que la vida sería eso, el hospital, la muerte, la soledad, ese absurdo. De ahí la dispersión. Y muy en el fondo: no, no, la vida es otra cosa.

*

Iluminación en la carretera de Cannes a Grasse...

Y sabía que, aunque tuviera que volver a esa sequedad en la que siempre había vivido, consagraría su vida, su alma, la gratitud de todo su ser que le había permitido una vez, una sola vez quizá, pero una vez, tener acceso...

*

Empezar la última parte con esta imagen:

el asno ciego que pacientemente, durante años, da vueltas en la noria, soportando los golpes, la naturaleza feroz, el sol, las moscas, siempre soportando, y de esa lenta marcha en círculo, aparentemente estéril, monótona, dolorosa, el agua brota infatigablemente...

*

1905. Guerra de Marruecos de L.C.[1] Pero en el otro extremo de Europa, Kaliayev.

*

1. Probablemente Lucien Camus, el padre.

La vida de L.C. Totalmente involuntaria, salvo su voluntad de ser y de persistir. Asilo de huérfanos. Obrero agrícola obligado a casarse con su mujer. Su vida que se construye así, a pesar suyo — y después la guerra lo mata.

*

Va a ver a Grenier: «Los hombres como yo, lo he reconocido, deben obedecer. Necesitan una regla imperiosa, etc. La religión, el amor, etc.: imposible para mí. Por lo tanto he decidido profesarle obediencia». Lo que sigue (cuento).

*

Finalmente, no sabe quién es su padre. ¿Pero quién es él mismo? 2.ª parte.

*

El cine mudo, la lectura de los subtítulos para la abuela.

*

No, no soy un buen hijo: un buen hijo es el que se queda. Yo he andado por el mundo, la he engañado con las vanidades, la gloria, cien mujeres.

—¿Pero sólo la querías a ella?

—¡Ah!, ¿sólo la quería a ella?

*

Cuando, junto a la tumba de su padre, siente que el tiempo se disloca — ese orden nuevo del tiempo es el del libro.

*

Es el hombre de la desmesura: mujeres, etc.
Así [el hiper] es castigado en él. Después lo sabe.

*

La angustia en Africa cuando la noche cae rápidamente sobre el mar o las altas mesetas o las montañas atormentadas. Es la angustia de lo sagrado, el pavor ante la eternidad. La misma que en Delfos, donde la noche, bajo el mismo efecto, en cambio hace surgir templos. Pero en la tierra de Africa los templos se han destruido, y sólo queda ese peso inmenso sobre el corazón. ¡Cómo mueren entonces! Silenciosos, apartados de todo.

*

Lo que en él no querían, era el argelino.

*

Sus relaciones con el dinero. Debidas en parte a la pobreza (no se compraba nada), en parte a su orgullo: no regateaba jamás.

*

Confesión a la madre para terminar:

«No me comprendes y sin embargo eres la única que puede perdonarme. Muchos están dispuestos a ello. Muchos gritan también, en todos los tonos, que soy culpable, y no lo soy cuando me lo dicen. Otros tienen el derecho de decírmelo y sé que tienen razón y que debería pedirles perdón. Pero uno pide perdón a los que sabe que pueden perdonarlo. Simplemente eso, perdonar, y no pedirnos que merezcamos el perdón, que esperemos. [Sino] simplemente hablarles, decir todo y recibir el perdón. Sé que aquellos y aquellas a quienes podría pedirlo, en el fondo del alma, pese a su buena voluntad, no pueden ni saben perdonar. Un solo ser podía perdonarme, pero nunca fui culpable con él y le he entregado todo mi corazón, y sin embargo hubiera podido acercarme a él, muchas veces lo hice en silencio, pero ha muerto y estoy solo. Tú eres la única que puedes hacerlo, pero no me comprendes y no puedes leerme. Por eso te hablo, te escribo a ti, a ti sola, y cuando haya terminado, pediré perdón sin más explicaciones y me sonreirás...».

*

Al evadirse de la sala de redacción clandestina, Jacques mata a uno de sus perseguidores (gesticulaba, vacilaba, un poco echado hacia adelante. Entonces Jacques sintió que le acometía un furor terrible: lo hirió una vez más de abajo para arriba [en la garganta], y de inmediato un enorme agujero borbotó en la base del cuello, después, loco de asco y de furor, lo hirió otra vez [ ][1] directamente en los ojos, sin mirar dónde golpeaba...) después fue a ver a Wanda.

*

El campesino berberisco pobre e ignorante. El colono. El soldado. El blanco sin tierra. (Los amaba, a ellos y no a esos mestizos de zapatos amarillos puntiagudos y pañuelo al cuello, que sólo habían tomado de Occidente lo peor.)

*

1. Cuatro palabras ilegibles.

Fin.

Devolved la tierra, la tierra que no es de nadie. Devolved la tierra, que ni está en venta ni se compra (sí, y Cristo nunca desembarcó en Argelia puesto que hasta los monjes tenían propiedades y concesiones).

Y exclamó, mirando a su madre y después a los otros:

«Devolved la tierra. Dad toda la tierra a los pobres, a los que no tienen nada y que son tan pobres que ni siquiera han deseado jamás tener y poseer, a los que son como ella en este país, la inmensa tropa de los miserables, casi todos árabes, y algunos franceses y que viven o sobreviven aquí por obstinación y aguante, con el único honor en el mundo que vale, el de los pobres, dadles la tierra como se da lo que es sagrado a los que son sagrados, y entonces yo, de nuevo y por fin arrojado al peor exilio en el extremo del mundo, sonreiré y moriré contento, sabiendo que por fin están reunidos bajo el sol de mi nacimiento la tierra que tanto he amado y aquellos y aquella a los que he reverenciado.

(Entonces el gran anonimato será fecundo y me cubrirá también — Volveré a ese país.)

*

Rebelión. Cf. *Demain* en Argelia, pág. 48, Servier.

Jóvenes comisarios políticos del F.L.N. que han adoptado como nombre de guerra el de Tarzán.

Sí, ordeno, mato, vivo en la montaña, bajo el sol y la lluvia. Qué me proponías en el mejor de los casos: maniobra en Béthune.

Y la madre de Saddok, cf. pág. 115.

*

Enfrentados con... en la historia más vieja del mundo, somos los primeros hombres — no los de la decadencia como se proclama en [ ][1] diarios, sino los de una aurora indecisa y diferente.

*

Niños sin Dios ni padre, los maestros que nos proponían nos horrorizaban. Vivíamos sin legitimidad – Orgullo.

*

El llamado escepticismo de las nuevas generaciones – mentira.

¿Desde cuándo es escéptico un hombre de bien que se niega a creer al mentiroso?

*

La nobleza del oficio de escritor está en la resistencia a la opresión, y por lo tanto en decir que sí a la soledad.

*

Lo que me ha ayudado a soportar la suerte adversa me ayudará tal vez a recibir una suerte demasiado favorable – Y lo que me ha sostenido es ante todo la gran idea, la grandísima idea que me hago del arte.

No es porque esté para mí por encima de todo, sino porque no se separa de nadie.

*

1. Una palabra ilegible.

A excepción de la [antigüedad].
Los escritores empezaron por la esclavitud.
Conquistaron su libertad – no se trata de [ ].[1]

*

K.H.: Todo lo que es exagerado es insignificante. Pero el señor K.H. era insignificante antes de ser exagerado. Se ha obstinado en acumular.

1. Cuatro palabras ilegibles.

Dos cartas

19 de noviembre de 1957

Querido señor Germain:

Esperé a que se apagara un poco el ruido que me ha rodeado todos estos días antes de hablarle de todo corazón. He recibido un honor demasiado grande, que no he buscado ni pedido. Pero cuando supe la noticia, pensé primero en mi madre y después en usted. Sin usted, sin la mano afectuosa que tendió al niño pobre que era yo, sin su enseñanza y su ejemplo, no hubiese sucedido nada de todo esto. No es que dé demasiada importancia a un honor de este tipo. Pero ofrece por lo menos la oportunidad de decirle lo que usted ha sido y sigue siendo para mí, y de corroborarle que sus esfuerzos, su trabajo y el corazón generoso que usted puso en ello continúan siempre vivos en uno de sus pequeños escolares, que, pese a los años, no ha dejado de ser su alumno agradecido.

Lo abrazo con todas mis fuerzas.

Albert Camus

Argel, a 30 de abril de 1959

Mi pequeño Albert:

He recibido, enviado por ti, el libro *Camus*, que ha tenido a bien dedicarme su autor, el señor J.-Cl. Brisville.

Soy incapaz de expresar la alegría que me has dado con la gentileza de tu gesto ni sé cómo agradecértelo. Si fuera posible abrazaría muy fuerte al mocetón en que te has convertido y que seguirá siendo siempre para mí «mi pequeño Camus».

Todavía no he leído la obra, salvo las primeras páginas. ¿Quién es Camus? Tengo la impresión de que los que tratan de penetrar en tu personalidad no lo consiguen. Siempre has mostrado un pudor instintivo ante la idea de descubrir tu naturaleza, tus sentimientos. Cuando mejor lo consigues es cuando eres simple, directo. ¡Y ahora, bueno! Esas impresiones me las dabas en clase. El pedagogo que quiere desempeñar concienzudamente su oficio no descuida ninguna ocasión para conocer a sus alumnos, sus hijos, y éstas se presentan constantemente. Una respuesta, un gesto, una mirada, son ampliamente reveladores. Creo conocer bien al simpático hombrecito que eras y el niño, muy a menudo, contiene en germen al hombre que llegará a ser. El placer de estar en clase, resplandecía en toda tu persona. Tu cara expresaba optimismo. Y estudiándote, nunca sospeché la verdadera situación de tu familia. Sólo tuve una impresión en el momento en que tu madre vino a verme para inscribirte en la lista de candidatos a las becas. Pero eso fue, por lo demás, en el momento en que ibas a abandonarme. Hasta entonces me parecía que tu situación era la misma que la de todos tus compañeros. Siempre tenías lo que te hacía falta. Como tu hermano, estabas agradablemente vestido. Creo que no puedo hacer mejor elogio de tu madre.

Volviendo al libro del señor Brisville, su iconografía es abundante. Y tuve la grandísima emoción de conocer, por su imagen, a tu pobre padre, a quien siempre consideré «mi camarada». El señor Brisville ha tenido a bien citarme: se lo agradeceré.

He visto la lista en constante aumento de las obras que te están dedicadas o que hablan de ti. Y es para mí una satisfacción muy grande comprobar que tu celebridad (es la pura verdad) no se te ha subido a la cabeza. Sigues siendo Camus: bravo.

He seguido con interés las múltiples peripecias de la obra que has adaptado y montado: *Los demonios*. Te quiero demasiado para no desearte el mayor de los éxitos: el que mereces. Malraux, por su parte, piensa darte un teatro. Sé lo que es una pasión para ti. Pero... ¿sacarás adelante y a la vez todas esas actividades? Temo por ti que abuses de tus fuerzas. Y permite a tu viejo amigo que te lo señale, tienes una esposa encantadora y dos niños que necesitan de su marido y de su padre. En este sentido, te contaré lo que nos decía a veces el director de nuestra escuela primaria. Era muy, muy duro con nosotros, lo que nos impedía ver, sentir, que nos quería realmente. «La naturaleza tiene un gran libro donde inscribe minuciosamente todos los excesos que cometéis.» Confieso que muchas veces esa sensata opinión, en el momento en que iba a olvidarla, me ha frenado. Así que trata de conservar blanca la página que te está reservada en el Gran Libro de la naturaleza.

Andrée me recuerda que te hemos visto y escuchado en un programa literario de la televisión, sobre *Los demonios*. Era emocionante verte contestar a las preguntas que te hacían. Y a pesar mío, observé con malicia que tú no sospechabas que finalmente te vería y te escucharía. Eso ha compensado un poco tu ausencia de Argel. Hace ya bastante tiempo que no nos vemos...

Antes de terminar, quiero decirte cuánto me hacen sufrir, como maestro laico que soy, los proyectos amenazadores que se urden contra nuestra escuela. Creo haber respetado, durante toda mi carrera, lo más sagrado que hay en el niño: el derecho a buscar su verdad. Os he amado a todos y creo haber hecho todo lo posible para no manifestar mis ideas y no pesar sobre vuestras jóvenes inteligencias. Cuando se trataba de Dios (está en el programa), yo decía que algunos creen, otros no. Y que en la plenitud de sus derechos, cada uno hace lo que quiere. De la misma manera, en el capítulo de las religiones, me limitaba a señalar las que existen, y que profesaban todos aquellos que lo deseaban. A decir verdad, añadía que hay personas que no practican ninguna religión. Sé que esto no agrada a quienes quisieran hacer de los maestros unos viajantes de comercio de la religión, y para más precisión, de la religión católica. En la escuela primaria de Argel (instalada entonces en el parque de Galland), mi padre, como mis compañeros, estaba obligado a ir a misa y a comulgar todos los domingos. Un día, harto de esta constricción, ¡metió la hostia «consagrada» dentro de un libro de misa y lo cerró! El director de la escuela, informado del hecho, no vaciló en expulsarlo. Eso es lo que quieren los partidarios de la «Escuela libre» (libre... de pensar como ellos). Temo que, dada la composición de la actual Cámara de Diputados, esta mala jugada dé buen resultado. *Le Canard enchaîné* ha señalado que, en un departamento, unas cien clases de la escuela laica funcionan con el crucifijo colgado en la pared. Eso me parece un atentado abominable contra la conciencia de los niños. ¿Qué pasará dentro de un tiempo? Estas reflexiones me causan una profunda tristeza.

Pequeño, llego al final de la cuarta página: es abusar de tu tiempo y te ruego que me disculpes. Aquí todo anda bien. Christian, mi yerno, empezará mañana ¡su 27.° mes de servicio militar!

Recuerda que, aunque no escriba, pienso con frecuencia en todos vosotros.

Mi señora y yo os abrazamos fuertemente a los cuatro. Afectuosamente, vuestro

Germain Louis

Recuerdo la visita que hiciste, con tus compañeros de comunión, a nuestra clase. Estabas visiblemente contento y orgulloso del traje que llevabas y de la fiesta que celebrabas. Sinceramente, me alegró vuestra alegría por estimar que, si hacíais la comunión, era porque os gustaba. De modo que...

WITHDRAWAL